한국 문학을 인터뷰하다

한국 문학을 인터뷰하다

저자와의
협의하에
인지생략

# 한국 문학을 인터뷰하다

초판 1쇄 / 2007년 1월 27일

● 지은이 / 홍 성 식
● 펴낸이 / 이 춘 호
● 펴낸곳 / **당그래출판사**

● 편집주간 / 박상기 ● 편집장 / 김준현 ● 마케팅팀장 / 장기봉

● 등록 / 제301-2005-219호 등록일 / 1989년 7월 7일
● 100-250 서울 중구 예장동 1-72번지 1층
● 전화 (02) 2272-6603 팩스 (02) 2272-6604
● 홈페이지 / dangre.co.kr



당그래는 논이나 밭의 흙을 고르거나 씨 뿌린 뒤 흙을 덮을 때, 곡식을 모으거나 펼 때 사용하는 우리 농기구 이름입니다.
당그래출판사는 각지 사방에 흩어져 있는, 우리 삶에 양식이 될 원고를 모아 정성들여 펴내는 일을 하는 곳입니다.

# 한국 문학을 인터뷰하다

홍 성 식

당그래

**자신이 좋아하는 것을 하며**　밥을 번다는 건 행복한 일임에 틀림 없다. 일이 놀이가 되고, 놀이가 곧 일로 치환되는 직업은 없을까? 무슨 배 부른 소리냐고 힐난할 사람이 적지 않을 듯하다. 그러나 나는 바로 그런 시 간, 그러니까 일이 곧 놀이이고, 놀이가 곧 일인 직업을 가졌던 적이 있다. 2000년. 그해 서른이었던 난 인터넷신문에 기자로 입사했다. 기사 혹은, 그 비슷한 걸 단 한 번도 써보지 못한 시인지망생이 "밥이냐 예술이냐" 라는 엄 혹한 생의 물음 앞에 더 이상 견디지 못하고 '밥의 질서' 속으로 투항한 것이 다.

　처음 몇 달간 시 쓰기와는 판이한 기사 쓰기 방식 탓에 고전을 면치 못했 다. 새로운 걸 배운다는 건 고통을 수반하는 일이다. 어려움은 기어코 피해 가며 그저 편하게만 살아온 탓에 그 고통을 극복하기가 쉽지 않았다. 그래서 스스로 찾은 해결방안이 '이때까지의 내 삶처럼 기사 또한 내 멋대로 쓰자'는 것이었다. 그때부터였다. 기존의 형식과 관습을 파괴하는 나의 '기사 비슷한 글'이 시작된 것은.

　누가 뭐라고 해도 상관없었다. 사실 반성하고 노력한다 해서 내가 보통의 기자들이 육하원칙을 지켜가며 감정을 배제한 채 쓴 드라이한 문장을 따라 쓸 수도 없었고. 그 시절, 참 욕 많이 먹었다. "기사의 ABC도 모르면서 기자를 하냐"부터 시작해 "이게 수필이지 기사냐"까지. 독자도 그랬고, 동료들도 알게 모르게 그런 눈치를 보냈다. 그러나 단 한 군데에서만은 내가 쓴 '기사 비슷한 걸' 힐난하지 않고 격려해줬다. 그곳이 바로 문단 즉, 문학판이었다. 얼치기 시인 흉내를 내고 있는 기사 같잖은 안타까운 글이 그들을 움직였던 걸까.

　그로부터 5년여의 시간동안 참으로 많은 시인과 소설가를 만났다. 문학청년이었던 내가 책을 통해 활자로만 만나던, 언감생심 말 붙이기도 어려운 작가들과 '인터뷰'를 빙자해 어울릴 수 있었던 것이다. 이문구와 김지하, 김성동과 강태열, 남정현과 박수영, 김별아와 김종광을 만나 잠시잠깐 '일'로서의 인터뷰를 끝내고, 오랜 시간 '놀이'로서의 이야기를 나누던 그날들은 더없이 행복했다. 예술가와의 만남이 응당 그러해야만 하는 것처럼 때마다 급하게 술잔을 돌렸고, 만취해 횡설수설 기자로서의 본분을 잊고 나 또한 문인이 된 것처럼 희희낙락하기도 했다. 저마다 가진 성정이 곱고도 여리기 때문이었을까? 제 할 일은 팽개친 채 '술 취한 개'가 된 신참 기자를 소리 내 책망하는 작가는 단 한 명도 없었다. 마침내 앞서 말한 것처럼 '일이 놀이가 되고 놀이가 일이 되는' 경지에 이르렀던 것이다.

　물론 그렇게 살 수 있었던 배경에는 작가들의 도움이 있었다. 아니, 그 도움이 절대적일 만치 컸다. 이 책은 호기롭고 즐거웠던 그날의 기록들이다. 덧없는 게 세월이라 시간은 장마철 불어난 강물의 속도로 흘러 내가 '기자질'

로 밥을 벌어먹은 지도 어언 7년째로 접어든다. 내 몸은 문화부 문학담당 기자를 거쳐, 사회부와 경제부를 지나 편집부에 이르렀지만, 마음은 여전히 작가들과 새벽까지 통음하던 인사동 단골술집에 머물러 있다. 아마 앞으로도 내내 그럴 것이다. 기어코 돌아가고만 싶은 생의 한때를 가졌던 사람은 결코 불행하지 않다. 내가 돌아가고 싶은 시절? 바로 이 책에 실린 27명 작가들과 인터뷰하던 날들이다. 그리 먼 옛날이 아님에도 이토록 애틋한 것은 무슨 이유에선지.

대단한 명문은 아니지만 생각을 글로 옮길 수 있는 사람으로 나를 만들어 준 아버지, 오늘 내가 겪는 모든 영욕은 그로부터 연유한 것이다.

2007년 1월, 먼 곳으로의 떠남을 재촉하는 바람이 분다

홍 성 식

# 2부. '다른 시각'으로 세상과 인간을 해석하다

# 3부. 젊음, 새로운 길에 들어서다

문학과 함께 살아온 현자들의 목소리

# "외세가 만든 세상은 가짜고 허위다"
### - 소설가 남정현

　1965년 봄. '반미'라는 단어가 '용공'으로 이해되고 용공이란 낙인이 개인의 생명을 위협할 수도 있었던 박정희 독재정권 시절에 미국의 본질을 신랄하게 비판한 소설 〈분지(糞地)〉를 발표, 혹독한 시련을 겪었던 소설가 남정현. 일흔을 넘긴 나이임에도 소파(SOFA·한미주둔군지위협정)의 불합리성을 조목조목 지적하는 노작가의 눈은 소년의 그것처럼 초롱하다.

　"소파는 한마디로 현대판 노예문섭니다. 도저히 주권국 간의 협약이라고는 할 수 없어요. 어떻게 지식인과 진보적 예술인이 수백만을 헤아린다는 한국에서 이런 전근대적인 일이 일어날 수 있는지 한심할 따름입니다. 소파는 반드시 개정돼야 합니다. 그것도 일각의 주장처럼 '독일과 일본의 수준'이 아닌 그것에서 한 걸음 더 나아간 수준으로 바꿔야합니다. 왜냐면, 한국은 독일과 일본처럼 전쟁을 일으킨 패전국이 아니라, 승전국의 하나이기 때문입니다. 한반도에서 전쟁이 발발하면 미군이 가지게 되는 지휘권을 한국군이 가져야하고, 미군을 한국군의 지휘계통으로 편입해야 합니다. 미국과의 협상에서는 철저한 개정원칙을 가지고 임해야 합니다. 그들이 우리의 원칙을 받아들이지 않는다면 '나가라'고 요구할 수도 있어야 합니다. 그것이 주권국의 당당한 태도입니다."

남정현은 항간의 뜨거운 감자로 부각된 '촛불시위'에 대해서도 자신의 의견을 밝혔다. 촛불시위는 소파개정운동으로 향하는 게 바람직하고, 촛불시위에서 보이는 민족주의도 우려할 바 없다는 것.

"촛불시위에 나온 사람들은 미국을 반대하는 것이 아니라, 미국의 패권주의와 제국주의적 정책을 반대하는 겁니다. 그 촛불들은 미국의 식민지 혹은, 예속화 정책의 본질을 비춰주고 있습니다. 미국 내 패권주의 정책입안자들이 긴장하는 이 시기를 놓치지 말고, 촛불시위는 소파개정운동으로 가야합니다. 촛불시위를 극단적 민족주의의 발현이라고 힐난하는 사람들도 있는 모양인데, 그것도 아무 걱정할 게 없습니다. 한국의 민족주의란 침략성과 자국민의 우등성만을 강조하는 공격적 민족주의가 아니라, 생존권을 지키기 위한 방어적 민족주의라는 특징을 가지고 있습니다. 이는 단 한 번도 타민족을 침략하지 않는 우리의 역사가 증명해주고 있지 않습니까."

미군에게 강간당한 후 실성해 숨진 어머니와 주한미군 스피드 상사의 현지처로 살아가며 극악한 폭언과 폭행에 시달리는 여동생을 가진 〈분지〉 주인공 홍만수는 미군의 아내를 성적으로 희롱했다는 이유로 미국의 첨단무기에 포위당한 채 "세계는 미국의 펜타곤이 조종하고 있다"고, "미국은 나와 내 가족 모두를 파괴했다"고 절규한다. 남정현은 지난 2000년 〈그때나 이때나〉라는 산문을 통해 홍만수의 피맺힌 절규가 아직도 계속되고 있다고 말했다. 왜? 무엇 때문에 세기가 바뀌었음에도 홍만수의 고통은 해소되지 않은 것일까? 그 궁금증을 안고 남정현을 만났다. 바람이 몹시 찼던 1월7일 혜화동 한 찻집에서였다. 아래는 남정현이 직접 들려준 〈분지〉와 자신의 이야기다.

ⓒ홍성식

소설가 남정현을 이해하기 위해서는 〈분지〉가 어떤 소설이고, 그 작품으로 인해 작가가 어떤 고초를 겪었는지를 먼저 알아야한다. 미군에 의해 죽음을 맞은 어머니와 미군에게 학대당하는 여동생을 가진 홍만수가 미군 아내를 성폭행하고 향미산(向美山)에서 홀로 미국에 대항한다는 내용을 담은 〈분지〉는 홍길동의 10대손이라 자처하는 홍만수가 죽은 어머니에게 자신의 신세를 한탄하는 방식으로 서술된다.

풍자와 알레고리 기법으로 구성된 이 소설은 1965년 〈현대문학〉 3월호를 통해 발표됐다. 위정자들의 별 다른 관심을 끌지 못했던 이 소설이 공안당국에 의해 '빨갱이 소설'로 매도된 이유는 몇 달 후 북한 노동당기관지에 〈분지〉가 전재되었기 때문이었다. 이후 검거된 남정현은 남산의 지하밀실에서 혹독한 고문을 겪었고, 반공법 위반으로 구속돼 2년 가까이 재판을 받아야했다. '미국을 반대하는 것은 곧 용공이고, 용공은 주적인 북한을 이롭게 하는 행위'라는 것이 공안당국이 내세운 남정현의 죄목이었다.

"이 소설은 네가 쓴 것이 아니라, 고도로 훈련된 북한의 선동가가 쓴 것이 틀림없다. 대체 누가 이 발칙한 걸 썼는지 자백하라"는 턱없는 요구와 구타가 연일 계속됐다. 이 암울한 기억은 40여년의 세월을 넘어 아직도 작가를 현기증과 불안감에 시달리게 하고 있으며, '바리움(신경안정제)'을 먹지 않고는 외출도 힘들게 만들었다.

고 안수길 선생과 한승헌 전 감사원장 등이 변호인으로 참여했고, 당시 영민한 젊은 문사로 낙양의 지가를 올렸던 이어령(전 이화여대 교수)이 변호인 측 증인으로 법정에 서기도 한 이 재판은 해방 이후 최고의 필화사건 중 하나로 기록된다. 문학평론가 최원식에 의해 "외세의 발굽 아래 깊숙이 모독되었던 어머니 조국의 눈부신 부활을 선언했다"는 극찬을 받은 〈분지〉.

남정현은 〈분지〉의 집필이유를 이렇게 설명한다. "단 한 번도 외세에서 자유롭지 못했던 우리민족의 현실이 〈분지〉의 집필배경입니다. 일제에 빌붙어 호가호위하던 친일파들이 해방 후 친미파가 되어 정부의 요직을 독식하고, 이들이 친독재 세력이 되어 큰소리치는 참으로 어처구니없는 상황이 저한테는 일종의 멍에였어요. 외세가 만든 세상은 진짜가 아닌 가짜 세상 같았습니다. 그에 대한 반대급부로 진짜 세상에 대한 열망이 내 가슴속에서 들끓고 있었지요. 그 들끓음이 아마 〈분지〉를 쓰게 했을 겁니다. 외세에 대한 저항과 그것의 극복을 위한 내 나름의 몸부림이었지요.”

결국 ‘선고유예’로 판결난 〈분지〉의 재판과정을 통해 남정현은 하나의 깨달음을 얻었다. ‘한국정부는 미국이 조종하는 대로 움직이는 허수아비고, 식민지에 다름 아니다’는 반정부 인사들의 말을 액면 그대로는 믿지 않던 그였지만, 검거와 심문, 재판의 과정은 남정현에게 그 말이 틀린 것이 아니라는 것을 뼈아프게 가르쳤던 것이다.

1933년 충남 서산에서 태어난 남정현은 10년 이상 결핵을 앓는 등 어린 시절부터 병약했다. 그의 친구라고는 독서와 공상이 전부였다. 일어판 문고로 접한 동서양의 철학과 사상, 문학은 10대의 남정현에게 작가를 꿈꾸게 했다. “맑스의 〈자본론〉과 헤겔의 〈정신현상학〉을 비롯해 칸트와 사르트르 등을 열심히 읽으며, 인간정신의 뿌리를 알아간다는 기쁨에 몸이 아픈 것은 뒷전이었습니다. 일어판 〈몬테크리스토 백작〉을 읽고는 내 인생의 신천지를 발견한 기분이었지요.”

1958년과 59년 〈경고구역〉과 〈굴뚝 밑의 유산〉을 내놓으며 등단한 남정현은 〈모의시체〉와 〈기상도〉 〈너는 뭐냐〉 등의 문제작을 연이어 발표하며 짧은 시간에 주목받는 젊은 작가로 성장한다. 투철한 현실인식과 작가정신으로 무장한 남정현은 그만의 독특한 방식으로 시대의 모순에 저항한다. 문학에 있어 그의 무기는 풍자와 반어, 알레고리와 환상이었다.

하지만, 65년 〈분지〉와 관련된 풍파는 미래가 창창한 청년작가의 붓끝을 꺾었다. 그 고통에서 겨우 벗어나 현대사의 아이러니를 절절하게 풍자한 〈허허 선생〉 연작 등을 발표하며 재기하려 했지만, 1974년 발생한 민청학련 사건은 남정현에게 한 번 더 크나큰 시련을 안긴다. '장준하, 정일형(전 민주당 정대철 최고의원의 부친) 등과 학생들을 선동해 국가전복을 모의했다'는 혐의를 받아 대통령 긴급조치 1호 위반으로 다시 구속된 것.

구속사유에는 남정현이 반미소설 〈분지〉의 작가라는 사실과 1971년 '민주수호국민협의회' 결성에 그가 적극 관여했다는 것이 분명 포함되어 있을 터였다. 최후의 발악을 하던 박정희 군사독재의 마수가 다시 그에게 뻗친 것이다. 반복되는 체포와 감금 그리고, 고문. 이 악몽은 긴급조치가 해제되던 그해 겨울까지 계속됐다.

이 끔찍한 시절을 돌아보는 작가의 목소리에는 아직도 노기(怒氣)가 묻어 있다. "70년을 이 땅에서 살았지만, 한번도 '진짜 세상'에서 살지 못했습니다. 친일세력이 대대손손 주도권을 잡고 있는 이 세상은 가짭니다. 누가 이 가짜 세상을 만든 것입니까? 바로 외세 아닙니까. 그런 의미에서 나는 아직 한 살도 되지 않은 아이인 채로 진짜 세상을 향한 출발선에 서 있을 따름입니다. 진짜 세상을 향해 달려가고 싶습니다."

1987년 요원의 불길처럼 타오른 국민들의 민주화 열망은 남정현과 〈분지〉를 해금시켰다. 이후 '창작과비평' '실천문학' '다리' '작가' 등의 문예지를 통해 간간히 작품을 발표하며 남정현은 어느새 고희(古稀)를 넘겼다. 부당한 권력을 행사하는 외세와 그 세력에 빌붙은 매국노들을 비판했고, 역사와 인간 앞에 부끄럽게 살지 않으려 했다는 이유만으로 견딜 수 없는 고통의 삶을 살아야했던 남정현. 그가 겨울날 고목(古木)처럼 늙어 언제 쓰러질지 모르는 나이가 된 것이다.

몇 해 전 묶인 〈남정현 문학전집〉을 접한 시인 김정환은 "한국 현대소설

©홍성식

가 중 그 성품이 남정현만큼 개결(介潔)한 사람은 없다"라는 헌사를 선배에게 바쳤다. 또한 김정환은 남정현의 작품들을 "풍자로서 응축을 지향하는 엄정함은 가히 혁명적"이라고 높게 평가했다.

김정환의 말은 정확했다. 아래 기록하는 남정현과 기자의 짤막한 일문일답은 이 노작가가 세상과 인간을 아직도 얼마나 아끼고 사랑하는지, 그의 성품과 성정이 얼마만큼 염결하고, 맑은 것인지를 명명백백하게 보여준다. 한국 현대사가 이런 작가를 따뜻하게 안아주지 못한 것은 분명코 우리 모두의 불행이자 비극이다. 이런 불행과 비극이 반복되어서는 안 된다.

**- 우리에게 진보와 보수란 어떤 의미입니까?**

"한국에서 보수란 미래의 비전을 향하는 진보와 혁신의 대립개념이 아닙니다. 한국의 보수주의자들은 친일에서 친미, 친독재로 이어지는 제거되어야 할 반민족적 세력이에요. 4.19 혁명의 정신을 부정하고, 5.16 쿠데타를 칭송해온 이들은 정치적 이념으로써 보수를 지향하는 것이 아니라, 일신의 부와 영달을 위한 수단으로써 보수를 이야기하고 있습니다. 이들이 바로 통일을 거부하고, 외세의 힘에 기대 이 땅을 전쟁으로 몰고 가려는 세력 아니겠습니까."

**- 좋은 문학작품이란 어떤 걸까요?**

"자연과 역사의 조화를 이루어낸 작품이겠지요. 내가 생각하기에 '자연'이란 인간의 근원적인 문제 즉, 사랑과 아픔 슬픔과 미움 등이고, '역사'란 인간의 꿈과 이상을 위해 사용된 피와 땀의 축적입니다. 이 둘이 분리되지 않고, 조화롭게 만나는 문학을 나 역시 꿈꿉니다. 윤동주의 '서시'가 좋은 예가 되겠지요. 그 조화를 통해 가난한 이들에게 격려와 용기가 되는 문학을 하라는 말을 후배들에게 들려주고 싶어요. 매명(賣名)보다는 좋은 작품을 쓰는데 노력을 기울여야 합니다. 문학은 수단이 아닌 목적입니다. 문학마저 약육강식의 시장원리를 추구한다면 우리에게 미래는 없겠지요."

**- 어떤 세상을 꿈꾸고 있습니까?**

"국가권력을 포함한 개인을 억압하는 모든 외부의 간섭이 사라지는 아름다운 협동쳅입니다. 지나치게 이상주의적이라고 비난할 수도 있겠지요. 하지만, 결국 작가란 꿈꾸는 사람이며 이상주의잡니다. 물론 그 이상이란 현실에 기반한 것이어야겠지요. 세상이 변했다지만, 아직도 60년대 미국 서부영화에서 본 패권주의적 논리가 한국을 지배하고 있어요. 오늘을 사는 젊은이들은 외세로부터의 완벽한 자유와 해방을 꿈꾸어야 할 권리와 의무를 동시에 지니고 있습니다. 이들과 만나 많은 이야기를 나누고 싶습니다."

> * 소설가 남정현은 1933년 충청남도 당진에서 태어났다. 〈자유문학〉을 통해 문단에 나왔고, 1961년 동인문학상을 수상했다. 1965년 발표한 〈분지〉가 반공법에 저축돼 구속되는 등의 고초를 겪었으며 〈너는 뭐냐〉 〈굴뚝 밑의 유산〉 〈허허 선생〉 등의 책을 냈다. 2002년엔 민족예술상을 받았다.

# "이제 겨우 내 문학의 전반기를 지났을 뿐이다"
## - 소설가 황석영

　　2003년 겨울 서울 광화문 프레스센터에서는 '황석영 문학 41년'과 그의 회갑을 축하하는 잔치가 열렸다. 열아홉 고등학생의 신분으로 '입석 부근'을 내놓으며 〈사상계〉를 통해 등단한 황석영이 어느새 육십의 할아버지 – 그는 실제로 손자가 2명이나 된다 – 가 된 것이다. 세월의 무상함과 덧없음.

　　그러나 아직도 스무 살 청년의 그것 같은 황석영의 너털웃음과 가식 없는 표정 그리고 왕성한 창작의욕은 나이를 무색케 한다. 출옥 후 20권에 가까운 책을 내놓았으며 왕성한 사회활동까지 겸하고 있는 그를 보노라면 젊은이들조차도 그 정열에 놀라워할 정도다.

　　그날 선배문인인 고은 시인은 황석영을 일컬어 "용솟음치는 에너지가 가물치의 그것과도 같은 사람이며 아직도 문학적 향상일로를 걷고 있는 소설가"라는 말로, 평론가 백낙청은 "아직도 진정한 작가가 되기 위한 노력을 멈추지 않은 사람"이라는 말로 황석영의 회갑을 축하했다. 문인과 정치인, 화가와 종교인 등 300여 명이 참석한 회갑기념 출판기념회에서 황석영은 열린우리당 김근태 의원의 "그는 아직도 미래와 싸우는 사람"이라는 말에 화답하며 "앞으로도 청년의 마음으로 공부하고 쓰겠다"라고 약속했다. 보통의 삶을 살아온 인간일지라도 그 육십 평생엔 이야깃거리가 적지 않다. 하물며, 새파란 나이 열아홉에 문학의 길에 들어서 70년대에는 한국에서 가장 주목받는 리얼리스트로, 80년대에는 해외망명객으로, 90년대에는 분단조국의 현실을 고민하는 수인(囚人)으로, 바뀐 세기에는 미래 동아시아의 전망을 이야기하는 논객이자 노작가 -그는 이 단어 대신 '청년작가'로 불리기를 원한다- 로 살아온 황석영이라면 그가 독자들에게 들려줄 이야기는 분명 많고도 많을 터.

한 고등학교의 문학강연에서 만나 인터뷰를 청하자 그는 "인터넷신문답게 이메일 인터뷰로 진행하는 것도 좋겠다"며 어려운 부탁을 흔쾌히 수락했다. 며칠 후 이메일을 통해 질문지를 받아본 황석영은 "무슨 욕심이 그리 많냐. 질문이 이렇게 많을 줄 몰랐다"면서도 싫지만은 않은 듯 껄껄 웃었다. 아래는 질문지를 받은 후 꼬박 이틀간의 고민 끝에 황석영이 들려주는 자신의 삶과 문학, 과거와 미래 그리고, 한국사회에 대한 진단과 처방의 목소리다.

**- 올해 회갑을 맞았고 지난 12월 1일에는 회갑 출판기념회를 열기도 했다. 최근 근황은?**

"글쎄 쑥스럽게 무슨 회갑 얘기는 자꾸 하나. 내가 그 자리에서 그랬다. 나의 '전반기 문학'을 마무리하고 이제 '후반기 문학'의 출발점에 서고 싶다고 했다.

그동안 연재해 왔던 '심청'을 마무리하여 문학동네 출판사에서 두 권의 책으로 출간을 했고, 창비에서는 나의 문학 41년을 기념하는 뜻에서 〈황석영의 문학세계〉라는 내 작품의 논평집이 나왔다. 한중일 3국의 평론가들과 미국 독일 프랑스의 친구 작가들이 함께 나를 위한 글들을 써주어서 더욱 뜻이 깊었다고 생각한다."

ⓒ홍성식

- 19세에 <사상계>로 등단, 문단경력 41년을 맞았다. 어린 시절 문학에 관심을 가지게
된 계기가 있을 텐데?

　"초등학교에 들어가기 전부터 누나들의 어깨 너머로 한글을 익혀 책을 읽
기 시작했다. 전쟁과 전후 시대에는 어른이나 아이나 문화 시설은커녕 오락
거리도 별로 없어서 유년기부터 책을 많이 읽을 수밖에 없었다. 전쟁 직후라
다들 먹고 살기가 힘들어서였는지 개인 서재에서 쏟아져 나온 책들이 야시장
에 흘러넘쳤다. 나는 노천에 있는 책 대여점에서 여러 곳의 서가에 꽂힌 어
른들 책을 닥치는 대로 읽었다. 또한 모친이 일제강점기에 교육 받은 신여성
이어서 내게 세계명작 등등을 많이 구해다 읽히기도 했다. 그러고는 꼭 일기
를 써야 정리가 된다고 하여 글쓰기에 재미를 붙였다. 작문으로 상을 받는
등 사회적인 칭찬을 받고나서 문학이 무엇인지 모르면서도 막연하게 이담에
커서 작가가 되겠다고 생각했다."


- 고교시절 자퇴와 복학, 가출과 방랑 등 곡절이 많았다. 모범생의 일상적 삶을 거부했
던 특별한 이유가 있었는지?

　"내가 졸업했던 초등학교는 당시만 해도 서울 중심부에서 아주 변두리에
있던 학교였는데, 거의 수석으로 졸업했지만 명문 중학교에 입학해서는 내가
매우 평범하고 어찌 보면 열등하기까지 한 학생이라는 것을 발견하고 놀랐
다. 더구나 중학교에 들어가자마자 아버지가 돌아가시고 집안 형편이 매우
어렵게 되어 홀어머니가 생계를 꾸려 나가게 되었다. 이러한 열등감과 울적
함을 겉으로 드러내지 않으려고 아이들을 웃기는 역할을 자청하여 맡았다.
이때의 재담꾼 버릇으로 지금도 '구라'라는 별명으로 불리는데 한편으로는 이
야기꾼이라는 의미도 있어서 젊은 시절의 별명에 불만은 없는 편이다.
　그리고 다른 한 가지는 내게 글 쓰는 재간이 있다는 사실이었다. 중학교
와 고등학교에까지 교내외의 문학상을 받아오면서 내가 평범하지 않다는 것
을 급우들에게 알릴 수 있었다. 그러나 당시의 고등학교는 일제 이후 획일적

이고 규율이 엄한 교육이어서 이미 스스로 읽은 책들과 학교 바깥의 교유를 통해서 얻었던 나의 '감성'으로서는 도저히 견디지 못할 억압이었다. 그래서 자유를 쟁취하기 위하여 집과 학교라는 궤도에서 뛰쳐나갔던 것 같다."

- 등단 무렵 사숙했던 작가와 작품은? 또 당신이 문학의 길에 들어서는데 가장 큰 역할을 했던 사람은 누구인지?

"너무 많아서 누구의 어느 작품이라고 딱히 집어낼 수가 없다. 당대의 여러 잡지들과 문예지 그리고 세계명작이라고 하는 외국 전집물 등등을 거의 다 읽었다. 고등학교 때에는 문학책뿐만 아니라 역사 철학 사회과학 등의 책들을 광범위하게 읽었다.

나를 작가가 되는 길로 이끈 것은 아이러니컬하게도 내 어머니였다. 어려서는 교육받은 이로써 자식에게 올바른 인성 교육을 위하여 책을 소개하고 일기를 쓰도록 격려했지만, 고등학교에 올라가 소설을 쓰기 시작하자 성적에 도움이 안 된다는 이유로 한사코 방해했다. 어머니는 여러 차례 내가 몰래 밤새워 쓴 글들을 태워버리기까지 했다. 어머니가 나를 직업으로서의 소설가로 인정을 한 것은 겨우 〈장길산〉을 쓰고 있던 무렵이었다. 모친은 그 작품의 완성을 보지 못하고 돌아가셨지만, 연재되는 동안 가위를 들고 매회 오려 주시는 일로 내 작품을 인정하셨던 셈이다."

- 70, 80년대 <객지>와 <무기의 그늘> 등을 발표하며 튼실한 리얼리스트로 주목받았다. 민중들의 삶과 베트남 전쟁에 관심을 가졌던 이유는?

"우리 문학사에서 70년은 매우 상징적인 사건으로부터 시작된다. 그것은 평화시장 노동자 '전태일'의 죽음이었다. 개발독재 권력층의 비리를 폭로한 김지하의 〈오적〉과 전태일의 죽음에서 충격을 받아 그 해 겨울에 써서 이듬해 봄에 발표했던 나의 〈객지〉가 이후 '민중문학' 시대의 새로운 길을 열었다고 문학사가들은 기술하고 있다.

이것은 일제 이후 분단과 전쟁을 겪으면서 남한에서 당대 역사와 사회를 다루는 현실주의 문학이 깡그리 말살된 이후에 4.19의 반성과 더불어 새롭게 모색되었다. 일찍이 시에서 김수영과 신동엽의 반성이 있고나서 산문에서 '민중문학'이 운위되기 시작한 것은 그때가 처음이었다. 우리는 자연스럽게 근대화를 위한 배타적 가치로 불평등을 밀어붙인 군부독재 정권과 맞부딪치게 되었으며 유신 종신집권의 기만적인 이념들과 싸우게 되었다.

즉 글을 쓰는 것과 함께 문학이 자라날 토대가 되는 민주주의적 가치와 표현의 자유를 쟁취하려는 노력도 함께 어우러지게 되었으며, 독재의 명분이 었던 냉전의 논리를 떠받치고 있던 '월남전쟁'의 신화와 남북의 분단을 정면으로 다루지 않으면 안 되었다."

- 80년대는 민중극 또는 '마당극' 운동에도 앞장선 것으로 안다. 문학과 함께 '마당극'에도 관심을 가졌던 까닭이 있을 텐데?

"위에서 말했듯이 글 쓰는 행위와 독자의 읽는 과정은 문학이 성립할 수 있는 기본 조건인데 이런 최소한의 조건마저 유신독재 치하에서는 허용되지 않았다. 각 예술 부문마다 터무니없는 무원칙과 폭력적인 검열이 일상적으로 가해졌다. 미술에서는 붉은 색을 몇 퍼센트만 써야한다던가 심지어는 피카소의 진보적인 전력 때문에 그의 이름을 딴 화구 회사의 상호마저 취소될 지경이었으며, 노래는 심지어 대중가요마저도 조금의 어두운 느낌이나 슬픔 또는 사회적인 요소만 있어도 금지되었고, 영화는 시나리오 검열 과정부터 금지되어 있는 사항이 4백여 항목에 이르렀다.

문학에서는 주제나 내용은 물론 제목마저도 시빗거리가 되었다. 이른바 민중문학 진영에서는 자신의 글을 쓰는 일만 가지고는 충분하게 시대와 함께했다는 평가를 받을 수가 없었다. 나는 이때에 '민주화 운동'의 전선이 형성되어야 하며 거기서 문화예술인이 감당해야 할 바는 '문화운동'이 되어야 한다고 주장했던 사람이다. 이때에 김지하와 내가 '마당극' 운동을 거의 동시에 주장하게 되었는데 김지하는 제창하고 나서 투옥되어 버렸고, 나는 나머지 후배들과 더불어 현장 운동으로 발전시켜 나갔다.

나는 마당극 운동이 자연스럽게 지역 조직의 매개체가 되면서 장르 운동으로 번져나가는 것을 경험했다. 따라서 현장 문화운동은 노동야학이나 농민학교로 발전되었고 문화 운동가는 각 장르의 전문가로 발전되어 갔다. 현장극에서 현장문학으로 노래와 목판화로 그리고 영상매체로 확산되었다. 우리는 이런 과정에서 쿠바, 브라질을 비롯한 라틴 아메리카 여러 나라와, 베트남의 문화운동을 참조했고, 광주항쟁 이후에는 우리들의 방법론을 필리핀이나, 태국, 인도네시아 등 동남아 여러 나라들의 민주화 운동권에 보급할 수도 있었다."

- 80년대 말에서 90년대 중반까지 북한 밀입북과 외국망명, 그로 인한 영어를 겪었다. 고난을 겪을지 뻔히 알면서도 북한에 갔던 이유는? 망명생활과 수감생활을 하면서 가장 안타까웠던 것은?

"밀입북이란 공안당국이 쓰던 말이며, 몇 발 물러나서 애기한다 할지라도 최소한 '실정법을 어기고' 천하에 공개적으로 방북을 감행했다. 다만 출국이 불가능하니까 일본에서 열리는 〈무기의 그늘〉 출판기념회에 나간다고 해놓고, 북한 방문은 귀국해서 당국의 허가를 받아 가겠다고 천명하고는 저질러 버렸던 것이다.

당시의 노태우 정권은 김대중 김영삼 양씨의 분열로 인한 어부지리로 간신히 성립된 유사 군사독재 정권이었는데, 과거의 독재정권들처럼 민주화운동 탄압의 구실로 남북문제를 활용하고자 했고 민주화 운동 진영은 나름대로 남북문제의 주도권을 빼앗기지 않으려고 안간힘을 썼다.

당시에 '전씨 5형제'가 있었는데, 노동자들의 전노협(노동자), 전농(농민), 전교조(교사), 전대협(학생), 전민련(재야 민주인사) 등이었다. 마침 내가 조직하고 대변인을 맡았던 민예총은 각 재야단체들이 망라된 전민련에 자연스럽게 소속되었다. 이들 전씨 5형제가 민주화를 위하여 사안별로 연합하게 되었고, 전민련은 일종의 정책대행기구 비슷했는데 나는 당연히 재야의 입노릇을 하게 되었다. 노태우 정권은 남북 민간교류를 위한 7. 7 선언을 했는데 우리는 이것이 일종의 정치적 기만이라는 것을 알고 먼저 민간교류의 주도권을 쟁취하고자 북한 방문을 각 단체들마다 추진하게 되었다.

또한 나는 집행부의 당시 결정에 대하여 어떠한 불만이나 비판적인 생각을 가져본 적이 없다. 나는 할 바를 했으며 그것은 작가인 나의 운명이었다. 더구나 선배 시인인 문익환 목사의 길잡이 역할을 하게 된 것에 대하여 후회하지 않는다.

망명시절에는 이른바 90년 동구 사회주의권 몰락 이래 남한 지식인들의 정신적 방황을 바깥에서 지켜보던 때의 울적함과, 작가로서 모국어가 없는 곳에서 견디던 고독을 지금도 잊을 수가 없다. 감옥에서는 물론 집필권이 없어서 작품을 쓰지 못하고 편지지에다 메모만 깨알 같이 하던 5년이 까마득하게 여겨졌다. 투옥 4년차가 되어서야 겨우 '번역'은 할 수 있다고 하여 한문과 우리글을 대조해 보면서 낱말 익히기로 시간을 보낼 수 있었다."

- <오래된 정원>과 <손님>, 최근 <심청>에 이르기까지 출감 이후 창작활동이 더 왕성해진 것 같다. 문학적 감각을 잃어버리지 않기 위한 특별한 노력이 있었는지?

"출옥 이후에 내가 글을 다시 쓸 수 있을 것이라 거니 또는 아주 못쓰게 되었을 것이라느니 하는 추측들이 문단에 오갔던 것을 잘 알고 있다. 나는 고통을 견딜 적에 우스개 삼아 낙천적으로 말하여 '사회봉사를 한다'거나 '내공을 기른다'는 식으로 말하곤 했는데, 이는 소시민적으로 아무런 의식 없이 시정에서 살아간다는 의미는 아니었다.

나는 일관되게 평양에서나 베를린에서나 뉴욕에서도 그리고 감옥에서마저도 '문학적인 삶'을 살아왔다. 언제나 끊임없이 독서를 했고 늘 새로운 작품의 주제와 형식에 대해서 생각했으며, 무엇보다도 필요할 때면 언제나 과감하게 현실 속에 온몸을 내던졌다.

이 세 가지 것은 보디빌딩을 하는 사람처럼 작가가 늘 게을리 하지 말고 단련해야할 사항들이다. 최소한 이것들 중에 두 가지만 실천한다 하여도 그 작가는 부패하거나 정체되지 않을 것이다.

다른 또 하나는 감옥에서의 가혹한 일상을 통하여 '작가로서 살아내기'의 학습을 한 것 같다. 나는 원래 '어드벤처'에 강한 사람이며 반대로 '심심함'을 참지 못한다. 그런데 감옥의 상황은 이 무료한 시간을 견뎌내는 학습을 시키는 곳이다.

예술가이기 전에 전업작가라는 '천직'을 가진 나는 동시대 사람들과 평등하게 노동 시간의 배분을 잘 해내야 한다. 그리고 이러한 평상심을 유지하는 것이야말로 영감의 원천이다. 또한 이 평상심을 유지하게 해주는 것은 동시대 사람들이 쟁취한 민주화의 덕이기도 하다."

- <심청>에서 전통적인 심청 - 즉 순종적이고, 타율적인 - 모습을 허물고 능동적이고 적극적인 새로운 심청을 창조했는데 이는 어떤 의미를 지니는 것인가?

"보드리야르의 말을 인용한다. '프로이트는 유일한 성욕, 유일한 리비도만이 있다'고 했는데 그것은 바로 남성의 성욕이다. 성욕은 견고하고 식별 가능한 구조이며, 남근과 거세, 아버지의 이름, 억압에 집중되는 구조이다. 그러므로 여성은 결코 여성에게 전가되었던 고통과 압제의 역사, 즉 여자들의 역사상의 기나긴 수난 속에 있지 않다. 여성이 예속의 윤곽을 지니는 것은 오로지 이 구조 속에서다.

그러나 여자들이 이의를 제기할 때 그녀들은 남근 지배적인 구조에 대해 무엇으로 반론을 제시하는가? 그것은 자율성, 차이, 욕망과 쾌락의 특질, 그

ⓒ홍성식

들 육체의 다른 용도, 말과 글쓰기이지 결코 유혹에 대해서 말하지 않는다. 여자들은 그들 육체를 인위적으로 상연하는 것에 대해서처럼, 또한 예속과 매음의 운명에 대해서와 마찬가지로 유혹에 대하여 수치스러워한다. 그녀들은 권력이 실제 세계의 지배만을 나타내는 데 반해, 유혹은 상징적인 세계의 지배를 나타낸다는 사실을 이해하지 못한다.

즉 심청은 여성수난사의 히로인으로 구전민담의 효녀가 아니라, 삶의 방편으로 유혹을 주동적으로 수행하는 거리의 여인이 된다. 그녀에게 성은 거친 세상을 헤쳐 나갈 유일한 수단이다. 즉 유혹만이 운명으로서의 해부학에 철저하게 대립될 수 있는 것이다. 그녀는 자기 힘으로 거스를 수 없는 상황에 직면하여 '나는 누구인가'를 끊임없이 질문하면서 자신의 연극적 자아를 유지하며 삶을 견디는 힘을 얻는다."

**- <심청>을 쓰고 '작가의 말'을 빌어 심청을 통해 동아시아의 역사를 보여주고 싶었다고 했는데 이는 어떤 의미인가?**

"그렇게 노골적으로 작가가 말하는 것은 금물이다. 나는 그렇게 쓴 적도 말한 적도 없다. 작가의 말을 그대로 인용한다. '19세기 아시아의 근대는 도시며 저자가 형성되고 모든 나라들의 노동 상품은 새로운 형태로 변해갔는데, 임금노동과 매춘이었다. 그렇다고 하여 나는 동아시아의 저러한 흐름을 역사적 맥락으로 짚어가기 보다는 한 여자의 몸과 마음이 변전하는 과정에 집중하기로 했다. 이는 마치 연꽃 한 송이가 봉오리에서 새벽이슬을 맞고 개화를 시작하고 햇볕과 바람에 시달리며 지나는 행인을 만나고 보내기도 하며 밤낮을 거쳐 계절을 보내는 과정과도 같이 썼다. 그러므로 아편전쟁이나 태평천국의 난, 인도와 베트남과 동인도회사, 오키나와의 멸망, 일본의 메이지 유신과 민란, 동학과 청일-노일 전쟁과 조선의 식민지화 등의 과정을 멀리서 스쳐 지나가는 작은 우레 소리처럼 다루었다.'

따라서 심청의 유전의 길을 따라가면서 우리는 드디어 그가 늙고 퇴폐한 창녀가 아니라, 자기와 같은 아니면 자기보다 더 불행한 잡초 같은 인생들에 돌린 사랑으로 깨달음을 얻은 보살로 거듭나는 것을 보게 된다. 심청의 삶은 하나의 문명관이다."

- <심청>을 쓸 당시 에피소드가 있었다면, 또 <심청>은 당신의 이전 작품과 어떤 변별성을 가지는지?

"무엇보다도 동구라파의 세계사적 변화가 있은 뒤에 세계와 사회를 분석하는 많은 저작들이 드디어 '일상 잡사'를 풍요하게 다루기 시작한 것이 작품을 쓰는데 많은 도움이 되었다. 나는 사실 수많은 새로운 자료들에 접하곤 했다. 또한 현지답사를 두 차례나 하면서 중국에서는 그쪽 출판사 일꾼들의 도움을 받았고 대만에서는 초안민(初安民) 시인과 황춘명(黃春明) 소설가의 안내와 도움을 받았으며, 오키나와에서는 가타라 벤(高良晩) 시인과 아사다 에이코(安田英子) 시인의 도움을 받았으며, 일본에서는 이토 나리히코(伊藤成彦) 평론가와 특히 나가사키 토박이인 츠쇼 히로사토 소설가의 안내와 도움을 받았다.

그 외에도 나는 언제나 새로운 작품을 쓸 때면 우연히 보석과 같은 자료를 얻게 되는데, 내가 혼자서 신주쿠 공원엘 산책 나갔다가 공원 부근의 골목에 있던 작은 헌책방에서 빛나는 자료를 구하게 된 것도 기적과 같았다. 나는 그 자료가 꽂힌 서가에서 무슨 광채가 빛나는 걸 본 듯했다. 그 집에서 나는 오키나와 미야코 섬의 민속과 풍속을 다룬 〈宮古島의 他界觀〉이란 책과 〈長崎의 遊女史〉라는 책을 발견했다. 〈심청〉은 출옥 후에 쓴 〈오래된 정원〉, 〈손님〉 이래로 하찮은 개인의 삶을 통하여 세월과 역사를 되짚는 일관된 작업 가운데 하나이다. 그리고 〈손님〉에서 시작된 관심인 우리의 형식을 모색하는 과정이기도 하다."

- 요새 젊은 작가들의 작품도 많이 읽는지? 주목하고 싶은 후배작가가 있다면 누구이고, 그를 주목하는 이유는?

"많이 읽지는 못하지만 우연히 인연이 닿으면 읽는다. 글쎄 요즈음 분위기가 바뀌어서인지 많이 눈에 띈다. 중견은 말고 젊은 작가 위주로 말하자면 김영하, 김연수, 천운영 같은 이들이 좋아 보인다. 새로우면서도 노력하는 점들이 좋다."

- 90년대 이후 한국소설들이 지나치게 파편화, 관념화, 사소설화하고 있다는 지적에 대한 견해는?

"글쎄 한 때 그런 점도 있었지만 지금은 분위기가 한결 바뀌었다. 그리고 문예의 화원에는 될수록 서로 다른 수많은 나무와 꽃들이 피어나야 좋다. 그런 뒤에야 변별과 비판과 새로움이 지속될 것 아닌가."

- 문단과 출판계가 침체일로를 걷고 있다는 말이 심심찮게 떠돈다. 작가는 물론 독자들에게까지 활력을 불어넣기 위해 범문단적으로 추진하고 싶은 일이 있다면?

"이것은 어찌 보면 악순환의 고리일 수 있다. 먼저 전업작가의 생계가 보장되지 않고 있다. 물론 이것은 문화계 전반의 현상으로 금융위기 이후 회복되지 않고 있다. 전업화가의 경우도 문인들에 못지않게 어렵다. 예술 문화는 차츰 더욱 더 오락으로서의 상업적 기능만 남기고 퇴조하는 중이다. 그래도 예전에는 젊은 작가가 단편 한 편을 쓰면 최소한 한 달은 중산층의 생활비를 벌 수 있었다. 그래도 모자란 것이 아무리 역량이 있는 작가라도 매달 단편 한 편을 쓸 수는 없기 때문이다.

가까운 일본의 경우에는 단편 한 편을 쓰면 최소한 석 달은 중산층으로 먹고 살 수가 있다. 즉 단편 한 편으로 한 철을 살 수 있는 셈이다. 지금 우리 현실은 단편 한 편 써봤자 자기 교통비 정도밖에 안 된다. 그만큼 원고료가 너무나 싸기 때문이다. 한때 독재정권 시절에도 불평을 달래기 위해서였는지 문예지원이라고 각 문예지마다 원고료 지원이라는 제도가 있어서 출판사가 책정한 고료에다 지원고료까지 합하여 지불해 주어서 한 달은 겨우 먹고 살 수 있었다.

그런데 수십 년 동안에 물가는 천정부지로 몇 배나 올랐는데 지금은 원고료 지원 제도도 없어져서 오히려 독재체제 시절보다 훨씬 못한 원고료로 작가들은 허덕이고 있다. 가끔씩 일부에서 아우성 칠 때마다 임시적 조치로 정권이 인심을 쓰듯이 천편일률적으로 창작지원금이라고 거액의 돈을 나누어 뿌리는 경우도 있지만 이래서는 절대로 안 된다. 즉 일하는 자가 떳떳하게 자기 원고료로 생활하게 해주어야 한다.

생활이 안 되니 창작을 때려치우고 다른 직업을 갖게 되고 슬그머니 폐업을 하거나 부업으로 집필생활을 하게 된다. 그러므로 표현과 창작의 자유를 향유하는 요즈음 같은 세상에 작품의 양과 질은 오히려 예전보다 더욱 떨어져 버렸다. 이래서는 젊은 작가가 마음 놓고 전업을 결심하고 창작에 전념할 수가 없다. 그러니 출판 시장이 죽고 독자도 떠나버리게 되는 것이다.

나는 글을 써서 먹고 살기로 작심한 이래로 정말 피나는 노력과 고생을 해온 사람이지만 언제나 이런 조건 속에서 내 능력을 자부할 생각은 없다. 전반적인 한국문학의 저력을 키우고 두터운 독자층이 형성되려면 새로운 문예부흥을 주도적으로 일으키지 않으면 안 되고, 그 지름길은 원고료에 의하여 생활할 젊은 작가들이 많이 나와야만 한다.

대학마다 문예창작과가 수없이 생겨나면 뭘 하나. 원고료는 거의 저개발국 수준이다. 이러니 문예지는 생겨나자마자 폐간되고 대중 상업지만 살아남게 되며 문예의 토대인 본격문학이 설 자리가 점점 사라져 가고 있다. 산업의 토대가 기초과학의 육성에 있는 것과 마찬가지로 문예의 기초는 본격문학의 지원에 있다. 무엇보다 원고료는 반드시 현실화되어야 한다. 원고료의 인상과 문예지에 대한 지원이야말로 한국 문화 전반을 활성화시키는 근본 대책

이다. 이를테면 문예지나 비상업적 매체에 게재하는 모든 본격 문예작품에
대한 원고료의 지원이 이루어진다면 과거의 문화적 활력은 단숨에 되살아날
것이다."

- 만약 소설가가 되지 않았다면 어떤 일을 하고 있을 것 같은지?
  "한 번도 소설가 이외의 직업을 생각해본 적이 없으며, 내가 소설을 쓰지 않
았다면 다른 방면은 너무 무능해서 아찔한 생각까지 들 정도다. 글쎄, 이제는
너무 늦어서 포기했지만 젊었다면 영화를 만들고 있었어도 좋을 뻔했다."

- 사회문제에 대한 질문도 몇 가지 하겠다. 이라크 추가파병에 대한 견해는?
  "이런 경우에 우리는 비로소 남북의 분단이 얼마나 우리의 사회적인 삶과
개인적인 삶을 비자주적으로 규정하는지 깨닫게 해준다. 참으로 불쌍하고 비
참한 생각이 드는 것이다. 할아버지 할머니는 일제에 의하여 동아시아 각처
의 전선으로 몸 팔러 다니고, 아버지는 베트남으로 끌려가 미국의 용병이며
아시아 지역 형제들의 적이 되었고, 이제 손자는 다시 미군의 비도덕적 전쟁
의 도구가 되어 아시아 최대의 이웃인 이슬람의 적이 되려고 한다.
  작가로서 명분만을 놓고 반대하는 것이 아니라 현실주의적 관점에서 보더
라도 잃는 것이 너무나 많다는 생각이다. 중동에서 지난 수십 년간 쌓아올린
산업화의 동반자이며 친근한 이웃의 자리에서 모든 이슬람권에 등을 돌리고
순식간에 미국의 충실한 앞잡이로 전락된 이후를 생각해야 할 것이다. 현재
미국의 정권은 일시적인 것이며 가장 위험한 극우 보수주의자들의 수중에 있
고, 그런 사실을 유엔을 비롯한 세계의 여론이 한결같이 지적하고 있으며,
다른 누구보다도 미국 국민들이 잘 알고 있기 때문이다.
  현실적으로 파병밖에 달리 길이 없다면 철저하게 정치적인 입장을 세우고
그것이 파견 장병 모두에게 하나의 행동지침으로 각인되도록 애써야 할 것이
다. 아니, 그것은 가능하지 않다. 이미 적대행위는 파병 결정에서부터 시작

되었으니까. 군대란 원래 그런 목적으로 이루어진 집단이 아니던가. 참으로
답답한 일이다!"

- 최근 정치상황이 몹시 혼란스럽다. 대통령, 한나라당, 민주당의 대선자금과 줄줄이 소환되는 기업인들을 보는 심경은?

"이건 거의 모두가 과거의 쓰레기 같은 잔재를 안고 온 우리의 업이다. 국회를 구성한 저런 모양을 뽑아놓은 것도 유권자들이고 저러한 구태를 청산하지 못한 채 당을 운영하게 만든 것도 우리의 탓이다. 나는 이번 총선에서 이런 모든 것들을 변화시키는 힘이 국민들에게서 나오지 않는다면 또 수십 년 갈 거라고 믿는다. 하여튼 여기까지 민주주의의 모양은 갖추면서 오긴 왔는데 입고 있던 옷은 낡아서 누더기가 되었다. 낡은 옷을 빨리 벗어버리고 몸에 맞는 새로 재단한 옷으로 갈아입어야 한다."

- 한국사회의 가장 큰 문제점은 무엇이라고 보는지? 그럼에도 한국에 희망이 있다고 생각하는지?

"역시 언론과 정치개혁이 가장 큰 문제다. 그야말로 혁명적인 변화가 있어야 한다. 어느 지방자치의 선거에서 돈을 준 자는 물론 받은 자도 처벌한 것은 상징적으로 보인다. 사회적으로 못된 짓을 저지른 자는 아무리 자기 고장 사람이라도 다시는 대표가 되지 못하게 해야 한다. 국민을 올바르게 계도할 사명이 언론에 있는데 언론은 자기 기업이익 때문에 오히려 정치개혁과 민주화를 역행하는 경우가 많다. 그런 의미에서 인터넷과 같은 반 권위적이고 대중적인 쌍방향 여론이 힘을 얻어 간다는 것은 의미심장한 일이다.

나는 지금 여기까지 당도한 것이 바로 희망이라고 말하고 싶다. 세계에서 가장 어렵고 불리한 처지인데도 어느 정도는 먹고 살게 되었고 좀 소란스럽기는 해도 민주적인 사회를 이루었다. 비록 갈 길이 아직도 멀기는 하지만 이제까지 왔던 걸음으로 우리는 변화시켜 나가리라고 굳게 믿는다."

- 마지막으로 젊은 네티즌들에게 한마디 해준다면?

"인터넷은 위력이 있지만 호미나 삽처럼 도구에 지나지 않는다. 도구를 올바로 쓰려면 언제나 그렇듯이 인성이 올바르게 서야 한다. 책도 많이 읽어서 내용을 충실히 갖추기를 바란다. 우리는 옛적부터 '젊음'의 나라였고 '백성이 하늘'인 나라였다. 지금 시대정신이 있다면 사회와 역사를 바꾸겠다는 '젊은 여론'의 형성이다. 원칙과 대중노선이 잘 배합되어야 하며 개인과 전체가 물이 스며들 듯이 서로 도움이 되어야 한다. 나도 그들과 언제나 함께 하고자 노력하겠다."

* 소설가 황석영은 1943년 만주 장춘에서 태어났다. 1962년에 사상계 신인문학상을 통하여 등단했으며 〈객지〉 〈장길산〉 〈무기의 그늘〉 〈오래된 정원〉 등의 소설을 썼다. 〈죽음을 넘어 시대의 어둠을 넘어〉를 통해서는 1980년 광주항쟁의 진실에 다가가고자 했다. 다수의 작품이 중국과 일본, 프랑스와 미국 등지에서 변역됐으며, 만해문학상 수상자이기도 하다.

# 70년 벼룬 붓으로 마침내 우주를 노래하다
## - 시인 강태열

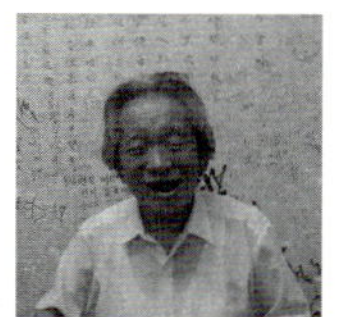

　　1932년생 강태열 시인. 그가 생애 최초로 쓴 시는 '똑딱선'이란 동시고, 그 때 강 시인의 나이 13살이었으니 시력(詩歷)이 60년을 넘어선다. 어지간한 중진시인 나이에 육박하는 만만찮은 세월이다. 그럼에도 불구 그는 2000년 5월7일까지 자신의 이름이 인쇄된 시집 한 권을 가지지 못했다. 그랬던 그가 고희를 목전에 두고 시집 두 권을 한꺼번에 상재했었다. 〈뒷창〉과 〈우주영가〉. 강태열 시인을 이야기할 때 늘상 그림자처럼 따라붙는 것이 있으니, 그것은 다름 아닌 '술'. 기자의 기억 속에 강 시인이라고 다를 바 없다. 채광석 시비제막 행사에서도 그는 이틀 내내 만취해 있었고, 취재 때문에 가끔 들르는 민족문학작가회의 사무실에서 만나는 그도 늘상 술이 오른 불콰한 얼굴이었다. 작가회의 앞 목로 '아현 호프'에서 보는 그도 다를 바 없었다.

　　　無化된 정신이 有로 사는 곳
　　　무화된 정신이 유로 빛나는 곳
　　　노자가 사는 우주의 시원
　　　살아 생전에 갈 수 없는 그 궁극으로
　　　잠자면 열릴 꿈길 따라 오라 합니다
　　　술 취하면 열릴 술길 따라 오라 합니다

-‘우주영가 2’ 중에서

강 시인은 왜 그 가난했던 시대 대학(전남대 철학과와 동국대 철학과)까지 졸업한 인텔리로서의 안정적인 삶을 스스로 포기하고, 취생몽사(醉生夢死)의 길을 걷고 있을까? 필자의 깜냥으로는 도저히 해독이 불가한 의문을 품고 그를 만나보기로 한다.

강태열 시인을 만나기 전 평론가 방민호와 고영직에게 전화를 넣었다. 30대 중반의 많지 않은 나이지만 나름의 일가를 이룰 것으로 평가받는 영민한 청년문사들. 그러나 그들은 강태열의 시와 문학에 대해 어떤 도움말도 필자에게 주지 못했다. 평소 후배에 다름 아닌 나의 문학적 의문에 막힘없이, 거침없이 조언을 주던 그들답지 않다.

방민호가 겸연쩍게 덧붙인다. “우리가 그 분에 대해 아무 것도 모른다는 사실이 기사거리겠군요.” 결국 강 시인에 대한 어떠한 사전 정보도 없는 상태에서 그를 만나러 나선다. 인사동 ‘귀천’(歸天). 비가 내리고 있었다. 약속 시간보다 10분을 일찍 도착했건만 백발성성의 노시인이 나보다 먼저 나와 기다리고 있다.

‘귀천’은 강 시인의 친구 천상병(시인. 작고)씨의 아내가 하는 찻집이다. 탁자 서너 개가 오밀조밀 놓인 좁은 공간. 인스턴트일망정 커피향이 빗소리와 잘 어울린다. 다음은 마주 대면하고 담배 피우는 것이 송구스러워 한 시간에 한 번쯤 자리를 일어서 끽연을 해가며 강태열 시인에게 다섯 시간에 걸쳐 직접 전해들은 자신과 시(詩), 세계에 대한 이야기다.

전남 광주에서 태어나 어린 시절을 여수에서 보낸 강 시인의 유년은 극악했던 일제 말기의 폭격과 동시에 평화로운 바다풍경이 겹쳐지는 극명한 대조의 시간이었다. 부친 강현준과 모친 정소복의 장남인 소년 강태열은 몸이 약해 부모의 눈물바람을 먹고 컸다. 그러한 병약은 그에게 또래의 아이들과 바깥에서 뛰어 노는 시간은 뺐었지만 방안에 칩거해 독서와 사색을 할 수 있는 빌미를 준다. 그는 그림과 글에 남다른 재능을 보이는 파리한 얼굴의 조숙한 '소년 예인(藝人)'이 된다.

광주 서중 1학년 재학 시 강 시인은 문우였던 박봉우(시인. 작고), 윤삼하(시인. 작고), 주명영(시인) 등과 함께 〈진달래〉라는 문학동인을 결성, 문집까지 낸다. 〈진달래〉 동인들이 전라남도에서 열리는 청소년 문예현상공모와 백일장 등을 휩쓸던 시절이었다.

그가 중학교 2학년이 되던 이듬해엔 광주가 인민군에게 함락된다. 그 혼돈 속에서도 그는 16살 어린 나이에 마르크스의 〈자본론〉을 구해 읽는 '지식에의 열정'을 잃지 않는다. 학제가 개편되면서 그와 그의 문우들 대부분은 모두 광주고등학교에 진학한다. 고등학교 1학년, 〈진달래〉 동인들은 조숙하게도 4인 시집 〈상록집〉을 상재한다.

당시 조선대 교수였던 김현승 시인을 스승으로 모시며 이들은 시 품평회와 시 낭송회 등을 가지며 희희낙락한다. 근처 여고생들에게 그들의 인기는 요샛말로 "서태지 뺨을 치고 어를 정도". 첫사랑의 기억들이 없을 리 없다. 고교생 박봉우는 전남여고의 홍수자, 곽명자 등과 어린 로맨스를 만들어 갔고, 강태열에겐 이일출이란 갈래머리의 여고생이 있었다.


"선생님, 첫사랑 이야기 좀 더 해주시죠." "뭘… 그런 걸 자꾸 물어요." 그의 미소 속에서 '좋았던 시절'에 대한 그리움이 묻어 나온다. 그가 앙드레 지드의 작품과 동명인 처녀소설 〈좁은 문〉을 쓴 것도 그 즈음이다. 어떤 내용인지 기억이 나냐고 물었다. "그럼요. 6.25 때 부모를 잃은 소년의 전쟁 극복기였죠." 필자는 조금 놀란다. 이미 40년도 더 된 작품의 제목과 내용까지. 놀라움은 여기서 그치지 않았다. 그는 막걸리 집으로 옮겨 인터뷰가 진행된 밤 9시까지 작품의 연도와 사람의 이름, 그 내용까지를 거의 정확하게 기억해 전달하는 모습을 보여준다. 누가 이런 그를 '고주망태의 낭인'으로 폄하하는가?

부모에 대한 기억을 물었다. 도가사상에 심취해 있던 아버지는 어린 강시인에게 "언제나 욕심 없이 살아야 한다"고 가르쳤다. 그 뜻을 받들고 산 탓일까? 강 시인은 아직 지상에 자신이 누울 방 한 칸이 없어 지하방에서 생활한다. "어머니요? 내가 하고자 하는 일을 언제나 열심히 도와주셨지요. 1930년대엔 무척이나 귀했던 '파스텔'도 그림 좋아하는 나를 위해 구해다 주실 정도로…" 시인의 눈이 붉어진다. '어머니'란 단어는 일흔 넘긴 노인에게도 언제나 '그리움'과 '눈물'로밖에 기억될 수 없는 것일까.

1954년 강 시인은 전남대 철학과 입학한다. 〈진달래〉 시절부터 동고동락한 박봉우, 주명영을 비롯 정현웅 등이 모두 같은 해 전남대 '프레시맨'들이 된 것. 그들은 중학교 시절부터 동인집을 발간했던 발칙한(?) 능력을 십분 발휘, 김정옥(전 문예진흥원장) 박성룡 등과 의기투합하여 55년 1월 동인지 〈영도(零度)〉를 펴낸다.

전후(戰後) 피폐한 문단 상황. 55년 1월에 창간돼 오늘까지도 그 명맥을 유지하는 문예잡지 〈현대문학〉이 〈영도〉가 발행되었다는 광고를 무료로 실어줄 정도였으니 당시 〈영도〉가 가졌던 위상을 짐작이 가능하다. 시인 김정환의 표현대로라면 '놀라운 센세이션'이었던 것이다.

'센세이션'은 여기서 그치지 않았다. 그해 4월 발간된 〈영도〉 2집이 나오자 몇몇의 젊은 문사들이 참여를 원한다. 이일(미술 평론가), 박이문(불문학자), 이어령(전 문화부장관) 등이 그들이다. 그러나 만장일치제로 새로운 성원을 뽑는다는 〈영도〉 동인의 원칙을 이일 만이 넘었을 뿐 박이문과 이어령은 참여를 거부당한다.

그러나 그런 자존심도 잠깐. '어느 잡지에도 추천받지 아니하고, 어느 신

ⓒ홍성식

문 문예공모에도 응하지 않는다'는 〈영도〉의 '비장미마저 감도는 강령'은 이 듬해를 못 넘기고 파기된다. 55년 여름 동인지 발행의 자금줄이었던 강태열은 부모와 함께 서울로 이주하고, 그해 가을 박성룡은 〈문학예술〉에 '가을'이란 시를 발표하며 기성문단에 진입했다. 강 시인의 '깨복쟁이' 친구 박봉우도 56년 1월 조선일보 신춘문예에 '휴전선'을 당선시키며 의기양양 상경한다. 그들만이 아니라 〈영도〉 동인 거의 대부분은 62년까지 모두 중앙문단으로 '금의입성'한다. 그들의 주활동 무대가 전남대 앞 용봉동에서 서울의 명동으로 옮겨진 것이다. 이제 말 그대로 '전성기 때 강태열' 이야기다. 그의 명동 주유기(酒遊記).

'귀천'에서 막걸리집 '풍류세상'으로 자리를 옮겨 진행된 인터뷰. 시인은 밥을 사겠다는 필자의 제의를 한사코 거부하고 술이나 한잔하겠단다. 젊은 시절 즐겨 먹었다는 삭힌 홍어에 김치를 얹어 막걸리 한 사발을 단숨에 마신 노시인의 혈색이 보기 좋다. 강 시인의 50년대와 60년대는 그의 문우들과 술을 빼놓고는 할 이야기가 없다.

물론 56년 크리스마스이브에 불심검문에 걸려 창졸간에 다녀온 군대 이야기와 59년 동국대 철학과로 편입학한 이야기, 60년 1월에 〈사상계〉에 '뒷창' '음악' '벽화'를 발표하며 조지훈(시인. 작고)과 박남수(시인. 작고)의 추천으로 등단한 이야기, 62년 평생의 반려자 이정순과의 만남과 '은성'과 '남산 공원'에서 즐긴 데이트 이야기, 서정주가 주례를 맡았던 경복궁에서의 결혼식 이야기 등도 재미가 없지 않다.

그러나 뭐니 뭐니 해도 50년대와 60년대 강 시인의 모든 진솔한 이야기는 명동과 무교동, 청진동 술집에서 시작되고 그 거리에서 끝이 난다. 그 시절 명동에서 함께 술 마시는 것으로 답답스런 청춘을 위로했고, 때론 드잡이도 했으며, 서로의 어깨를 걸고 취한 목소리로 합창을 하던 사람들. 다음은 강 시인이 선후배, 친구 혹은 선생으로 만나 함께 술 마셨던 문인들에 대한 인상 평이다.

수차 고백한바 기자는 나이 서른에도 아직 '시인 지망'의 철없는 아이인지라, 책의 표지에 찍혀있는 사진으로밖에는 본적이 없는 박인환, 김수영, 김관식이 어떤 사람들이었는지 궁금하기가 이를 데 없다. 강 시인은 필자의 이런 궁금증에 친절히 답해준다.

"박인환요? 둘도 없는 멋쟁이였지요. 그가 '동방싸롱'에서 '문예싸롱' 방향으로 그 긴 팔을 휘적이며 걸어갈 적이면 명동의 예쁜 여성 모두의 눈길이 집중될 정도였으니까요. 그러나 시를 너무 남발했어요. 다방에 앉아서도 시를 쓸 정도였으니…"

"김수영은 아주 데까당했지요. 술 마시면 어떤 말도 거침이 없었고. 게다가 아집이 대단해서 자기 글을 고치는 걸 못 봐요. 67년에 죽었다는 소식을 듣고 이틀을 꼬박 울었던 기억이 아직도 생생하네요."

"조지훈요? 그 무게가 실로 거대한 산과 같은 사람이었죠. 그의 호방함은 비교대상이 없었어요. 자신의 저서이기도 한 〈지조론〉을 술집에서 주로 강의했지요.(웃음) 제가 가지고자 애썼던 '선비정신'도 절반 이상이 조지훈에게 영향받은 거예요."

"유치환이 마산에서 서울로 올 적이면 '아리스 다방'에서 만나 밤새 술추렴을 하곤 했지요. 그도 호탕하기가 둘째가라면 서러워할 대인이었고. 69년에 그가 교통사고로 죽었을 땐 '청마(유치환의 호)가 하늘에서 오는 줄만 알았는데, 하늘이 데려가는구나'라고 한탄하며 많이 울었지요."

"미당(서정주의 호)은 언어의 마술사지요. 그러나 자기도취에 빠져 시대상황을 제대로 파악하지 못했어요. 전두환 장군이 대통령에 출마했을 때 미당이 출마를 찬성하는 연설을 했다는 소식을 듣고 찾아가 그 진위를 물었더랬습니다. 그랬더니 미당이 '우리나라는 남북이 갈라져 군인이 대치하고 있는 상황이야. 군인이 정치를 안 하면 안 되는 시절이야'라고 답하더군요. 그날 이후론 해마다 가던 세배를 안 갔어요. 아직까지도. 물론 주례까지 서준 은사니 내심 미안한 마음도 있긴 하지요."

"고은요? 낮엔 남산에서 밤엔 명동에서 술을 자주 마셨지요. 술 하나는 기가 막히게 잘 마시던 친구지요."

"김관식은 천하에 둘도 없는 호연지기를 지닌 친구였지요. 60년 9월에 장면(전 부통령)과 국회의원 선거에서 붙지 않습니까. 보통의 사람이 생각이나 할 수 있는 일입니까? 그 출마의 변도 얼마나 호방 담대합니까. '천하의 못 된 놈들이 정치를 해서 세상이 이렇듯 시끄럽다. 시인들이 나서 이 잡스런 판을 정리해야 한다'던 그 친구의 홍은동 집에 가서 수차례 술도 마시고 그랬지요."

"내 친구 박봉우는 다혈질에다 흥분을 잘했어요. 그래서 결국 정신병자란 오명까지 쓰게 되고… 하지만 누구보다 친구를 아끼는 의리의 사나이였지요. 아이 둘을 낳고야 파고다 공원에서 뒤늦은 결혼식을 올렸는데 내가 사회를 봤지요. 꽹과리와 북을 치고, 오징어에 소주 마시던 피로연과 술 취해 잃어버렸던 바바리코트가 아직도 기억이 생생하네요."

"천상병(시인)은 평생 자기 집을 가지지 못했어요. 하지만 그랬기 때문에 세상 모두가 바로 자기 집이 된 사람이지요. 순박하고 순수하기가 꼭 어린애였지요. 너무 똑똑한 친군데 시대를 잘못 만났지요."

"구자운(시인)은 내가 본 최고의 선인(善人)이었어요. 문청의 객기만 가진 것이 아니라 생활의 소중함을 아는 몇 안 되는 사람이었지요. 시도 깊이가 있었고. 굳이 표현하자면 신선을 희구하는 시적 취향이랄까…"


강 시인의 목소리가 회한에 젖는다. 술에 취하면 친구집에 몰려가 부부의

방 한가운데에서 잠들곤 했던 그 거친 '낭만의 시대'가 다시 그리워져 오는 걸까? 60년대 강 시인은 다종다양한 잡지와 신문에 한 달에 서너 편씩 시를 기고했다. 당시 불거졌던 '순수와 참여 논쟁'에서 강태열은 언제나 참여 쪽이었다. 그가 존경하는 시인이 윤동주, 이육사, 이상화였다는 것에서 그의 분명했던 태도를 이해하고도 남음이 있다.

그는 아직도 "5.16 군사 쿠데타는 나에게 잊혀지지 않을 커다란 굴욕감을 주었"다고 고백한다. 더불어 "시대에 대한 고민 없는 예술지상주의는 미친 소리다"라고 목소리를 높인다. 그러나 정작 왕성한 활동으로 자신의 시 작업을 정리하고, 후진들을 길러내야 할 40대 나이의 강태열은 1970년대 중반을 기점으로 급속하게 사람들에게서 잊혀진다.

대체 그에게 무슨 일이 있었던 걸까? 71년 그는 당시 김대중 대통령 후보의 선거운동을 도왔다는 이유로 아버지의 환갑잔치날 수경사로 연행된다. 30년이 다 되어가는 일임에도 강 시인은 아직도 어렴풋이 그 이유를 짐작할 뿐, 체포의 구체적 이유를 듣지 못했다. 그들이 억지로 덮어씌운 죄목은 '탈영'. 이미 12년 전 육군정보부대에서 병역을 마친 그에게는 어처구니가 없는 죄목이었다. 결국 한 달간의 구치소 생활 끝에 '탈영 무혐의'로 석방되기까지 그가 받은 충격은 예사로운 것이 아니었다.

74년 1월 9일엔 문인들이 '자유실천문인협의회'를 결성, 유신독재에 반대하는 성명서를 명동 '설파다방'에서 발표한다. 이 일에 연루된 강태열은 고은, 조태일(시인) 등과 함께 남산 중앙정보부로 끌려가 고초를 겪는다. 이때의 상황을 그는 그의 시집 〈뒷창〉에 '패주기'(敗走記)라는 연작시로 남긴다.

그 사건들 이후 그는 80년대 중반까지 요시찰 인물이었다. 78년 모 대학에서 강의를 맡을 뻔도 했지만, 위의 전력들로 인해 자의반 타의반으로 거부당했고, 직장도 없이 10년을 궁핍하게 살아냈다. 아, 한 인간에게 역사가 저

©홍성식

지를 수 있는 패악의 한계는 어디까지인가?

　강태열 시인은 경기도 부평의 지하 셋방에서 혼자 산다. 장성한 아들 셋은 모두 분가를 했고, 아내는 환갑을 훌쩍 넘긴 나이에도 아직도 직장을 나가고 그 때문에 서울에서 생활한다. 젊은 시절 집안을 돌보지 않고, 시와 술에 미쳐 떠돈 세월에 어찌 후회가 하나도 없을 수 있을까.

　"아이들이 한창 커가던 80년대 중반까지 아비 노릇을 못했어요. 물려받은 유산을 모두 탕진하고, 자식들에겐 아무 것도 줄 게 없어요. 늘상 입버릇처럼 아이들에게 '너희들은 너희들 앞을 스스로 열어가라. 나는 아무 것도 줄 것이 없다'라고 말하고 살았지만… 막상 이렇게 늙고 보니, 숟가락 하나 물려줄 수 없는 것이 미안하고 또 미안해요. 죽어도 눈이 감기지 않을 정도로…"

강 시인이 프린스호텔에서 있었던 출판 기념회 이야기를 기껍게 꺼내놓는다. "아내가 그러더군요. '평생을 시집 한 권 없이 살다가 죽을 줄 알았는데, 말년에 한꺼번에 두 권이나 시집을 내니 일생 처음으로 행복감을 느낀다'고요. 동국대학교 31년 후배인 막내며느리도 '말로만 들었는데 이제야 시아버지가 시인인 게 실감이 난다'고 그러고요. 문우들과 가족들, 지인들 100여명이 모여 아주 즐겁게 지낸 하루였어요."

노시인의 50년 해묵은 공력이 만든 시가 마침내 책으로 엮어져 그 일을 경하하는 자리. 당시 강 시인의 기쁨이 어렵잖게 내게도 전해진다. 동시에 현란한 수사학과 얄팍한 지식으로 매명(賣名)을 위해 잡스런 글을 남발하는 위인들은 평생 가야 이런 감정을 가지지 못할 불쌍한 사람들이란 생각도 함께 온다. 강태열 시인과 함께 한 5시간 남짓. 그의 입에서 거침없이 내뱉어진 다음과 같은 말들이 아직도 내 귀에서 떠나지 않는다.

"시인의 사유는 우주의 중심이다. 그 중심이란 권력이나 자본이 아니다."
"우주는 원래 가난한 것이다. '무유공'(無有空)이란 말이 있다. 이게 바로 변증법에서 말하는 정반합 아니겠는가."
"시인이란 존재하되 가난하다. 그래서 시인이란 우주와 같은 존재이다."
"지구에서 시인이란, 지구적인 삶의 마지막 보루다."
"시란 저항정신의 섬광이며, 새로운 비전을 불러들이는 우주를 향한 기도문이다."

얼핏 듣기에는 노승(老僧)이 던지는 화두(華頭)와 같은 말들이다. 그러나 강태열 시인이 살아온 70년 세월을 조금이라도 관심을 가지고 살펴 본 사람이라면 위의 말들이 난잡한 말장난이 아니라, '삶'이라는 부정 불가능한 살점이 붙은 선지피 '뚝뚝' 떨어지는 언어라는 것을 알게 된다. 강 시인은 아주 구체적인 충고도 젊은이들에게 아끼지 않았다.

"요새 젊은 시인들은 자기탐구나 현실에 대한 자기저항이 아닌 자기미화에만 집착하는 경향을 보여요. 현실에서 발을 뗀 미학에는 한계가 있을 수밖에 없지요. 거기에 머물러서 문학을 통한 자기구현이 될지 심히 걱정스러워요." "무너진 성도덕과 형형색색으로 머리 염색을 한 청년들요? 해방감을 느끼기 위해 그런다는 것 알아요. 하지만 그것만으로 과연 자기를 진정으로 해방시킬 수 있을지는 의문이네요."

살아있는 동안은 언제나 시를 쓰겠다는 노시인에게 마지막으로 물었다. "어떤 삶을 살고 싶으시죠?" 해놓고 보니 이따위 우문(愚問)이 없다. 그러나 시인은 현답(賢答)한다. "앞서 내가 언급한 것들을 구현하고 실천하는 삶이지요."


저 친구 눈물 흘리네
나무 끝에 집 짓고 사는
까치를 보고
눈물 흘리네
왜 우는가

저 까치집 뒤 하늘이
너무 푸르구먼
우주가 너무 푸르구먼
–'어느 날의 박용래 시인은' 전문.


며칠 전부터 레비스트로스를 두 번째 읽고 있다. '문명' 속에서 사는 우리가 우리와 다르다는 이유만으로 타민족을 '야만'으로 구분하는 짓은 얼마나 '야만스런 짓'인가. 시인의 삶을 세속의 잣대만으로 재단하려는 것 또한 얼마나 야만스러운 일인가. 이성부(시인)는 강태열을 '가치를 찾아가는 구도의 정신이 아름다운 사람'이라고 〈우주영가〉 발문에 쓰고 있다. 김정환은 '열려있는 낙천적 민중성을 가진 시인'이라고 강태열을 평한다. 그러나 누가 뭐라면 또 어떨까. 그들의 평이 있기 전에도 강태열은 시인이었고 아직도 여전히 그러하거늘. 단지 우리가 조심스러워야 할 것이라면, '우주가 너무 푸르러서 눈물이 난다'는 다 큰 시인의 아이 같은 성정을 실소로 넘기지 않는 이해심과 포용력일 터.

육당(최남선의 호)에게 사사 받아 그 한문 실력이 열다섯에 한자교본을 내고, 시경(詩經)을 번역할 정도였다는 김관식 시인. 강 시인이 친구였던 '호연지기'의 김관식 시인이 만약 아직도 살아있다면 한말의 술을 마시고 대취해 이런 말쯤은 하지 않았을까? "모두 당장 일어나 책방으로 가라. 가서 내 친구 강태열이의 시집을 사라. 거기에 '우주'가 있다. 이놈들아!"

* 시인 강태열은 1932년 전라남도 광주에서 태어났다. 대학시절 시 동인지 〈영도〉를 출간했고, 도서출판 사사연 대표를 역임했다. 민족문학작가회의 자문위원 겸 통일동산시비건립위원회 위원장을 지냈으며, 인천작가회의 고문으로도 활동했다. 조그만(?) 지구가 아닌 우주를 노래하는 호방한 대인이다.

# '병 속의 새'는 어찌 됐을까?
## - 소설가 김성동

만다라(曼茶羅)에 이르는 길은 수월치 않았다. 법명 정각(正覺), 속명 김성동을 찾아가는 길엔 애초 시인 두 명이 동행키로 언약이 되어 있었다. 그가 작업실을 꾸려놓은 경기도 옥천으로 떠나야 할 날. 약속이나 한 듯 두 명의 시인은 예기치 않은 일을 이유로 함께 갈 수 없음을 기자에게 통고해왔다. 난감했다. 생면부지의 초행길을 혼자 나서야한다는 당혹감은 물론이거니와, 더 난처한 건 "한국에서 더 이상의 구도(求道)소설은 이전에도 없었거니와 앞으로도 생겨나기가 힘들 것"이란 평가를 받는 〈만다라〉의 작가와 밤새 둘이 마주앉아 무슨 말을 해야 할까 하는 것이었다. 김성동과의 만남은 1박2일의 '음주 인터뷰'로 예정되어 있었던 것이다.

청량리 역 인근 경동시장에서 양수리로 향하는 166-2번 버스에 올라서도 걱정은 여전했다. 하지만 버스가 시내를 벗어나 교문리를 지나고, 다산 묘소에 이르자 들썩이던 심장이 다소간은 가라앉았다. 서울에서 고작 40여분을 달렸을 뿐이지만, 차창을 스치는 풍광은 도시의 그것과는 천양지차였다. 실로 오랜만에 달려본 시골 '길'은 아름다웠다. 코앞까지 다가온 산에는 희끗희끗 잔설이 저녁햇살에 빛나고, 팔당댐의 물빛은 울렁거리던 가슴을 진정시키기에 넉넉하고도 남았다. 그래 가보자. 정각의 말처럼 '진리는 길 위에 있'고

나는 길 위에 서있지 않은가. 양수리에서 완행버스를 타고 양평, 거기서도 10여 리를 더 들어가는 옥천면 골짜기 그의 작업실에 도착했을 때 다람쥐꼬리처럼 짧은 늦겨울 해가 지고 어둠이 내리고 있었다.

가방을 내려놓고, 외투를 벗으며 그와 악수를 나누는 순간, 나는 아직도 떨쳐내지 못하고 있던 '두려움'과 '막막함'의 부스러기를 훌훌 털 수 있었다. 김성동의 손이 너무도 따뜻했던 것이다. 술판의 시작은 초저녁이었다. 안주로 나온 버섯전골은 물론 함께 차려진 밥에는 젓가락 한번 대지 않고, 그는 내처 동동주만을 들이켜며 소설가 집안의 소설 같은 가족사를 들려주었다.

"아버지는(김봉한)는 48년에 예비검속으로 대전교도소에 수감됐고, 50년에 대덕 산내 처형장에서 돌아가셨어. 좌익인사라는 이유였지. 제삿날도 몰라. 엄마(한희전)는 그때부터 지금껏 50년이 넘게 아버지 생일날에 제사상을 차리고 있어. 숙부도 대한청년단에게 맞아 죽었어. 인민군이 진주했을 때 인민위원회 청년위원장을 했거든. 엄마도 여성동맹위원장을 했다는 이유로 국군이 들어왔을 때 고문을 모질게 당했지. 외가? 말도 마라. 그쪽은 좌익들에게 풍비박산이 났어. 외삼촌은 홍성에서 면장을 했는데 반동 부르주아라는 이유로 인민재판에서 처형당했고. 하긴 그때 우리 집안만 그랬겠어. 좌우의 대립이라는 우리 역사가 남긴 상흔이지."

아버지 김봉한은 젖먹이 김성동에게 공무원과 장교가 될 수 없고, 고시를 패스해도 임관될 수 없으며, 비행기 타는 것조차 자유롭지 못한 '빨갱이의 자식'이라는 멍에만을 남기고 떠났다. 아버지에 대한 원망과 미움이 클 법도 하다.

"아니. 아버지는 당대의 이상주의자였고, 내겐 원초적 그리움의 대상일 뿐이야. 살면서 단 한 번도 아버지를 의심한 적이 없어. 나 같은 작가가 몇 있어. 이문구, 김원일, 이문열이지. 이문구의 경우는 유년 시절 아버지로 인해

©조경국

겪은 정서적 충격이 그의 소설을 온건하게 만든 경우고, 이문열은 아버지에 대한 원망이 그를 반공작가로밖에 갈 수 없게 만든 거야."

58년 김성동의 가족은 고향인 보령에서 대전으로 이주한다. 바로 그날, 아홉 살 소년 김성동은 40년이 지난 지금도 기억에 생생한 끔찍스런 일을 체험한다. 늦은 밤 제복을 입은 건장한 사내가 김성동의 할아버지를 찾아왔다. "대전엔 왜 왔느냐?" "누구의 지령을 받고 온 것은 아니냐?" 등을 캐묻고 돌아가던 이 사찰계 형사가 두려움에 눈을 동그랗게 뜬 아이에게 대뜸 던진 한마디. "붉은 씨앗이로군." 김성동은 아직도 우체국 외에 관공서 출입을 꺼린다. 심지어 관공서 냄새가 난다는 이유로 은행조차. "제복을 보면 아직도 무섭고 두려워." 김성동의 어머니라고 다를까. 머리가 하얗게 센 아들에게 요새도 어머니는 이런 말을 한다. "너는 왜 자꾸 이 나라가 나쁘다는 글을 쓰고 그러니. 그냥 다 좋다고 그래라. 연속극 같은 거 쓰면 얼마나 좋아."

김성동이 아버지의 이야기를 구체적으로 들은 건 '5.16 쿠테타'가 일어난 61년이었다. 출생과 고통의 비밀을 알아버린 눈 맑고 조숙한 열다섯 소년에게 아버지는 지울 수 없는 멍울로 각인 됐다. 그의 첫 출가도 바로 그 해. 대전발 목포행 완행열차를 '빠방 틀었다'(훔쳐 탔다). 호주머니엔 비상금을 대신할 할아버지의 손목시계와 한하운의 시집 〈보리피리〉가 들어있었다. 하지만 그 첫 출가(?)는 5일 만에 끝이 났다.

"땅과 존재의 끝을 찾아 가려했던 그 첫 출가가 왜 그리 빨리 실패로 결말이 났냐?"고 물었다. 너무나 어이없는 대답. 그러나 그가 가진 성정의 진면목을 읽게 해주는 대답. "외항선을 타려 했는데, 그건 바다 가운데 있더라고. 근데 거기까지 가는 배를 탈 방법이 없는 거야." 돌아온 그는 깨달았다. '이 땅이 싫어도 여기서 살아야 한다. 그렇다면 나는 무엇을 해야 하나?'

적지 않게 마신 막걸리에 자세가 흐트러질 법도 한데, 초지일관 반가부좌한 다리를 풀지 않고 그가 말을 잇는다. "출신 성분과 학벌을 따지지 않고, 자신만의 노력으로 인정받을 수 있는 게 뭐가 있을까 찾았지. 그래서 '돌판'(바둑), '중판'(승려 생활), '글판'(문학)을 떠돈 거야. 내 삶이란 이 '삼판'(돌판, 중판, 글판)으로 요약할 수 있지. 물론 그 떠돎의 근원적 이유가 된 건 내 아버지고."

7시에 시작한 술판이 10시를 넘고 있었다. 동동주를 넘치게 담은 큼지막한 뚝배기가 세 개째 식탁에 도착했다. 네온사인 따위가 없는 깡촌의 밤은 심청색으로 적요하다. 개 한 마리 짖지 않는 고요함. 열일곱에 처음 바둑을 접하고, 단 10개월 만에 1급에 오른 김성동은 당시 한국기원이 인정하던 촉망받는 기사(棋士)였다. 쟁쟁한 프로기사들이 그의 기재(棋才)에 혀를 내두를 정도.

하지만 어째서인지 그는 입단 시험을 보지 않았다. 진작부터 어린 김성동의 가슴을 점령하고 있던 뿌리 깊은 허무와 '대체 인간이란 무엇이고, 삶이란 어디서부터 온 것인가'라는 풀 수 없는 고답적인 질문은 그를 좁은 바둑판에서 견디지 못하게 만든다. 하지만 바둑 이야기를 하는 그의 목소리는 밝다.

"문단에선 송영(소설가) 정도를 빼고는 적수가 없어. 신경림(시인)은 다섯 점을 깔고도 나한테 안돼. 기원은 내 보급창고였지. 서점에 들렀다가 사고 싶은 고서가 있으면 주인에게 '팔지 말고 두 시간만 기다리시오'하고는 기원에 가는 거야. 내기바둑 서너 판이면 그 책은 내 거지."

그가 소리 내서 웃는다. 65년. 김성동은 서울 세검정의 대고모집에서 생활했다. 당시 아버지의 고모부는 거대한 저택에서 영화를 누리던 유명인사였고, 불교신자였다. 10개월 동안 억지로 다니던 고등학교를 자퇴한 열아홉 살 김성동은 거기서 하릴없이 시간만 죽이고 있던 터. 그 집에서 머물다 우연히 만난 노승(老僧)은 섬약해 뵈는 청년에게 이런 말을 던진다. "스스로 깨달음을 얻으면 부처가 되는 거야. 부처가 뭐냐고? 우주의 근원을 아는 사람이지. 네가 우주의 근원을 얻을 수도 있는 거야." 두 달을 더 그 집에서 머문 노승은 길을 나서며 묻는다. "갈래?" 잠시의 망설임도 없이 김성동은 답했다. "가야쥬." 이후 6년을 김성동은 정각(正覺)이란 법명으로 도봉산 천축사와 합천의 해인사, 해남 대흥사를 돌아다니며 '부처'가 되기 위해 정진했다.

세월이 흘렀고 스물다섯이 되었다. 일본에서 불교에 대해 더 공부해보라고 그에게 유학이 주선됐다. 그러나 신원조회에서 그는 또 한 번의 절망감에 가슴을 쳐야만 했다. '붉은 씨앗'은 비행기를 탈 수 없었던 것이다. 잊으려 했던 아버지의 기억이 한꺼번에 밀려왔다.

"방황이 다시 시작됐어. 아무리 벗어나려 해도 '아버지의 죽음'에서 한발자국도 자유로울 수 없는 나를 다시 본 거지. 그때 문학을 만났어. 내 삶을 정리하지 않고는 아무 것도 할 수 없다는 생각에 글을 쓰기 시작했지. 구구절절한 내 삶과 수십 년 맺힌 한 때문에 짧은 운문보다는 산문을 택했지."

74년 그의 첫 소설 〈목탁조〉가 '주간종교' 문학공모에 당선된다. 하지만 그 작품은 정각에게 소설가가 되었다는 기쁨보다는 고난을 준 애물이었다. 〈목탁조〉의 내용 중 일부를 조계종 지도부가 문제 삼았고, 종단과 전체 승려를 폄훼하는 소설을 쓴 정각의 승적(僧籍)을 박탈한다. '정각에게 숙식을 제공하는 사찰이나 암자가 있다면 같은 죄를 묻겠다'는 공문이 크고 작은 절로 발송됐다. 애초에 승적을 만들지도 않았던 정각은 그의 표현대로라면 '무승적 제적' 됐다.

"2년을 떠돌았지. 육체적으로도 힘들었지만 더 괴로운 건 정신적 상처였어. 최소한의 비판도 허용하지 않는 내가 속한 집단에 대한 회의감 말이야. 말사(末寺)로 이리저리 떠돌며 도반(道伴)들에게 몸을 의탁했던 시절이야. 그

때 내 삶은 '길' 위에 있었지."

시간은 자정을 넘었다. 술자리는 김성동의 작업실로 옮겨졌다. 주종도 동동주에서 맥주로 바뀌었다. 그러나 그의 술잔 뒤집는 속도와 반가부좌는 여전하다. 젊은 내가 먼저 자자고 청할 수도 없고, 점점 난감해지기 시작한다.

75년 정각은 김성동으로 환속(還俗)한다. 자의보다는 타의가 컸다. 세속으로 돌아왔지만 당장 갈 곳이 없던 그는 막막했다. 그 막막함을 먼저 달래준 건 '돌판' 친구들이었다. 종로 '한평여관'. 친구들은 내기바둑과 마작으로 밤을 샜고 그 옆방에서 김성동은 며칠간 더부살이를 했다. 그리고 그 방에서 야간 여고 선생이었던 최원식(문학평론가)을 만난다.

곡기를 끊은 채 한숨도 안자고 2박3일 동안을 4홉들이 소주만 마셨다. 동석했던 최원식의 선배는 이틀째 쓰러졌고, 다음날 최원식이 술잔을 든 채 뻗어버렸다. 3일 밤낮을 이어지던 그 술자리에서 김성동이 반가부좌를 틀고 미동도 하지 않았다는 믿기 힘든 이야기는 아직도 문단을 떠도는 전설(傳說)이다.

"그 사건으로 최원식은 학교에서 시말서를 썼지. 78년에 한국문학 문예공모에 〈만다라〉가 당선됐을 때, 최원식을 다시 만났는데 엄청나게 반가워하더군. 내 속명을 몰랐으니, 내가 그 공모에 떨어진 줄 알았던 거야. 얼굴을 보고서야 '아, 김성동이 바로 정각 스님이었구먼'하며 파안대소하더군."

이듬해 단행본으로 출간된 〈만다라〉는 천박하게 표현하자면 '독서계의 돌풍'을 일으켰다. 밑을 알 수 없는 깊은 절망에서 연유한 '지산'의 만행과 무엇을 하고 어떻게 살 것인지를 고뇌하며 끝없이 떠도는 '법운'의 방랑은 당대 젊은이들의 감수성을 사로잡았다. '병 속의 새를 어떻게 꺼낼 것인가'라는 화두는 법운만의 몫이 아니라 책을 읽은 독자 전체의 몫이 되었다.

1981년 전무송(지산), 안성기(법운) 주연으로 임권택 감독에 의해 영화화된 〈만다라〉는 눈이 시린 겨울 산을 담아낸 아름다운 화면으로 한 번 더 대중들을 사로잡는다. 무지한 질문을 던져 보았다. "〈만다라〉의 모델이 된 사람이 있는가?" "소설은 수기가 아니다. 그러니 지산과 법운의 실질적 모델은 없다. 그러나 작가의 경험은 작품에 녹아들기 마련이다." 문득 〈만다라〉를 다시 한 번 읽고 싶어졌다. 작가의 경험이라…

〈만다라〉 이후에도 그는 많은 작품을 썼다. 조선조 말 몰락의 위기에 놓인 전통 예인들의 희망과 좌절을 당대의 정치, 사회, 풍속에 대한 철저한 고증과 탁월한 문장으로 재현한 미완성작 〈국수〉, 김지하가 '웃음과 풍자와 웅혼한 비약이 스며들기 시작했다'라 평한 소설 〈길〉, 가족공동체를 떠나서는 삶 자체가 존립할 수 없다는 그의 깨달음이 읽히는 〈집〉, 그리고 아름답고 단아한 산문집 〈먼 곳의 그림내에게〉 등등.

애초 그에게 소설은 고문의 후유증으로 앓아누운 엄마를 위로하는 수단이었다. 열두 살 소년에게는 엄마의 고통을 멎게 해 줄 약을 살 돈이 없었다. 떠나간 아버지를 기다리는 가족의 이야기를 지어내 공책에다 끄적였고, 그걸 엄마에게 읽어줬다. 가만히 아들이 읽어주던 이야기를 듣던 엄마가 묻는다.

"누가 쓴 것이여?"
"난디유."
"근사한디."
"정말유?"
"너무 슬픈디."

그날 이후로 김성동의 가슴엔 '문학은 슬퍼야 한다'는 나름의 정의가 섰다. 이 '슬픈 문인'이 '작금의 슬픈 문학현실'을 말한다. "문학은 그리움이야. 이루어지지 않는 것에 대한 그리움. 문학의 유효성이 어디 있냐고? 갈빗대 밑

을 후비는 힘에 있지. 개인을 넘어서 세상을 위무하는 힘. 요새 작가들? 맘
에 안 들어. 한마디로 함량 미달이야. 근원에서 멀어져 지엽과 말단으로만
떨어지고 있어. 작가 개인의 문제라기보다는 시대의 탓도 크지만, 어쨌건 문
학은 본질을 봐야하는 것 아니겠어. 우직하게 근원을 추구했던 김소진(소설
가)이나, 전통적 이야기꾼의 재질에다 유장한 민족적 서정을 보여주는 한창
훈(소설가)같은 젊은 작가가 너무 적어."

문학과 문단현실에 대해 담아둔 이야기가 많았던지 맥주 한잔을 시원스레
비우고 난 뒤 그가 말을 잇는다. "서정주의 경우를 봐. 그의 친일문제에 관
해선 어느 신문도 입을 다물었잖아. 오히려 미당의 친일문제를 거론하는 것
이 범죄가 되는 분위기였어. 이건 본말의 전도야. 문학이 아무리 위대해도
본질적 삶을 넘어설 수는 없는 거야. 비단 미당 개인의 문제만을 말하는 건
아냐. 일제잔재의 청산이 범죄가 될 순 없잖아. 그렇다면 그 시절 이름도 없
이 사라져간 무수한 사람들은 뭐야? 문학하는 사람으로서 참 착잡했지."

"병 속의 새는 꺼냈는가?"라는 내 나름의 비장한 질문을 이어 던졌다.
"지금도 같어. 술이나 마시지"라는 대답이 왔다. 술기운이 그 알량한 기자근
성을 발동시켰다. 끈덕지게 물었다. 내 얼굴을 한참 물끄러미 쳐다보던 그가
말한다. "새벽이슬에 바짓가랑이 적시며 처음 입산하던 열아홉 살부터 이날
이때까지 '벌벌 떨며' 살아왔지. 새는 아직도 병 속에서 못나왔어." 내겐 그
대답이 더 난해한 화두 같았다. 그 화두를 받아 안은 채 나는 꿈도 없는 아
득한 잠으로 걸어 들어갔다. 머리맡엔 치우지 않은 술병들이 어지러이 널려
있었다. 새벽이었고, 몹시 추웠다.

낯선 곳에서의 아침, 아직도 입에선 술 냄새가 진동한다. "어디 가서 뜨거
운 국물이라도 좀 먹자"는 내 말을 자르며 김성동은 전화로 맥주 한 박스를
배달시켰다. 술 좋아하는 많은 문인과 인터뷰를 해봤으나 이런 인터뷰 상대

ⓒ조경국

는 보다보다 처음이다. 그러나 묘하게도 그가 건네는 술잔을 거부할 수가 없
다. 창작과비평사에서 출간 예정인 장편소설 〈꿈〉과 월간중앙 연재 예정인
신작 〈신돈〉에 대한 이야기는 맥주잔이 여러 차례 돌고서야 시작됐다. "사람
들이 불교소설이라는 카테고리 안에서 나를 평가할 때 언제나 미안했어. 사
실 내 소설 중에 본격 불교소설이라 할 만한 건 별로 없거든. 그리고 열정만
으로 불교소설은 되지 않아. 연륜과 경험이 쌓이는 50대는 돼야 제대로 쓸
수 있는 거니까. 〈꿈〉은 50살이 되면 불교소설 한 편을 쓰겠다는 나와의 약
속을 지킨 것과 동시에 개인사를 접는 마지막 작품이야. 〈불교신문〉에 연재
했으니, 절집에서 잔뼈가 굵은 것에 대한 보은도 한 셈이지. 어떤 내용이냐
고? 아무 것도 아닌 존재로 태어난 인간이 어떻게 사랑하고 좌절하는가에
대한 이야기야. 육체를 벗어난 피안에 대한 그리움으로서의 사랑 말이야."

"〈신돈〉은 애초에 써놨던 원고 1000매가 작년 물난리에 몽땅 유실됐어.
망연자실해 앉아있는 데 비몽사몽간에 부처가 보이는 거야. '나 좀 꺼내 줘'
그러더군. 뭐에 끌린 듯 개울을 따라 가다가 진흙에 반쯤 묻힌 부처를 발견
했어. 미륵불이더군. 미륵은 미래와 당대를 총괄하는 존재이자, 혁명의 부처
야. 그러고 보니 내가 쓴 〈신돈〉과도 연결이 되는 거야. 그래서 잃어버린 원
고를 아깝지 않게 생각하기로 했어. 미륵불이 내가 〈신돈〉을 다시 쓸 수 있
도록 기억을 복원해줄 테니까."

요사이 김성동의 가장 큰 관심사는 '고루살이'(공동체)다. 그는 인생이 슬
프고 세상이 막막한 자들을 모아서 함께 살고 싶단다. 땅을 기반으로 에너지
와 교육까지 자급자족하는 것을 대원칙으로 하는 고루살이.

"공동체라는 단어는 서구개념이야. 그 단어엔 우리 철학이 부재해 있어.
고루살이가 적절한 표현이지. 함께 부대끼며 이 시대가 안고 있는 여러 문제

ⓒ조경국

를 논의하고, 모색할 공간이 필요해. 〈꿈〉의 원고료를 종자돈 삼아 강원도 골짜기 땅이라도 얼마간 사 둘 생각이야. 벤치마킹을 위해서 윤구병이 부안에 만든 고루살이와 허병석 목사의 무주 고루살이, 경남 산청의 천규석 고루살이까지 시간을 내서 다 돌아볼 거야."

김성동은 '진혼곡'같은 소설을 쓰고 싶다고 했다. 슬프고 가여운 영혼을 제자리로 돌려놓는 노래를 부르고 싶다고 했다. '경희대 2년 중퇴'로 학력을 위조해 자신을 여성잡지 〈여원〉에 취직시켜준 시인 박정만의 죽음을 아직도 아프게 기억하고 있었다. '병원의 밤은 깊어가고, 깁스한 다리 안에선 귀뚜라미가 울고 있으오'라 보내온 '눈물과 결곡의 시인' 박용래의 철필(鐵筆) 세로 편지를 떠올렸다. 해사했던 얼굴을 온통 바꾸어 버린 83년의 교통사고를 이야기했다.

불행했던 두 번의 결혼 이야기는 끝내 피했다. 아들과 딸의 이름이 '미륵'과 '보리'인 이유가 술 취한 80년 겨울, 시청 지하철역에서 이미 박범신(소설가)에게 그렇게 하겠노라 선언했기 때문이라며 웃었다. 중학교를 졸업하는 어린 딸의 문학적 재능을 자랑했다. 어휘가 상실되고 진지함이 거세된 컴퓨터 만능의 세상을 준엄히 꾸짖었다. 아직도 컴퓨터 키보드에 손을 대보지 못했고, 원고료 계산에도 한없이 서투른 김성동. 그가 책상 겸 밥상으로 씀직한 낡은 소반 위에 〈꿈〉의 초고가 누런 16절 갱지에 촘촘한 글씨로 앉아있었다. 그는 그걸 다시 원고지에 정서해서 출판사로 보낼 것이다. 자그마치 1500매를. 소설 쓰기란 얼마나 지난한 노동인가.

오후가 됐다. 이만 가보겠다고 인사를 하고 일어서는 내 손을 그가 잡는다. "너 가면 나는 어떡하라고? 너는 외롭지 않니?" 가벼운 실랑이 끝에 결국 나는 떨어지지 않는 발걸음으로 작업실을 나왔다. 문 밖까지 따라 나와 합장·배웅하는 정각스님 세속의 긴 머리칼을 바람이 날렸다. 그를 스친 바람에선 술 냄새가 아닌 새벽 산사(山寺)의 향 내음이 느껴졌다. 제스처로서의 슬픔이 아닌 진실로 큰 슬픔 안에서 살아온 사람에게서만 맡아지는 향기였다.

* 소설가 김성동은 1947년 충청남도 보령에서 태어났다. 입산과 환속을 거쳐 1978년 〈만다라〉를 선보이며 본격적 문학활동을 시작했고, 〈피안의 새〉 〈길〉 〈꿈〉 〈국수〉 〈김성동 천자문〉 등의 책을 출간했다. 현대불교문학상 등을 수상했으며, 유장하고 엄정한 '조선문장'으로 이름이 높다.

# "느린 것도 인정하는 세상이 돼야"
## - 시인 신경림

　오척 단구의 거인. 시인 신경림에게서 떠올려지는 첫 이미지다. 1956년 '갈대' 등의 작품으로 등단한 이래, 〈농무〉〈새재〉〈가난한 사랑노래〉〈쓰러진 자의 꿈〉〈어머니와 할머니의 실루엣〉 등의 시집을 상재하며, 누구도 흉내 낼 수 없는 그만의 성정과 가락으로 향후 100년은 독자들의 입에서 입으로 전해질 절창들을 탄생시킨 한국 현대시사의 작은 거인. 음악에는 신중현이 있다면 시에는 신경림이 있다. 그는 외쳐야 할 때는 외치고, 행동해야 할 때는 행동하는 양심이었다.

　'민족문학작가회의'의 전신인 '자유실천문인협의회' 활동을 주도하며 군부독재에 저항했고, 민중적 가락의 시들을 써내 '가난한 자'들의 힘을 모아냈으며, 일찍이 환경의 중요성을 깨닫고 '환경운동연합'에 공동대표로 참여하기도 했다. 열정과 억센 주먹의 젊은 날과 회한과 쓸쓸함의 중년을 넘어 이제 시인의 나이는 고희에 이르렀다. 그는 이제 이렇게 노래한다.

　어려서 나는 램프불 밑에서 자랐다/밤중에 눈을 뜨고 내가 보는 것은/재봉틀을 돌리는 젊은 어머니와/실을 감는 주름진 할머니뿐이었다./나는 그것이 세상의 전부라고 믿었다./조금 자라서는 칸델라불 밑에서 놀았다./밖은 칠흑 같은 어둠/지익지익 소리로 새파란 불꽃을 뿜는 불은/주정하는 험상궂은 금점 꾼들과/셈이 늦는다고 몰려와 생떼를 쓰는 그/아내들의 모습만 돋움새겼다./ 소년 시절은 전등불 밑에서 보냈다./가설극장의 화려한 간판과/가겟방의 휘황 한 불빛을 보면서/나는 세상이 넓다고 알았다, 그리고/나는 대처로 나왔다./ 이곳 저곳 떠도는 즐거움도 알았다,/바다를 건너 먼 세상으로 날아도 갔다,/ 많은 것을 보고 많은 것을 들었다./하지만 멀리 다닐수록, 많이 보고 들을수 록/이상하게도 내 시야는 차츰 좁아져/내 망막에는 마침내/재봉틀을 돌리는 젊은 어머니와/실을 감는 주름진 할머니의/실루엣만 남았다./내게는 다시 이 것이/세상의 전부가 되었다.

    -'어머니와 할머니의 실루엣' 전문.


어지러운 세상사에서의 길 찾기를 이렇게 읊은 노시인을 인사동에서 만났 다. 인터뷰는 올갱이를 안주로 삼은 막걸리집에서 신경림 시인이 손자 덕택 에 최근 맛들이기 시작했다는 피자를 파는 경양식집까지 자리를 옮겨가며 3 시간 이상 계속됐다.


- 새해다. 신년 계획은?

  "시 쓰는 게 본업이니, 응당 시를 열심히 써야겠고. 올해는 동화를 두어 편 써볼까 한다. 어떤 내용이냐고? 손자에게 들려주고 싶은 이야기들이다."


- '아버지'를 닮지 않으려 했으나 결국은 나도 그 '아버지'가 되고 말았다는 고백의 시를 썼다고 알고 있다. 아버지가 문학과 삶에 끼친 영향은?

  "아버지를 반면교사하려 했다. 아버지는 문학과는 거리가 먼 사람이었다. 오히려 책읽기는 어머니가 좋아했다. 아버지라… 사랑과 미움이 엇갈리는 사 람이다. 이런 애증은 내 또래 사람들에겐 보편적이기도 하고. 돌아가시기 7 년 전부터 내가 병수발을 했다. 결국 내 집에서 임종을 맞으셨고."

ⓒ노순택

- 유년 시절 집안의 분위기는 어땠는지.

"집안 어른 중엔 의사도 있었고, 교장도 있었다. 당숙과 삼촌들도 당시로선 보기 드물게 공부를 많이 한 사람들이었고. 그래서 그런지 집안에 책이 많았다. 어린 시절엔 그것들을 난독하며 지냈다. 소학교 2학년 때 일어판 〈전쟁과 평화〉를 읽던 기억이 새롭다."

- 사숙으로 삼았던 전 세대 작가들이 있나?

"백석, 이용악, 정지용 등이다. '남신의주유동박시봉방'(백석) '북쪽'(이용악) '유리창'(정지용) 등은 내가 애송하는 시들이다. 서정주도 읽었으나 내 정서엔 맞지 않았다. 서정주의 경우 그의 친일경력보다는 독재정권에 영합했다는 것이 더 주요하게 지적되어야 한다. 물론 시인으로서의 재능은 나도 인정한다. 그럼에도 불구하고 미울 때가 있었다. 영국의 워즈워스와 비슷한 경우랄까…"

- 56년 등단이래 65년 서울로 다시 올 때까지 공백이 컸다. 죽산 조봉암의 죽음에 절망한 것으로 아는데.

"죽산과 개인적 친분이 있거나 한 것은 아니고 그저 팬이었다. 하지만 함께 독서회를 하던 친구 중에 죽산 밑에서 일하던 친구가 있었다. 당시 상황이 무섭기도 했고… 그 10년의 대부분은 술을 마시고 자학했다. 이런저런 막일도 많이 했다. 학원강사, 보따리장수, 광산의 서기 일까지. 65년에 김관식(시인)이 '함께 서울 가서 시 쓰자'고 했고, 그 길로 홍은동 무허가 판자촌으로 올라와 정착했다. 정신적으로 경제적으로 매우 곤궁한 시기였다."

- 시집을 포함 많은 책을 썼다. 개인적으로 애착이 가는 저서가 있을텐데.

"〈농무〉와 〈어머니와 할머니의 실루엣〉, 〈바람의 풍경〉 정도다. 시란 쓰고 나면 부끄러운 경우가 많다. 하지만 위의 책들은 거르고 걸러 만든 것들이라 그 부끄러움이 덜하다.”

- 추천하고 싶은 시들이 있는가?
　“무슨 내가 내 시를…(웃음) 굳이 추천하라면 ‘어머니와 할머니의 실루엣’
‘목계장터’ ‘갈대’ ‘파장’ ‘길’ 등이다.”

- 시집 <농무>엔 ‘작부와 뒷방에서 치는 육백’ ‘묵내기 화투’ ‘국수내기 나이롱 뻥’ ‘골
방에서 섰다’ 등 엄청나게 많은 노름(도박)이 등장한다. 실지로도 도박에 취미가 있는지.
　“나는 아버지의 도박에 치가 떨렸던 사람이다. 노름은 전혀 못한다. 단지
당대의 사회상을 반영하다 보니 그렇게 된 것이다. 70년대 속에 맺혔던 이
야기들을 푸는 재미에 시작한 등산이 취미라면 취미다. 아직도 현기영(소설
가), 정희성(시인) 이부영(국회의원) 임채정(국회의원) 등과 자주 산엘 오른
다.”

- 당신의 시를 일관적으로 관통하고 있는 힘이나 어조는 무엇인지.
　“시란 일관적인 사상이 아니라 생활 속에서 나온다. 이념을 규정해 놓고
쓰는 시는 경직되기 십상이다. 시인은 사상가가 아니다. 시인은 이데올로기
가 미치지 못하는 부분까지 접근해야 한다. 시는 사상이 만들어 내는 것이
아니라, 사상을 만들어 가는 것이다. 그러기에 시는 그 하나하나가 이미 우
주다.”

- 시를 통해 당신이 세상에 발언하고 싶은 것은 궁극적으로 무엇인지. 또 아직도 시가
정치·사회적으로 어떤 일을 수행할 수 있다고 믿는가?
　“말이란 그 자체가 사회성과 역사성을 가지는 것이다. 시는 말로 하는 것
이다. 그러기에 말 자체가 가지는 힘이 시에서 발휘될 수 있다. 나는 시란

ⓒ홍성식

지향성을 가져야 한다고 생각한다. 내 시의 지향은 '아름다운 세상의 건설'이고, 앞으로도 그러할 것이다. 독자들은 안다. 제대로 된 시 속에는 그 시인까지 보인다는 것을."

- 요새 젊은 시인들과 그들의 시에 대한 생각은?

"일단 너무 가볍고 쉽게만 쓰려 한다. 자신의 발언에 대한 책임성도 없어 보이고. 이미지와 어조 등이 비슷비슷한 것도 문제다. 이는 즉물적이고 즉흥적인 것에만 집착하고 스피드에만 경도된 세태와도 관련이 있다. 변화에만 진실이 있는 것이 아니다. 천천히 가며 모든 걸 보는 통찰력도 중요하다. 너무 비판만 했나(웃음)? 하지만 젊은 그들의 감각은 높이 살 만하다."

- 주목하고 있는 젊은 시인이 있는지.

"안도현, 이윤학, 김기택, 송찬호, 신현림 등이다."

- 앞으로는 어떤 시를 쓸 것인가?

"나는 아직도 세상을 모른다. 하지만 '세상은 이렇더라'라는 나름의 작은
깨달음은 있다. 그 깨달음을 시로 쓸 것이다. 이제 나이가 나이이니 만큼 삶
과 죽음의 문제에도 접근하고 싶고, 참된 가치와 진실된 아름다움에 관해서
도 노래해 보고 싶다."

- 다가올 미래에서도 우리가 시에서 희망을 찾을 수 있을까?

"시의 영향력이 예전만 못하지만 어쨌든 시는 모든 예술의 근본이다. 일
본 애니메이션 작가와 만난 적이 있다. 그는 일본 애니메이션이 세계적으로
인정받는 저변에는 '시적 마인드'가 깔려 있다고 말하더라. 시대가 바뀔 때마
다 시는 절망했다. 그러나 그 절망 속에서도 계속적으로 발전해 왔다. 나는
시의 미래를 낙관한다. 인터넷 시대가 시의 독자를 확대하는 계기가 될 수도
있다고 생각한다."

- 최근 몇 년 새 서정주와 황순원, 김병걸, 손춘익 등 많은 문인들이 타계했다. 소회가
없지 않을 텐데.

"개인적으로 황순원 선생은 가까운 사이였다. 훌륭한 작가가 돌아가신 것
이라 많이 애석했다. 김병걸은 함께 민주화운동을 한 동지였다. 고문도 많이
당했고… 안타깝다. 무척이나 청렴하고 맑은 사람이었는데. 동화작가 손춘익
도 어려운 시기에 자신의 고향인 포항으로 문인들을 자주 불러 모아 술도 사
고, 위로의 말도 전한 의인이었다."

- 인터넷 시대에 시의 역할은 무엇이라 생각하는지.

"시대가 변한다고 시의 역할이 변하는 건 아니다. '참된 진실'을 추구하는 일은 계속되어야 한다. 인터넷이 대단하긴 한 모양이다. 6살 먹은 내 손자도 인터넷에서 할아버지 이름을 봤다고 할 정도니. 그 애 앞에서 나는 문맹(넷맹)이다."

- 우리 사회에 희망이 있는가? 있다면 어디에서 찾아지는지.

"다른 나라를 여러 곳 여행했다. 그러다 보니 한국이 민주주의도 비교적 성숙되어 있고, 치안도 안정적이란 것을 알게 됐다. 경제 위기만 넘기면 좋은 세상이 또 오지 않겠나. 어디에서 희망을 찾느냐고? 희망이든 절망이든 결국 사람 속에서 찾는 게 아닌가."

- 40년 넘게 시를 쓰고 있다. 시란 무엇이고 시인이란 무엇인가?

"45년 동안 시를 썼어도 시가 뭔지 시인이 어떤 존재인지 정말 모르겠다. 시가 무엇이고 시인이란 무엇인지에 대한 끊임없는 의문이 시인 신경림을 있게 했다. 앞으로도 그럴 것이고. 그러나 이렇게 말할 수는 있겠다. 시란 무언가의 결핍에 대한 갈구이고 시인은 그 결핍을 노래하는 '꿈꾸는 사람'이라는 것."

- 주량이 상당하다고 들었다.

"무슨…(웃음) 소주 두 병은 마신다. 얼마 전 소설 쓰는 현기영하고 변산반도엘 갔다온 적이 있다. 아침부터 마셔댔는데 밤에 서울로 돌아와선 서로 얼굴을 마주 보고 '우리가 어디를 갔다 온 거지?'라며 웃은 기억이 난다."

- 우리 시대가 안고 있는 가장 큰 문제는 무언가?

"사람 중심이 아닌 속도와 개발 중심의 굴절된 발전지향이다. 이제 시골에 가도 흙을 밟기가 힘들다. 온통 아스팔트 천지다. 게다가 서울만 벗어나면 지천으로 널린 '러브호텔'과 '가든'을 보면 환멸스럽다. 빨리 달리는 것만이 미덕이 아니다. 느린 것도 인정하는 세상이 되어야 한다."

**- '러브호텔'과 '가든'에서 도덕적 타락을 보는 건가?**

"그렇지 않다. 환경적인 측면에 비중을 두고 이야기한 것이다. 도덕 이야기가 나왔으니 말인데, 나는 백지영(가수)에겐 죄가 없다고 생각한다. 혼전섹스가 일상화된 마당에 한 개인에게만 책임을 물을 수는 없지 않은가. 비디오테이프를 인터넷에 올린 자에게 잘잘못을 따져야 한다. 오히려 윤리적 타락과 도덕적 해이의 죄를 물어야 할 사람들은 위정자들이다. 그들은 스스로도 견결하지 못한 주제에 지나치게 성도덕만을 강요해 왔다. 장정일의 소설 〈내게 거짓말을 해봐〉와 관련된 논란도 마찬가지다. 판단은 독자의 몫으로 남겨둬야지 왜 문화를 법적 잣대로 왈가왈부하는가."

**- 네티즌과 독자들에게 덕담 한마디 들려 달라.**

"인터넷의 속도에만 열중할 것이 아니라, 그 안에 채워질 내용도 함께 고민해야 한다. 그러니 책을 읽어라. 내용성을 담보해 줄 수 있는 것은 독서뿐이다. 선별해서 좋은 책을 많이 읽어야 한다."

---

* 시인 신경림은 1935년 충청북도 충주에서 태어났다. 1956년 '갈대' 등을 발표하며 작품활동을 시작했고, 민중의 현실에 기반한 서정시를 써온 것으로 평가받는다. 만해문학상과 대산문학상 수상자이며, 〈농무〉 〈새재〉 〈가난한 사랑노래〉 〈쓰러진 자의 꿈〉 〈어머니와 할머니의 실루엣〉 등의 시집을 냈다. 장시집 〈남한강〉 역시 절창이다.

# 아날로그가 배제된 디지털은 사상누각
## - 소설가 현기영

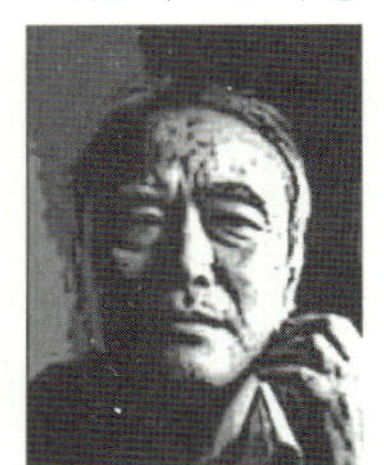

　소설가 현기영은 근사한 낭만주의자다. 취중의 그가 꿈꾸는 소년의 눈동
자로 부르는 탐 존스의 올드 팝들이 그렇고, 아직도 비디오로 유럽의 예술영
화들을 즐겨 본다는 그의 영화취향도 그렇다. 특히, 그가 영화를 보는 눈은
비평가의 그것 이상으로 날카롭고 관련지식도 해박하다. 영화 〈미인〉(감독
여균동)은 ‘내러티브는 상실되고 이미지만이 나열된 저급한 포르노’라 잘라
말하고 〈나쁜 영화〉(감독 장선우)에 대해서는 ‘성적 욕망이 아닌 (감독의) 지
적인 욕망까지 엿보이는 괜찮은 영화’라 거침없이 평한다.

　거기에다 장선우에게 충고까지 한마디 덧붙인다. “장선우는 일탈이 야기
하는 고통을 아직 모른다. 그것이 그의 영화를 왜곡되고 과장스럽게 만드는
이유다.” 30년 이상을 문자와 더불어 살아온 소설가임에도 불구, 현기영은
영상이 가지는 문자 이상의 힘을 인정하고 있다. 이것은 여타의 동시대 작가
와 그를 구분 짓는 코드다.

　“미국에선 아직도 홀로코스트(유태인 학살)를 다룬 소설이 일 년이면 수십
편씩 쏟아진다. 하지만 그 소설 중 어느 것도 로베르토 베니니의 영화 〈인생
은 아름다워〉가 주는 핍진성과 눈물을 내게 주지 못했다.”

그 스스로도 제임스 조이스를 추앙하던 모더니스트였다고, 순수문학을 하고 싶었다고, 도시적 삶을 형상화하고 싶었다고 고백하는 현기영. 그랬던 그가 왜 1979년 첫 소설집 〈순이 삼촌〉을 출간하면서부터 99년 장편 〈지상에 숟가락 하나〉를 내기까지 자그마치 20년 동안을 한국현대사의 가장 큰 비극의 하나인 '제주 4.3 항쟁'에만 그토록 집착하는 리얼리스트로 살아올 수밖에 없었는지 의문이 아닐 수 없다.

제주를 떠난 지 40여 년이지만 아직도 현무암만 봐도 "우리 종씨!"라며 반가워한다는 천상 '제주'와 '4.3'의 작가일 수밖에 없는 현기영을 직접 만나보기로 했다. 위에서 언급한 의문에 관한 대답을 얻고, 더불어 다사다난의 한국 현대사를 살아낸 원로 소설가의 삶을 제대로 들여다보기 위해서였다.

바람 매섭던 날. 마포구 망원동 그의 자택으로 들어서자마자 "술은 내 취미"라 밝힌 작가답게 기자에게 와인부터 권한다. "이건 도수가 약해 음료수나 다름없어. 마셔."


**- 반갑다. 먼저 근황은?**

"며칠 전이 회갑이었다. 소설가야 나이에 관계없이 좋은 책 읽고, 작품 쓰면 되는 거지 회갑연은 무슨 회갑연이냐고 고사했는데… 후배들이 자리를 마련하는 바람에 마지못해 나갔다. 김성동(소설가) 김영현(소설가) 이재무(시인) 박철(시인) 김한수(소설가) 박남준(시인) 아내(시인 양정자)와 어울려 북한식 만두를 안주 삼아 술 한잔했다. 예술가에겐 정신적, 육체적 노쇠가 따로 있지 않은 건데…"


**- 현기영을 이야기할 때 '제주도' '4.3 항쟁'을 빼놓을 수 없다. 제주와 4.3은 당신에게 어떤 의미인가?**

"뭐랄까. 그건 일종의 '원죄의식'같은 것이다. 내가 태어나고 유년을 보낸 곳에 대한 글을 쓰지 않으면 다른 글도 쓸 수 없을 것 같은 일종의 강박관념

말이다. 내가 유별나서가 아니라 제주인이라면 누구나 4.3이 준 집단적 억압 심리를 쉽게 버릴 수 없다. 그 문제부터 해결하고 다른 길을 가더라도 가고 싶었다.”

- 당신은 48년 집단학살을 목격했는가? 했다면 그 상황을 간략히 묘사해 달라. 그리고 학살을 목격한 아이(당시 7세)로서의 충격은 어떠했는지.

“직접적으로 학살을 목격하진 못했다. 하지만 나를 포함한 당시의 아이들에게 연이어 터진 학살과 전쟁의 흉포함, 굶기를 밥 먹듯 하는 극악한 가난, 횡행하던 전염병은 그 분위기만으로도 지울 수 없는 어두운 상처다. 그 충격 때문에 나는 오랫동안 말을 더듬기도 했다.”

- ‘아버지의 부재’가 작품에 자주 등장한다. 아버지는 어떤 분이셨고, 아버지가 당신의 작품 세계에 끼친 영향은?

“내 아버지는 일제의 강제징용과 좌우익의 대립과 살기 위해 신념을 번복해야 했던 현대사의 불행을 맨몸뚱이로 겪은 불행한 분이다. 그에게 가해진 사회적 억압이 콤플렉스가 되어 가족들에게 가혹한 경우도 가끔 있었지만, 그 시절 아버지는 누구나 비슷했을 것이다. 지금에 와서 생각하면 아버지로 인해 ‘참혹했던 유년’이 내 문학적 자양분이 된 것도 같다.”

- 당신의 유년은 ‘고생하는 어머니’와 ‘견디기 힘든 가난’으로 정리될 수 있을 것 같다. 어머니와 가난에 대해 이야기해 달라.

“그 시절엔 흉년이 잦았다. 제주도는 보리와 조가 주식인데 조밭이 까맣게 타들어 가던 기억이 아직도 선명하다. 보릿고개를 앞둔 어머니가 쌀독 앞에서 남은 식량을 헤아리며 쉬던 한숨은 케테 콜비츠의 판화와도 같았다. 하지만 언제나 어머니는 그 흉년의 아가리 앞에서도 자식들을 챙기며 당당했다.”

- 처음으로 문학을 접하게 된 계기는? 당신을 소설가로 살게 만든 작가가 있는지.

　"중학교 1학년 때 소설을 써서 도내 현상공모에 보냈는데 그게 당선이 됐다. 그 일 이후 작가 지망생이던 국어선생이 나를 귀여워 해줬다. 그의 집에서 한국 고전문학을 읽으며 습작기를 보냈다. 황순원, 김동리, 김유정, 이상 등이 내가 좋아한 작가다. 고등학교 시절엔 카뮈의 〈이방인〉에 경도 됐고, 대학에 가서는 〈페스트〉를 읽고 감동했다."

- 대학(서울대 사대 영어교육과)시절 이야기를 좀 한다면. 캠퍼스 커플인 아내와의 연애 이야기도 좀 해달라.

　"고학생이었다. 따로 집이 있는 것도 아니라서 입주 가정교사를 주로 했는데… 제주도 사람들이 특유의 자존심이 있다. 그 짓(입주 가정교사)이 마치 머슴살이 같았다. 오래 붙어있지 못했다. 친구들의 하숙방을 전전하다가 결국은 1학년 마치고 해병대에 자원했다. 아내와는 복학한 이후에 만났다. 아내는 애인이라기 보단 함께 문학을 좋아하던 친구였다. 그러니 뜨거운 로맨스 따위가 있을 리 없다(웃음). 하지만 그때도 지금도 아내는 나의 가장 든든한 동반자다."

- 34세이던 75년 등단했다. 동년배 다른 작가들에 비해 등단이 무척 늦었는데. 특별한 이유가 있는가?

　"66년 대한일보 신춘문예에 최종심까지 올랐다가 낙선했고, 69년에도 최종심까지 올라 윤흥길(소설가) 들러리만 섰다(웃음). 졸업 이후엔 곧장 영어선생이 됐고. 내 무능력과 게으름의 소치지 늦은 등단에 특별한 이유는 없다."

- 그토록 '제주도 이야기'에 집착하는 이유는?

　"사실은 〈순이 삼촌〉을 시작으로 연작 세 편만 쓰고 4.3 이야기는 접을

생각이었다. 그런데 79년 겨울에 〈순이 삼촌〉을 썼다는 이유로 신군부에 의
해 보안사에 연행됐다. 남산 서빙고에서 3일 동안 온갖 모욕과 구타를 경험
했다. 얻어맞은 상처에 멍이 가시는 데만도 보름이 걸리더라. 거기서 생각했
다. '정부와 나는 일대 일이구나.' 그 깨달음이 내게 4.3과 소설가로서의 의
미를 다시 생각하게 했다."

- 독자들에게 당신을 강하게 인지시킨 작품집은 <순이 삼촌>이다. 표제작인 <순이 삼
촌>은 '한 인간이 부도덕한 권력에게 얼마나 철저히 유린당할 수 있는가'라는 것으로
읽히는데.
  "부도덕한 정권에 의한 유린은 4.3 말고도 많다. 내가 판단키에 4.3은 한
국 현대사의 가장 아픈 환부인 동시에 금기였다. 나는 내 소설 〈순이 삼촌〉
을 통해 30년 동안 누구도 말할 수 없었던 이 비극을 짚고 나가고 싶었다."

- <변방에 우짖는 새>는 엄청난 취재와 자료 조사, 발로 뛰는 수고를 요구했을 것으로
읽힌다. 이 작품을 쓸 때의 에피소드가 있는지.
  "이 작품은 서울사대부고 도서관에서 이재수의 난에 관한 짤막한 논문을
발견하면서부터 구상이 구체화됐다. 내 또래 제주도 아이들이라면 누구나 신
화나 전설 속의 영웅처럼 숭앙해온 이재수가 논문의 활자로도 있다는 것에
일단 놀랐다. 먼저 논문의 참고문헌을 꼼꼼히 챙겨 읽었고, 직접 제주도를
찾기도 했다. 제주도 모슬포 인근에 '산방산'이 있다. 이 일대 사람들은 이
산을 역향(반역의 땅)이라고 부른다. 이재수와 방성칠(민란의 지도자), 4.3
항쟁을 이끌던 지도자까지 모두가 산방산 인근에서 태어나 성장했다. 그때
나는 왕조사관에 대한 안티테제로서의 민중사관을 공부하고 있었고, '민란'이
란 억압을 거부하는 민중이 보일 수 있는 가장 아름다운 모습이라고 나름의
정의를 내리고 있었다. 입에서 입으로만 전해지는 이 민란의 역사를 소설로
써보고 싶었다. 〈변방에 우짖는 새〉는 그렇게 시작됐다."

©노순택

- <변방에 우짖는 새>는 87년 극단 연우무대에 의해 연극으로, 박광수 감독에 의해 <이재수의 난>으로 영화화되기도 했다. 문자가 아닌 무대와 영상으로 재현된 '제주 민란'이 당신이 보기엔 흡족했는가?

"일단 연극은 6.10 항쟁과 초연 시기가 맞물려 관객들의 반응도 좋았다. 그 때문에 문공부로부터 '죽창의 끝을 뭉툭하게 만들라', '붉은 머리띠를 매지 마라'는 등의 여러 간섭도 받았지만. 김석만 교수가 연출을 했는데, 작품의 형상화와 상연 시기 등이 나쁘지 않았다. 영화라… 박광수 감독이 자기 세계가 뚜렷한 감독이긴 하다. 하지만 역사적 사건을 다루는 영화에는 서사도 중요한데 지나치게 이미지에만 집착했다. 이는 시나리오 작업시 감독의 지나친 독선이 야기시킨 문제라 보여진다. 하지만 영상은 너무 아름다웠다."

- <바람 타는 섬>은 일제 치하 제주 잠녀들의 봉기를 그리고 있다. 앞서 언급한 <변방에 우짖는 새>와 더불어 이 작품은 4.3 항쟁과 직접적 연관성은 없지만 당신의 작품 세계에서 하나의 개연성으로 묶인다고 보는데.

"항쟁에는 언제나 수난이 동반되기 마련이다. 하지만 4.3은 항쟁이 얻은 성과에 비해 수난이 너무나 컸다. 내 소설이 항쟁이 아닌 수난에 무게 중심을 두고 있는 것도 이런 이유에서다. 두 작품에서 항쟁의 주체인 천민과 잠녀(해녀)의 수난을 강조해 보여줌으로써, 4.3이 좌파적 이데올로기의 성격만을 가진 항쟁이 아니라는 것을 보여주고 싶었다. 사실 내 소설에서 형상화된 4.3을 육지와 고립된 섬의 대결로도 보는 사람들도 있다."

- 99년 성장소설 <지상에 숟가락 하나>를 발표하며 당신은 스스로가 '4.3 항쟁'과 결별을 선언했다. 여기서 '결별'의 의미가 완벽한 단절은 아닐 텐데.

"4.3이 꼭 한 가지 방법만으로 접근될 수 있는 것은 아니다. 작년에 4.3 특별법이 제정됐다. 이런 시점에 내 소설이 가지는 고발성은 이제 별 의미가 없다. 다른 방식으로 보여주는 것도 필요하다. 꼭히 문학이 아니라 영화라도 좋고, 꼭 현기영이 아니라 다른 작가도 4.3에 관해 쓸 수 있는 것 아닌가."

- 등단한 지 25년이 넘었다. 그럼에도 많은 작품을 쓰지는 않았는데. 과작의 이유가 있나?

  "물론 작가는 꾸준히 써야 한다. 하지만 나는 수다쟁이가 되고 싶진 않다. 감이 잡힐 때까지는 작품을 쓰지 않는다. 억지로 만들어 낸 작품은 독자가 먼저 안다. 글을 쓰는 것이 삶의 중요한 일부이긴 하다. 그러나 말 그대로 일부일 뿐이다. 소설가도 친구를 만나 술 마시고, 놀고 싶을 땐 그래야 한다. 그게 다 문학적 자양분이 된다."

- 개인적으로 가장 애착이 가는 작품과 그 이유는?

  "〈지상에 숟가락 하나〉다. 자본주의는 사회주의만이 아니라 자연과 인간까지 먹어치우고 있다. 이제 인류에겐 '되돌아 봄'이 필요하다. '되돌아 봄'이 없는 질주는 이미 파국을 예고하고 있다. 이 작품을 통해 지금은 TV에서나 볼 수 있는 자연을 돌아보는 시간을 독자들에게 주고 싶었다. 참혹한 역사를 안고 있었지만, 또한 너무나 아름답기도 했던 내 고향 제주도의 자연을 교감하고 싶었다."

- 90년대 이후 주목받기 시작한 젊은 소설가들의 작품을 어떻게 평가하는지?

  "민주화 운동의 기억과 흔적에 질서를 부여하지 못하고 감상주의와 환멸에 치우친 '후일담 소설'은 경멸한다. 80년대 소설은 민족과 민중을 재발견했다. 그럼에도 불구하고 불과 10년 사이에 그 발견이 미신처럼 치부되고 있다. 이것이 제대로 된 사람의 사고방식인가? 그렇다고 거대 서사만이 중요하다는 이야기는 아니다. 80년대 소설이 도외시했던 감성과 일상 같은 미세 서사도 작가가 돌봐야 할 부분이다."

©노순택

**- 주목하는 젊은 작가가 있는가? 있다면 그를 긍정적으로 평가하는 이유는?**

"전성태와 민경현이다. 전성태의 경우 예민한 감수성은 물론이거니와 농촌공동체의 삶과 어휘를 본능적으로 획득하고 있어 자연스럽고 구수하게 읽힌다. 민경현은 예술가 소설에 재능을 보이는 작가다. 그가 융합하는 환상과 리리티가 믿음직스럽다."

**- 몇몇 작가에 대한 개인적 평가를 해 달라 부탁해도 결례가 되지 않겠는지.**

신경숙은? "감수성은 예민하다. 그러나 나이가 들어갈수록 그 감수성에 지혜가 더해졌으면…"

윤대녕은? "심미주의자다. 하지만 지나치게 이미지의 연결에만 집착한 나머지 작위적으로 보인다."

성석제는? "능수능란한 해학성이 돋보인다. 내러티브도 좋다. 그러나 의

미추구가 약하다."

하성란은? "경쾌하고 산뜻하다. 마치 아이스크림처럼. 그러나 읽고 나면 덧없다."


- 새해 벽두부터 '의원 꿔주기' '안기부 예산 불법사용' 등의 문제로 시끄럽다. 현 정치권을 보는 작가로서의 견해는?

"정치인만의 문제가 아니다. 대중도 문제다. 박정희 신드롬이 일어나고, 그의 기념관을 세우겠다는 발상을 한 번 보자. 대체 파시스트의 기념관을 세워 길이길이 보존하겠다는 것이 정상적인 인간의 생각인가? 이런 해괴망측한 발상이 어디 있나. 경제가 좀 어렵다고 박정희를 그리워하는 썩은 대중이나 정치인이나 뭐 다를 게 있나?"


- 당신이 부의장으로 재직하기도 했던 '민족문학작가회의'의 위상이 예전만 못하고, 정체성에도 혼란을 겪고 있다는 일부의 지적도 있는데.

"역설적이지만 암흑이 희망을 키우는 법이다. 80년대 작가회의에겐 '적'이 분명했다. 그 적은 다름 아닌 파시즘이었다. 작가회의는 그 적의 부당한 힘에 저항해왔고, 그랬기 때문에 존재 가치가 있었다. 하지만 그 적이 물러간 후에 상실감에 빠져있는 것 같다. 민중들의 삶은 여전히 지난한데, 작가들이 작품으로도 발언을 하지 않는 것 같고, 단체로서의 움직임도 보이질 않아 안타깝다."


- '좋은 소설'이란 어떤 걸까? 또 산다는 건 뭘까?

"좋은 소설이라… 잘 모르겠다. 개인적으론 도시적 삶의 반성과 객관화를 작품화하고 싶은 열망이 있다. 그 이후엔 태어난 고향 제주도로 돌아가고 싶다. 삶? 찰나다. 그러나 문학하는 사람은 찰나 속에서도 끊임없이 변신해야 한다."

- 어떤 인터뷰에서 "술은 내 취미"라고 말한 것으로 안다. 여전히 술을 즐기는지.

"뭐, 60년 인생이 하루아침에 바뀌는가. 요새도 젊은 작가들과 자주 마시고 있다. 내가 늙었지만 아직은 그들만큼 마셔도 까딱없다(웃음)."

- 인터넷과 디지털 문화에 대해 어떤 생각을 가지고 있는가?

"아날로그가 전제되지 않은 디지털은 사상누각이다. 아날로그는 정신이다. 정신의 성장 없이 몸만 비대해지는 정보는 대중을 혼란시킬 뿐이다. 특히 작가의 경우 컴퓨터의 반짝이는 커서가 빠른 글쓰기만을 요구해 작품에서 심오한 사상을 빼앗기고 있다. 문제다. 작가에게 중요한 건 예나 지금이나 아날로그적 개성인데."

- 현재 준비중인 작품이 있는가? 있다면 어떤 내용인지.

"자본주의의 상품문화가 빚어낸 물신숭배를 비판하는 소설을 쓸 계획이 있긴 한데… 아직은 구상단계다. 실물로서의 자본주의 본질을 알려고 여러 책을 찾아 읽고 있다."

- 젊은 세대에게 '생의 경구'가 될 만한 말 한마디 부탁한다.

"앞만 내다보는 무한질주의 삶이 아니라, 되돌아봄으로써의 반성하는 삶을 살아야 한다. 그리고 비록 헛되어 보일지라도 자기 나름의 시간을 갖는 걸 두려워 말라. 자연도 벗하고, 친구를 만나 술도 마셔라. 실리와 현실만이 중요한 건 아니다. 고답 속에도 진실이 있다."

---

* 소설가 현기영은 1941년 제주에서 태어났다. 1975년 동아일보 신춘문예를 통해 등단했으며, 만해문학상과 오영수문학상 등을 받았다. 〈순이 삼촌〉 〈마지막 테우리〉 〈변방에 우짖는 새〉 〈바람 타는 섬〉 등의 소설을 썼고, 민족문학작가회의 이사장과 한국문화예술진흥원장을 지냈다.

# "서정주는 우리 부부의 스승, 하나 비판받을 건 받아야"
## - 소설가 조정래

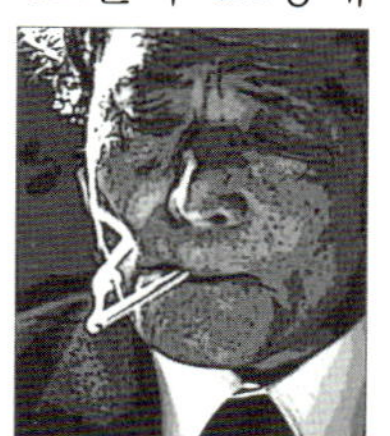

　　먼저 〈태백산맥〉에 얽힌 에피소드 하나. 1994년 함께 문학회를 하던 후배 하나가 이런 불만을 토로했다. "아이, 열 권이나 되는 〈태백산맥〉을 어떻게 다 읽어요?" 그 애교 섞인 투정을 자르며 선배가 이런 말을 했던가? "야 임마, 조정래는 쓰기도 했는데 너는 읽지도 못해." 6년 동안 〈태백산맥〉을 쓰며 사용한 원고지 1만6500매, 이어 5년 동안 매달린 〈아리랑〉의 집필에 사용된 원고지 2만매, 다시 한겨레신문에 연재된 〈한강〉에 소요된 1만 매가 넘는 원고지. 이만하면 원고지 생산업체에서 조정래에게 감사패라도 하나 줘야 하지 않을까? 특히나 요즘처럼 대부분 작가들이 컴퓨터로 작품을 쓰는 시대엔.

　　하지만, 정작 소요된 엄청난 원고지량 보다 놀라운 건, '소설을 통해 한국 현대사를 복원하겠다'는 그의 정열이다. 1983년 〈태백산맥〉을 시작으로 〈한강〉까지 자그마치 20년 세월. 식민지 항일투쟁사에서 지리산 빨치산 투쟁사, 유신 치하의 학생운동과 노동운동의 역사를 따라가다 보니 만 서른아홉의 청년은 이순을 넘긴 할아버지가 됐다. 머리칼에 희끗희끗 내리기 시작한 서리에도 불구하고 '굴욕적 한일외교 정상화 반대시위'를 주도하며 격문을 쓰던 이십 대의 정열을 고스란히 간직한 조정래. 그는 어떤 질문에도 에둘러가는 법이 없었다. "미당(서정주)의 친일과 친군사독재 행위는 수십 년을 두고 비판받아 마땅하다." "의약분업이 쟁점화 됐을 때 의사들이 보인 태도는 또 하나의 깡패집단과 다를 바 없었다. 그들에게서 나는 이 나라의 종말을 보았다."

〈태백산맥〉을 쓰면서부터 양복 입고 외출하는 게 일 년에 두세 번 있는 연례행사가 된 조정래. 어렵사리 그에게 '봄 외출'을 부탁했다. 아래는 그 간만의 외출에서 조정래가 들려준 그의 문학과 삶. 서초동 예술의전당 근처 찻집이었고, 격자무늬 창으로 들어오는 봄 햇살이 눈부신 날이었다.

- 최근 언론보도에 따르면 검찰이 〈태백산맥〉의 처리를 놓고, '기소유예'냐 '혐의 없음' 이냐를 고민중이라는데.

"분단의 비극이 연속되고 있는 것이다. 1994년 사건을 이제까지 끌고 온 것은 (태백산맥에 대한) 독자들의 사회적 반응 때문에 쉽사리 처리방안을 찾지 못해서다. 검찰은 국가보안법이 개정되는 시기를 기다리고 있는 것으로 보인다. 국보법이 개정되면 이 사건은 성립 자체가 되지 않는 것 아닌가."

- 〈태백산맥〉에 대한 고소 사건은 94년에 검찰에 접수된 이래 7년을 끌어왔다. 답답하고, 힘든 일이 많았을 것이다. 검찰 수사과정 등에서 일어난 에피소드가 있나?

"가장 힘들었던 건, 경찰과 검찰에 불려 다니느라 작품 쓸 시간을 뺏긴다는 거였다. 그 당시는 〈아리랑〉을 쓰고 있던 시기였다. 〈한강〉을 쓸 때까지도 그 '불러들임'은 여전했다. 작가의 삶을 압박하고, 구속하는 사회현실이 너무나 안타까웠다."

- '민족주의적 시각을 가진 작가' 혹은, '분단문학의 대가'라는 당신에 대한 세간의 평가에 대해 어떻게 생각하는지?

"한국의 20세기는 험난하고 욕된 역사에 다름 아니다. 식민지와 분단이 바로 한국현대사 100년 아닌가. 그 상황에서 작가가 무엇을 써야할 것인가는 실존적인 고민이다. 이 고민이 〈태백산맥〉과 〈아리랑〉, 〈한강〉까지 이어진 것이다. 분단과 식민지 항일 투쟁사에 대한 작가로서의 남다른 시각확보가 그런 평가를 있게 하지 않았겠는가."

- 일부에서는 당신을 '좌익' 혹은, '빨갱이 작가'라고도 말하는데.

"우리사회는 분단으로 인해 사상마저도 이분법으로 편 가르기 돼있다. 여기에서 나온 단견이라 생각한다. 작가는 어느 시대에서나 세상과 불화하는 존재다. 인간의 사회는 언제나 모순 속에 있고, 작가는 그 모순 속에서 진실을 찾아가는 사람이다. 그런 이유로 작가는 사회적 수난이 올 때 이를 달게 받아들여야 한다. 진실의 편에 서있다면 그런 수난이 두려울 이유가 없다. 작가는 진보의 편에 서서 진실을 발견하는 사람이어야 한다. 지금 쓰고 있는 〈한강〉을 봐라. 항상 노동자 편에 서 있지 않은가(웃음)."

- 〈태백산맥〉 〈아리랑〉 〈한강〉 등은 굳이 분류하자면 모두 역사소설의 범주에 속한다고 할 수 있다. 역사소설에 집착하는 이유가 있는지.

"비극의 역사를 올곧은 입장에서 총체적으로 정리하고 싶어서다. 그것은 이 땅을 사는 작가로서의 소임이기도 하고. 〈한강〉이 나오면 한국현대사 100년이 32권의 소설로 정리된다. 그리되면 내게 맡겨진 소임은 끝나지 않겠는가."

- 작품 집필을 위한 사전취재가 꼼꼼하다고 하던데, 사전취재 방식을 설명해 준다면.

"3단계다. 1단계는 그 시대에 관련된 모든 서적을 최대한 꼼꼼히 섭렵한다. 그 이후에 책에서 발견되는 문제점과 부족한 점을 찾아, 2단계 현장취재를 거친다. 그곳에서 살았던 사람들의 증언과 구전된 이야기를 듣는 것도 대단히 중요한 문제기 때문이다. 마지막 3단계는 작가적 상상력의 동원이다."

- 유년 시절 겪은 여순항쟁 체험과 6.25 체험이 당신 문학의 주요 자양분이 됐다고 들었다. 구체적으로 어떤 사건들을 겪은 건가?

"여순항쟁 때 나는 초등학교 1학년이었고, 직접적인 피해자이기도 하다. 아버지가 (여순항쟁에)개입되는 바람에 집안이 쑥대밭이 됐다. 53년 전 그때 기억이 바로 어제처럼 선명하다. 그 이후 고향을 떠나, 논산으로 가서 6.25를 맞았다. 떠도는 피난민의 입장에서 전쟁은 지울 수 없는 상처로 내 유년을 지배했다. 미군이 신발을 신고 우리 가족이 사는 방안으로 들이닥쳐 패악을 부린 것도 그때다. 그 체험이 분단과 전쟁의 비극에 대해 써야겠다는 작가로서의 책무를 어렴풋이 내게 준 것 같다. 상처가 문학적 자양분이 된 것이다."

- <아리랑>과 <한강>의 집필을 위해 하와이, 만주, 블라디보스톡 등 국내와 여러 곳을 취재여행 한 걸로 안다. 이 취재여행들은 당신 작품에 어떻게 적용되었나?

"취재는 소설적 소재를 찾아내기 위한 일종의 노동이다. 그러니 통상의 여행에서 느끼는 낭만이나, 여유는 없었다. 오히려 집필보다 힘겨운 일이다. 〈태백산맥〉을 쓰기 위해 지리산에 13번 올랐고, 〈아리랑〉을 쓰기 위해 만주, 일본, 동남아까지 지구의 세 바퀴 반을 도는 긴 취재여행을 했다. 〈한강〉의 경우도 마찬가지다. 상상력만으로는 작품이 안 된다. 소설적 배경이 된 현장의 자연환경을 보면 자연스레 작품의 뼈대가 잡히는 경우가 많다."

- 분단에 관해 이야기해 온 작가로서, 김대중 정권이 일관적으로 추진하고 있는 '대북 햇볕정책'을 평가한다면.

"김대중 정권이 행한 정책 중 유일하게 칭찬받을 만한 것이다. 통일은 당위고, 해결해야 할 우리시대의 가장 주요한 과제다. 잊을 건 잊고, 참을 건

©노순택

참고, 이해할 건 이해해야 한다. 왜냐하면 통일 자체가 '선'이니까. 반공주의의 득세는 통일의 걸림돌이다. 부시 정권이 북한을 불신하여 점검하겠다면, 당사자국의 입장에서 우리가 만류해야 마땅하다."

- 현 단계 한국사회가 안고 있는 가장 큰 문제점은 무엇이라고 생각하는가? 그 문제점의 해결책을 제시한다면. 또한 그 문제점을 소설화할 생각은 없는지.

"분단 상황에서 사회에 가장 큰 영향을 미치는 것은 정치다. 그러나 우리나라 정치와 정치인은 비양심과 부도덕과 파렴치함에 다름 아니다. 그들이 양심과 정직 앞에서 태도를 180도 바꾸지 않는 한 한국은 나라가 아니다."

- 최근 흘러나오고 있는 '문단 대통합론'에 대한 견해는?

"나는 모든 문인단체가 무용하다고 생각한다. 문인들이 모여 있음에도 가장 비문학적인 것이 문학단체다. 작가의 권익보호는 작가 스스로 하는 것이다. 작가란 한 개인이 이미 하나의 정부 아닌가. 뭉쳐있다고 별 다른 뾰족한 수가 나오는 것이 아니다. 시인과 소설가는 그 하나하나가 바로 인류의 스승에 다름 아닌데…"

- 국가보안법 개폐논의가 일고 있다. 큰 맥락에서 보자면 당신도 국가보안법의 피해자인데. 어떤가? 국가보안법은 유지되어야 하는가? 아니면 폐지 혹은 개정의 필요성이 있는가?

"없어지는 게 좋지만, 현실적으로 불가능하다고 하니… 하지만, 개정은 반드시 필요하다. 명동성당에서 수많은 사람들이 국가보안법 등의 개정을 요구하며 그 추운 날씨에 고생하는 모습을 봤다. '이번엔 어떻게 되겠지'라고 생각했는데, 아직도 개정은 오리무중이니 몹시 실망스럽다."

- 황순원과 서정주가 명을 달리했다. 서정주와는 사제관계인 걸로 안다. 소회가 없지 않

았을 텐데.

"서정주는 내 스승이자, 내 아내를 등단시킨 사람이고, 우리 결혼식 주례도 섰다. 하지만 작가적 삶에서 서정주와 황순원은 대조되는 인물이다. 미당이 친일시를 쓸 때, 순원은 붓을 꺾었고, 미당이 전두환을 칭송할 때, 순원은 전두환이 폐간시킨 잡지의 복간을 위해 싸웠다. 미당은 이광수처럼 수십 년에 걸쳐 비판받아 마땅하다. 미당이 내 아버지라도 그건 어쩔 수가 없다. 인간의 3대 발명품은 종교, 정치, 문학(언어)이다. 그 중 문학은 인간을 위해 옳은 일만 하라고 발명한 것이지, 불의와 타협하라고 발명한 게 아니다."

- 요새 젊은 작가들의 작품을 많이 읽는 편인가? 그렇다면 90년대 이후 소설의 경향에 대해 어떻게 생각하는지. 그들의 작품 중 주목해서 읽은 것이 있는지.

"읽긴 읽는데 부정적이다. 지나치게 개인적이고 사적인 이야기에만 집착한 나머지 사회성을 상실하고 있다. 쉽게 이야기하면 '뼈대'가 없다. 90년대 미시담론은 80년대 거대담론의 반동으로 나온 것이 아니다. 80년대 소설의 사회역사의식을 많은 부분 상실하고 있어 안타깝다. 순수와 참여는 칼로 자르듯 나눌 수 있는 성질의 것이 아닌데… 하지만, 최인석과 방현석의 작품은 문장수련도 잘 돼있고, 역사사회성도 갖추고 있어 믿음직스럽다."

- '문단이 권력화하고 있다'라는 이야기가 심심찮게 떠돈다. 일부 젊은 비평가 그룹은 이에 대해 구체적으로 문제제기도 하고 있다. 이러한 일련의 움직임을 어떻게 보는지.

"그런 이야기가 나올만한 시기다. 〈창작과비평〉 〈문학과사회〉 등의 동인활동은 좋다. 하지만 동인활동이 아닌 영업에 더 집착하는 것이 문제다. 그들은 배타성과 폐쇄성을 바탕으로 35년 동안 (권력을)누려왔다. 젊은 비평가들의 반발은 이에 대한 반작용으로 보인다."

- 대학생 중 <태백산맥>을 읽고, '좌익' 혹은 '빨치산'에 대한 시각을 달리한 이도 적지

않다고 들었다. 그런 이유에선지 '대학생이 뽑은 좋은 소설' 등에서 <태백산맥>은 곧잘 높은 순위에 들곤 한다. 대학생을 대상으로 한 강연에서 어떤 점을 강조해서 이야기하는지.

"지식인의 역할에 대해서 중점적으로 이야기한다. 인간은 평등한 존재지만, 인간들이 가진 능력에는 편차가 있기 마련이다. 한 사회를 운영하는 건 지식인이다. 그 지식인이 자신의 역할을 방기하면 문제가 생기기 마련이다. 내가 정의하는 지식인은 '진실을 발견하는 자', '발견된 진실을 옹호하는 자', '진실의 실천자'이자 '전파자'다. 지금 우리나라가 이 모양인 건 정치, 경제, 법조계에 진정한 지식인이 없기 때문이다. 의약분업이 쟁점이 됐을 때 의사들의 태도는 또 어땠나? 나는 그들의 모습에서 이 나라의 종말을 보았다. 그들은 또 하나의 깡패집단에 불과했다. 사람의 생명을 숭고하게 여기지 못하는 태도로 대체 무슨 의료행위를 하겠다는 말인가. 그들이 과연 '히포크라테스 선서'를 한 자들인지조차 의심스러웠다."

- 위 사실과는 별개로 최근 조사에 따르면 대학도서관에서 대출횟수 선두를 다투는 것이 '무협지'와 '판타지 소설'이라고 한다. 어떻게 생각하는가?

"하나의 현상에 불과하다. 인간의 욕구는 다양하다. 그러니, <태백산맥>을 읽다가 머리를 식히려 무협지를 읽을 수도 있지 않겠나. 옛말에도 '낮 퇴계(이황) 밤 퇴계가 따로 있다'지 않나(웃음)."

- 아직도 손으로 원고지에 소설을 쓰는 재래적 방식을 고집한다고 들었다. 그 때문에 고질적인 어깨병 등에 시달린다고도 하는데, 컴퓨터 자판을 쓰지 않는 특별한 이유가 있는지.

"고집이 아니다. 83년에 <태백산맥>을 쓰고부터는 지금까지 20여 년 동안 소설 쓰기 외에 다른 걸 할 여유 시간이 전혀 없었다. 그런 이유로 컴퓨터를 배우지 못했을 뿐이다. 어깨 병은 여전하다. 어떤 필기구를 쓰느냐고? 만년

ⓒ노순택

필을 쓰다가 무게가 부담스러워 '세라믹 펜'으로 바꾸었다. 〈아리랑〉을 다 쓰고 사용된 세라믹 펜의 수를 헤아려보니, 586개더라."

- 당신은 대중적으로도 많은 인기를 누리고 있는 작가다. 이제까지 낸 자신의 소설이 몇 부나 판매됐는지 알고 있는지. 인세 수입이 적지 않을 텐데 주된 용처는?

"900만 부 정도로 알고 있다. 어디 쓰냐고? 20년 동안 다른 직업 없이 전업작가만 했으니 생활비로도 썼고… 사실 내가 돈 쓸 일은 별로 없다. 일 년에 두어 번밖에 외출을 안 하니까. 인세의 43%는 세금(종합소득세)으로 낸다."

- 기억에 남는 독자가 있는가? 있다면 누구이고, 오랫동안 기억되는 이유는?

"일반 독자의 편지는 수천 통이고, 빨치산을 가족으로 둔 사람들의 감사 편지도 부지기수다. 하지만 그걸 일일이 다 거론할 수는 없고… 〈태백산맥〉 2부가 나왔을 때 '제목만 보고 등산에 관련된 책 인줄 알고 읽었는데, 읽으면서 감동했습니다. 3부는 언제 나오는지요?'라는 편지가 왔더라(웃음). 또한 독자는 전라도 출신의 주부인데 이런 내용의 편지를 보내왔다. '서울 출신인 시댁 식구들이 저를 전라도 출신이라고 그렇게 무시했는데, 〈태백산맥〉을 읽고는 저한테 너무 잘해줘요. 선생님 감사합니다.'"

- 일단 쓰기 시작하면 글쓰기 외에 다른 걸 안 하는 작가로 유명하다. 하지만 취미가 하나도 없는 사람은 없을텐데.

"분당 인근에 있는 산에 자주 오른다. 고교시절엔 한라산, 지리산, 설악산 등 안 다녀본 산이 없다."

- 아들과 며느리에게 <태백산맥>의 필새(筆寫)를 시킨다고 했다. 가학적이라고 말하는 사람도 있을 수 있지 않겠는가?

"작가를 아버지 혹은, 시아버지로 둔 사람이라면 부모의 작품 하나 정도는 베껴 써봐야 한다. 그래야 글을 쓸 때 아버지의 심정을 이해할 수 있다. 더불어 문장과 단어, 인생을 함께 배울 수도 있고. 나도 문학청년 시절 오영수와 황순원의 작품들을 수없이 필사했던 경험이 있다."

- 아내 역시 글을 쓰는 작가다(시인 김초혜). 아내의 작품을 어떻게 평가하는가? 문단의 잉꼬부부로 소문이 자자한데, 친구 같은 부부관계를 유지하는 비결이 있나?

"서정시다. 읽기에 아름다운 작품이다. 언어의 응축미도 뛰어나고. 집사람을 사랑하듯이 집사람의 시를 사랑한다. 친구같이 사는 비결이라… 결혼 초부터 나는 소설가고 저 사람은 시인으로 평생 살아야 한다고 생각했다. 그랬기에 통상 내 또래 남편들처럼 아내에게 '커피를 만들어 달라' '양말과 손수건을 챙겨달라'는 이야기를 하지 않고 지금까지 살았다. 이것이 페미니즘의 생활 속 실천 아닌가(웃음). 사랑이란 상대방의 단점까지 감싸 안는 것이다. 젊은 부부도 그걸 명심해야 한다."

- 소설가가 아닌, 아버지와 남편 조정래로서 스스로에게 점수를 준다면 몇 점인가?

"100점이다(웃음). 왜냐고? 우리집안은 평화롭다. 불화가 없는 집안이니 나도 100점 아내도 100점, 아들과 며느리도 100점 아닌가?"

- 당신 글쓰기의 사숙이 된 작가나 작품이 있는가?

"특별히 거론할 사람이 없다. 작품에는 작가 나름의 개성이 있어야 한다. 한 사람을 따라가다 보면 그 사람의 아류밖에 안 된다. 특정작가에 몰입되면 그 사람을 넘어설 수가 없다."

- 하루 일과를 소개해 달라.

"아침 7시 기상, 맨손체조, 산보, 아침식사, 오전 집필, 12시30분 점심식사, 1시간 낮잠, 맨손체조, 오후 집필, 6시30분 저녁식사, 30분간 저녁잠, 8시 뉴스 시청, 밤 집필, 맨손체조, 12시 취침. 이것의 반복이다."

- 1970년 <현대문학>에 추천되어 등단했으니, 문단경력도 이제 30년을 넘겼다. 도대체 '소설'이란 무엇이고, 소설가란 무엇인가?

　　"소설은 '삶의 이야기'고, 소설가란 '삶의 이야기를 진실하게 쓰는 사람'이다. 화두(話頭) 같다고? 그러면 오랫동안 의미를 곱씹어 보라."

- '문학의 사회적 역할'이란 말이 우스꽝스럽게 들리는 시대다. 아직도 문학이 사회 혹은, 인간을 위해 합목적적으로 사용될 수 있다고 믿는가?

　　"인간에겐 이야기를 좋아하고, 쓰고 싶어 하는 본성이 있다. 그런 자기표현의 욕구가 존재하는 한 소설의 유용성은 시대를 뛰어넘는다. 인간사회가 지속되는 동안 모순 또한 끊임없이 생성된다. 그 모순을 뛰어넘어 진실을 찾아가려는 인간의 노력이 없어지지 않는다면 소설과 소설가의 필요성은 언제나 건재하다."

- 인터넷과 영상문화가 지배하는 21세기. 책을 읽는 사람이 점점 줄어들 것이라는 비관적인 전망, 심지어 '문학의 시대'가 끝날 것이라는 이야기도 성급하게 떠도는데.

　　"모든 것은 역사에서 배우는 것이다. 문화도 마찬가지다. 컴퓨터와 인터넷의 등장이 문학의 위기를 초래한다는 건 단견에 지나지 않는다. 라디오와 영화, TV가 등장했을 때도 마찬가지다. TV가 발명됐을 때 사람들은 '영화의 소멸'을 성급히 예상했다. 하지만 여전히 사람들은 TV를 보는 것과 마찬가지로, 영화도 보고, 라디오도 듣는다. 인터넷에 대해 한마디 하자. 인터넷이 '정보의 바다'라는데, 한 인간의 인생에서 진정으로 가치 있고, 의미로운 정보가 과연 얼마나 되는가? 중요한 건 넘쳐나는 엄청난 정보량이 아니다. 인간의 가치실현을 위한 고민의 확보가 훨씬 중요하다."

- 향후 계획하고 있는 작품이 있는가? 있다면 어떤 작품이 될 것인지 간략히 말해달라.

　　"〈한강〉까지 20년을 최선의 치열함으로 살았다. 그러니, 〈한강〉을 마치면 나도 좀 여유롭게 글을 쓰고 싶다. 환경과 실존의 문제를 다루는 소설도 쓰고, 손자 세대를 위해 동화도 2권쯤 쓸 생각이다."

- 소설가를 꿈꾸고 있는 젊은이들에게 들려주고 싶은 이야기가 있는가?

"전국적으로 문예창작과 학생을 포함해 10만 여명의 문청(문학청년)이 있다고 들었다. 조언이라… 지금까지 내가 위에서 한 말들을 염두에 두고, '많이 읽고', '많이 생각하고', '많이 써 보라'. 이미 천 년 전에 구양수가 한 말이지만 이 말의 효용성은 문학을 하고자하는 이들에게 여전히 유효하다. 이것을 미련스럽게 지켜라. 그것이 제일 빠르게 효과를 보는 방법이고, 그 말을 지킨 사람이 (작가로서) 오래 남는다."

- 이제 완연히 봄이다. 이 화창한 봄날, 가장 하고 싶은 일은 무엇인가?

"땅기운이 피어오르고, 초록의 잎이 돋아오는 들길을 발목이 시리도록 걷고 싶다. 봄은 찬란한 생명의 약동에 다름 아니다. 그 약동 속을 걷다보면 내 생명도 새롭게 약동하지 않겠는가?"

---

* 소설가 조정래는 1943년 전라남도 승주군 선암사에서 태어났다. 1970년 〈현대문학〉을 통해 등단했고, 대하소설 3부작 〈태백산맥〉 〈아리랑〉 〈한강〉을 통해 한국 현대사를 소설로 복원해냈다. 현대문학상과 노신문학상 등을 수상했고, 〈어떤 전설〉 〈20년을 비가 내리는 땅〉 〈황토〉 등의 작품집을 출간했다.

# "세상은 변했지만 저항해야 할 대상은 여전히 존재한다"
## -시인 정희성

　시절이 하수상하여, '선비'라는 단어가 척결돼야 할 구시대의 낡은 유물로 취급받고 있다. 하지만 선비들이 지녔던 덕목 모두를 버리고 우리는 어떤 새로운 시대로 갈 수 있을까? 옛 것은 모두 불온할 뿐인가? 시인 정희성. 그를 아는 모든 사람들은 입을 모아 말한다. "선비"라고, "금도(襟度)를 아는 사람"이라고. '결곡'과 '염결'이야말로 선비의 기본. 이 두 단어를 자양분 삼아 70년대 '젊은 정희성'은 이런 시를 썼다.

　흐르는 것이 물뿐이랴/우리가 저와 같아서/강변에 나가 삽을 씻으며/거기 슬픔도 퍼다 버린다/일이 끝나 저물어/스스로 깊어 가는 강을 보며/쭈그려 앉아 담배나 피우고/나는 돌아갈 뿐이다/삽자루에 맡긴 한 생애가/이렇게 저물고, 저물어서/샛강 바닥 썩은 물에/달이 뜨는구나/우리가 저와 같아서/흐르는 물에 삽을 씻고/먹을 것 없는 사람들의 마을로/다시 어두워 돌아가야 한다
　-'저문 강에 삽을 씻고' 전문.

　정통성 하나 없는 군부가 통치하던 야만의 시대. 정희성의 선비정신은 '분노'와 '저항'에 닿아있었다. 자고 일어나면 어젯밤 술친구가 쥐도 새도 모르

게 끌려가고, 열여섯 어린 여공이 사장의 하룻밤 술값에도 못 미치는 월급을 위해, 사흘 건너 하루씩은 잔업과 철야로 이어지는 죽음 같은 긴긴 노동을 견뎌야했던 시절. 바로 그때 정희성은 '음풍농월' 대신 '광야에서의 함성'을 택한다. 평론가들이 흔히 이야기하는 '민중지향적 서정성'이란 바로 그 당시 정희성의 '저문 강에 삽을 씻고' '이곳에 살기 위하여' '아버님 말씀' 등의 시를 지칭하는 것은 아닐까? 가난하고 힘없는 자들을 향한 구호만으로 그치지 않고, 시로서의 품격 또한 지켜낸 작품들.

세월은 흘러 21세기가 됐다. 시력 30년에 이른 '중진 정희성'이 말한다. "축적된 모든 문제가 완벽히 해결되진 않았다. 하지만 가파른 시대엔 거기에 걸맞은 목소리가 있었듯, 지금의 상황을 노래할 다른 방식에 대한 고민이 필요하다. 목청만 높아서야 호소력이 생기겠는가."

자신과 자신의 시를 바쳐 냉혹한 시대를 온몸으로 버텨온 작가의 진술이 가지는 진정성은 애써 현실을 외면하고, 다칠세라 몸 숨기며 살아온 소시민의 그것과는 다를 터. 정희성의 30년 고민은 이런 시로 나타난다. 2001년 만해문학상 수상작 〈시를 찾아서〉에 수록된 '봄소식'이다.

이제 내 시에 쓰인/봄이니 겨울이니 하는 말로/시대 상황을 연상치 마라/ 내 이미 세월을 잊은 지 오래/세상은 망해가는데/나는 사랑을 시작했네/저 산 에도 봄이 오려는지/아아, 수런대는 소리.

'분노와 증오의 시학'에서 '사랑의 시학'으로 옮겨오기까지, 시를 통해 대중을 일깨우는 '선각자'에서 어린아이의 마음으로 돌아와 "시는 닿을 수 없는 그리움이고, 보고싶어도 볼 수 없는 마음"이라고 고백하는 '겸손함'에 이르기까지. 그 지난하고, 복잡다단한 과정에 대해, 정희성의 삶과 문학에 관해 물었다.

- 유년시절엔 어떤 아이였는지.

"아버지가 기술직 공무원이었고, 전출이 잦았어. 중학교 입학 때까지 대전과 전북 이리, 전남 여수와 서울 등지로 자주 옮겨 다녔지. 전쟁 이후의 호전적인 분위기 때문인지 국군과 빨갱이로 편을 갈라 총싸움 놀이도 자주 했고, 도둑 영화구경도 많이 했어. 신파극 〈며느리 설움〉과 우스꽝스런 변사의 목소리는 아직도 기억에 선해. 백일장에 나가기도 했지만 상을 받거나 하진 못했고, 오히려 그림을 잘 그렸어. 다섯 자식들에게 보리밥도 양껏 먹이지 못해 안타까워하던 어머니의 모습도 떠오르네."

- 문학과 관련된 기억도 있을텐데.

"〈새벗〉이나 〈명랑〉 따위의 잡지 외에는 읽으려고 해도 읽을 책이 없던 시절이었어. 고등학교에 들어가서야 책읽기 좋아하는 장남을 위해 아버지(정헌규, 79년 타계)가 서점 하나를 정해주더군. 내가 보고 싶은 건 다 보라는 거야. 책값은 월말에 한꺼번에 계산해준다고. 아버지의 그 배려가 나를 문인으로 만든 건지도 모르지. 〈카라마조프가의 형제들〉과 〈신곡〉 등을 열심히 읽었어. '읽는 게 이렇게 재밌는데 쓰면 얼마나 재밌을까'라는 생각도 그때 했지. 도스토예프스키를 흉내 내서 습작소설도 쓰고 그랬어."

- 64학번이다. 어지러운 시대에 대학을 다녔는데.

"6.3세대라고 그러지. 굴욕적 한일외교 정상화 반대시위가 있었던 해잖아. 주동까지는 아니지만 시위에는 참여했어. 잡혀서 경찰버스에 실려 안양 어디쯤인가로 갔는데 거기서 강제로 하차시키더니 차는 떠나버리더군. 안내양에게 아무리 사정해도 공짜 버스는 태워주지 않아서 영등포까지 걸어왔는데, 경찰관을 하던 외삼촌이 엄마 걱정시키는 불효자라며 호되게 야단을 치더군."

- 왜 시인이 되고 싶었는지.

　"용산고를 다녔어. 해마다 문예반이 '청맥 문학발표회'라는 걸 하는데 여자친구들 불러서 구경도 시키고, 폼 잡는 게 멋있어 보이더라고. 그래서 적을 두고 있던 서예반 활동은 뒤로하고 교지에 시와 소설 따위를 썼지. 문학으로 상을 받은 최초의 경험은 대학 3학년 때야. '서울대문학상'이었고, 당선작은 '탁목조(啄木鳥)'였지."

- 등단은 언제인가?

　"70년 동아일보야. 〈변신〉이라는 시로 나왔지. 그걸 68년도에도 동아일보에 보냈는데 낙선한 거야. 그해 당선자는 마종하(시인)였어. 오기가 생겼어. 제대할 무렵에 대폭 개작해서 다시 응모했는데 당선됐더군. 68년 심사평이 '옥석이 섞여 있는 시'였어. 옥은 남기고 돌을 골라낸 게 적중했지(웃음)."

- 고등학교 국어교사로도 30년을 살았는데.

　"말을 많이 해야 하는 직업이잖아. 그래서 학교에서 나오면 말을 아꼈던 것 같아. 70~80년대엔 사회현실을 직접 말하기가 어려워 그 시대를 일제강점기에 비유해 학생들에게 설명하곤 했지. 그래도 알아듣는 영민한 아이들이 많아서 나 스스로도 감동하고 그랬지. 요새는 그런 아이가 드물어. 좋아진 시절 탓만은 아닐 텐데…"

- 가장 기억에 남는 제자는?

　"시 쓰는 고운기야. 고등학교 때 직접 시집을 만들어 나에게 보여줄 정도로 조숙했지. 요즘도 가끔 '건강하시냐'고 안부를 물어오지. '역사편찬위원회'에서 일하는 김범이란 제자도 아주 영특하고, 예의 바른 친구였지."

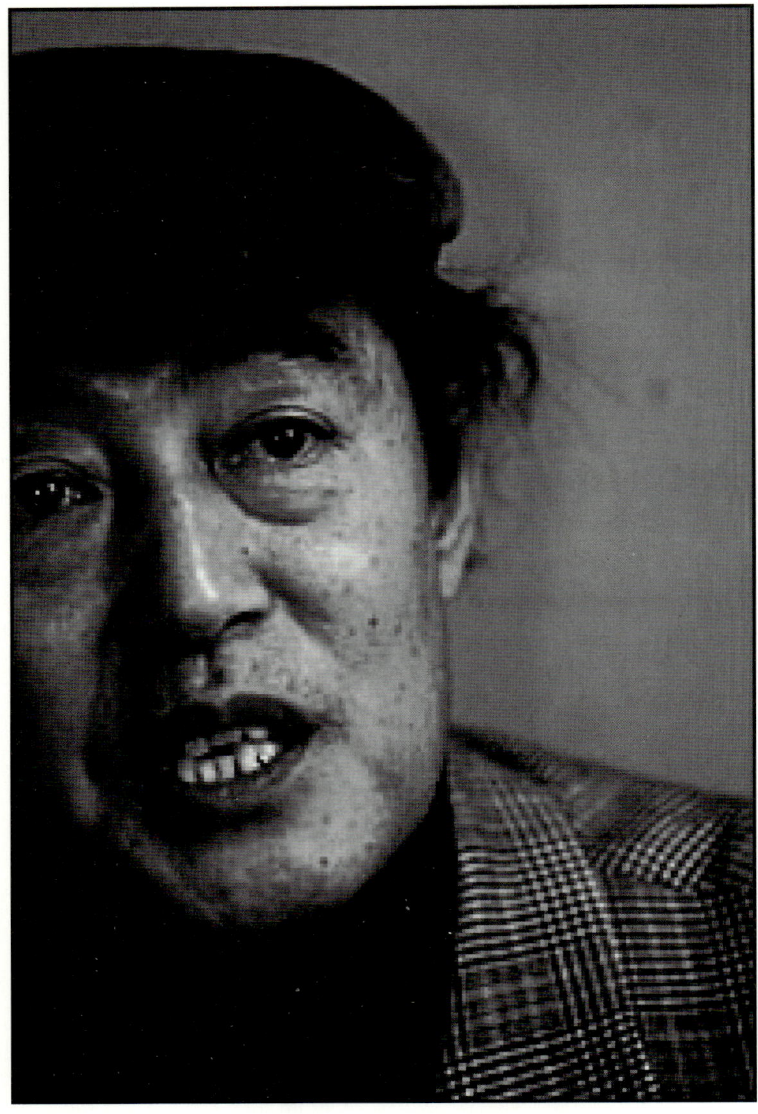

ⓒ노순택

- 설화적 상상력을 보여주는 <답청>(74년)에서 현실과 인간의 세계를 노래한 <저문 강에 삽을 씻고>(78년)로 방향 전환한 이유는?

"내가 고전문학 전공이야. '우리 문학의 전통을 먼저 알고 시를 쓰자'라는 생각에서였지. 고문 전공자가 <삼국유사>와 '향가'의 영향을 안 받을 수가 없잖아. 그 영향권 아래에서 나온 게 <답청>이야. 당대현실에 설화적 요소를 담으려고 노력했어. 반면에 <저문 강에 삽을 씻고>는 파산한 아버지 대신 가족의 생활을 책임져야 하는 장남으로서의 현실을 접하면서 만들어진 거야. 엄혹한 시대와 함께 내게 닥친 개인적 불행을 보며 신문에 실리지 못하는 약자들의 현실을 노래하고 싶은 열망이 생긴 거지."

- 청춘의 대부분을 군사독재 아래서 살았는데.

"농촌은 붕괴되고, 도시는 기이한 구조로 팽창하던 시대였지. 부모는 '저곡가 정책'에 자식들은 '저임금 정책'에 혹사당하던. 문학으로서 시대를 증언하고, 사람들에게 보다 나은 사회를 꿈꾸게 한다는 시인의 책무를 제대로 수행했나를 생각하면 부끄럽기도 해. 참으로 아슬아슬한 마음으로 살아왔는데… '세계 시인대회'에 말 그대로 '쳐들어' 가, 김지하를 석방하라고 외치다가 연행도 됐고, 그 때문에 해직의 위험도 겪고 그랬지."

- 등단 31년에 시집 4권만을 낼 정도로 과작인데 이유가 있는지.

"재주가 없어서 그래(웃음). 마음에 안 드는 작품이 활자화되면 못 견디겠어. 지나친 결벽증이지 뭐. 하지만 시인은 독자에 대한 책임이 있는 것이고, 태작으로 독자를 실망시키고 싶지는 않아."

- 김지하, 신경림, 조태일 등과 당신을 묶어 '70년대 민중시인'이라 규정하는데.

"내가 보기에 완벽한 민중시인이란 <노동의 새벽>을 쓰던 시절의 박노해 정도라고 생각해. 우리야 그저 그 이전에 민중지향적 지식인문화를 만들어낸 것에 일조한 정도지."

- 사숙한 작가와 주목하는 후배 시인은?

"30년대 시인들이야. 이용악의 호방 담대한 목소리, 백석의 빼어난 서정, 정지용의 담백한 아름다움을 동경했지. 후배 시인이라… 박영근이 들려주는 민중성에 입각한 가난한 사랑노래는 바뀐 시대에도 여전히 그 빛을 발하고 있는 것 같아 보기 좋아."

- 완벽한 퇴고 없이는 새 청탁을 받지 않는 것은 물론, 산문청탁도 받지 않는 것으로 유명하다. 이 무시무시한 소문이 사실인가?

"사실이야. 오자는 물론, 구두점(句讀點) 하나가 틀리는 것도 견딜 수 없이 싫어. 아까도 이야기했지만 그건 독자에 대한 책임 아니겠어?"

- 아직도 시가 사회변혁의 수단이 될 수 있다고 생각하는지.

"직접적 혁명이나 변혁의 수단은 될 수 없다고 해도 불의한 시대를 꾸짖고, 새로운 세상을 꿈꾸게 하는 역할은 충분히 할 수 있다고 봐."

- 무지한 질문이다. 시란 무엇이고, 시인이란 어떤 사람인가?

"끊임없는 의문이자, 답이 없는 질문이 시 아니겠어? 그런 의미에서 30년 넘게 시를 썼지만 겨우 시의 옷자락만을 잡고 있다는 느낌을 떨칠 수가 없어. 시가 무언지 알게 된다면 그때부터는 시를 쓰지 않겠지. 시? 짝사랑 같은 거야. 그러니 시인은 짝사랑을 찾아 헤매는 사람이겠지."

- '시의 시대는 망했다'라는 이야기가 심심찮게 떠돈다.

"그건 아니지. 아직도 우리나라엔 시를 읽는 독자가 많아. 경제적으로 윤택한 어떤 나라보다도. 프랑스 같은 문화선진국에서도 시는 겨우 '자비출판'

ⓒ노순택

정도로 명맥만 유지하고 있잖아. 물론 요사이 경제상황이 나빠지면서 책 판매가 다소 저조하지만, 그런 일시적 현상만으로 '시가 망했다'느니 떠드는 건 억지고, 무지야."

- 젊은 시인들이 '시적 치열성'을 잃어간다는 목소리가 높은데.

"문학이란 동시대와의 의사소통에 다름 아니야. 그런데 요즘 젊은 작가들의 시를 읽으면 우리말로 쓰였는데도 도대체가 우리말이 아닌 것 같아. 시인인 내가 그런 느낌인데 독자들은 어떻겠어? 암호 같은 시로는 독자를 감동시키거나 설득할 수 없어. 복잡한 시대일수록 단순하고 간결해지는 방법을 고민해야지."

- '8.15 방북단'의 일원으로 북한을 다녀왔는데.

"내가 해방둥이(45년생)야. 1시간이면 갈 수 있는 우리의 반쪽 땅을 50년이 걸려 도착했으니 그 감흥이야 필설로 다 말하기가 어렵지. 북한의 지나친 자존심이 인민을 굶기고, 남한의 과도한 대외의존도가 국가의 자주적 기반을 흔드는 상황이 여전히 지속되고 있어 걱정스럽기도 하지만, 이제 지난 시대의 굴레인 '전쟁'과 '분단'을 떨쳐내고 '누구의 입에도 밥이 고르게 들어가'는 평화의 21세를 맞아야 하지 않겠어? 미약하지만 내 힘도 거기에 보태고 싶어."

- 근작 <시를 찾아서>에 대해서 몇 가지 묻자. 정말 '발표 안 된 시 두 편만 있어도 부자'라고 생각하는가?

"그렇다고 생각해. 하지만 청탁이 오면 늘 미안하지. 준비해둔 게 없으면 주질 못하니까. 그렇다고 시를 많이 쓸 재주가 있는 사람도 아니고. 하지만 앞으로도 청탁 받아 시를 쓰는 일은 없을 거야. 문학은 주문생산이 아니잖아."

- 짧아진 당신의 시를 두고 이시영(시인)은 '여백의 미학' '침묵의 시학'이라 평했는데.

"여백은 곧 시의 맛이지. 그 말이 맞아."

- '내 자신으로부터 해방되고 싶다' '길을 나서겠다'라고 했다. 해방되었고, 길을 찾았는가?

"시를 쓰지 않아야 완벽히 해방되는 것 아니겠어? 경직된 사고에서 벗어나 유연성에 이르는 길을 찾고는 있지. 달라진 시대에 걸맞은 또 다른 목소리를 찾기 위해 애쓰고 있어. 여전히 시란 시인의 아름다운 굴레이니 해방을 꿈꾸며 길을 찾으면서도 시는 놓치지 않겠지."

- '그대가 사라진 자리에 섬광처럼 꽃이 피는 것을 보았다'고 노래했다. 당신의 꽃은 무엇인지.

"이전 시집과는 달리 이번 시집에선 '시' '말' '사랑' '그대'라는 단어가 자주 등장해. 그것들이 내 꽃이지. 꽃과 같은 사람 하나 가지는 게 내 평생의 꿈이기도 하고."


- '우리 같은 얼간이들은 저항마저 빼앗겼다'고 그랬는데, 아직 저항할 대상이 남았는가?

"지난 시대 '유신'이나 '군사독재'처럼 명확한 것은 아니지만, 여전히 저항할 대상은 엄존한다고 생각해. '빈부격차'나 '성차별' '전염된 절망'같은 다양한 형태로 말이야."


- 인터넷문화에 대한 견해는?

"집안에 앉아서 세상 돌아가는 형편을 파악할 수 있는 편리한 세상이 온 거지. 하지만 어떤 문명의 이기든 간에 악용해서는 안 된다고 생각해. 사소한 것 같지만 소리 나는 대로 쓰는 채팅언어는 습관으로 굳어져서는 안 될 모국어 파괴행위 아니겠어? 특히 남에게 피해를 주는 가학적인 글들이 익명의 가면을 쓰고 인터넷에서 돌아다니는 걸 보면 속이 상할 때가 많아."


- 젊은 독자들에게 한마디.

"나 자신도 추스르지 못하는 사람이 무슨 할 말이 있겠어. 하지만 희망을 잃어서는 안 된다는 것, 그 희망만이 평화로운 시대를 불러올 수 있다는 말만은 해주고 싶어."


요사이 출판되는 통상의 시집에는 적게는 60여 편에서 많게는 100여 편까지의 시가 실려 있다. 그러나 그 중에 정작 '건질만한 시'라고는 3~4편에 불과한 것이 안타깝지만 엄연한 현실. 하지만 정희성의 시집에서는 '버릴만한 시' 3~4편을 찾기가 힘들다. 하나하나가 절창(絕唱)이고, 탄성을 자아낸다. 정희성은 한 편의 시를 위해 수십 번을 고민하고, 수백 번을 퇴고한다. 1년에 겨우 3~4편의 시만을 쓰는 것은 그런 까닭에서다.

제2시집 〈저문 강에 삽을 씻고〉에서 제3시집 〈한 그리움이 다른 그리움에게〉를 내기까지 13년, 제4시집 〈시를 찾아서〉에 닿기까지는 다시 10년이 필요했다. 그러고도 단출한 43편. 자신의 시에 대한 냉혹하리만큼 엄정한 태도. 이를 '결곡' 외에 무엇으로 부를 수 있을까? 지난해 가을이다. 여의도공원에 모여 '교육시장화 저지'와 '공교육 정상화'를 외치는 젊은 전교조 교사들 틈에서 정희성을 보았다. "왜 이 자리까지 나왔냐"고 물었다. "후배교사들에겐 신중하게 행동해야 한다고 충고도 했지만 이 방법밖에 없다면 어쩌겠어. 젊은 사람들만 다치게 할 순 없잖아."

그날 정희성은 22년 만에 다시 만난, 국어교사가 된 제자 차주원의 어깨를 다독이며 눈시울을 붉혔다. 비록 짤막한 몇 마디와 잠시 동안의 감동이었지만 그것은 '염결한 삶'을 살아온 사람만이 들려주고, 보여줄 수 있는 것이었음에 틀림없었다. 〈시를 찾아서〉에 실린 '同年一行(동년일행)'이란 시가 우리를 울린다.

괴로웠던 사나이
순수하다 못해 순진하다고 할밖에 없던
南柱(남주)는 세상을 뜨고
서울 공기가 숨쉬기 답답하다고
안산으로 나가 살던 김명수는
더 깊이 들어가 채전이나 가꾼다는데
훌쩍 떠나
어디 가 절마당이라도 쓸고 싶은 나는
멀리는 못 가고

베란다에 나가 담배나 피운다

아니다. 시인이 '어디로 가서 절마당이나 쓸'거나, 우울에 빠져 줄담배나 내처 피우기에 세상은 아직 혼탁하고, 시절은 어둡고 수상하다. 우리에겐 아직도 '결곡'과 '염결', 선비의 미덕을 지키며 살아온 시인이 필요하다. 하여 기자는 정희성에게 매달려 이런 억지스런 부탁이라도 하고 싶어진다. "1년에 서너 편이 아니라, 곱절로 늘여 예닐곱 편씩만 써주길. 그래 주길. 그리하여 회갑을 맞는 4년 후엔 결 고운 당신의 노래를 다시 듣는 행복을 만 사람이 누릴 수 있게 해주길. '사랑'과 '꽃'을 노래할 당신의 시로 망해가는 세상을 부활시키고, '분노'와 '증오' 또한 함부로 누그러뜨리지 않아 어두운 시대 오만가지 타락과 방종과 오만을 준엄히 꾸짖어주길."

* 시인 정희성은 1945년 경상남도 창원에서 태어났다. 1970년 동아일보 신춘문예에 당선되어 작품 활동을 시작했고, 〈답청〉〈저문 강에 삽을 씻고〉〈한 그리움이 다른 그리움에게〉 등의 시집을 냈다. 시와시학상, 만해문학상 등을 수상했으며 민족문학작가회의 이사장으로 활동했다.

# 작가의 역사의식은 여전히 중요하다
## - 소설가 송기숙

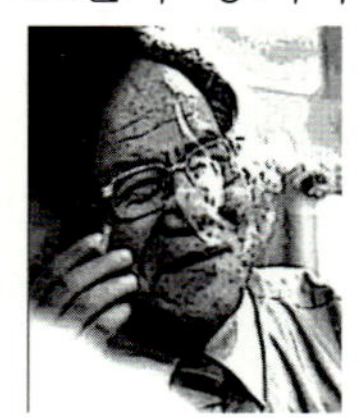

　먼저 잡설 하나. '만해문학상' 시상식 참여 차 상경한 소설가 송기숙을 광화문에서 만났다. 서울 지리에 밝지 못한 그를 걱정하며, 도착했다는 전화를 받자마자 기다린다는 곳으로 뛰어갔는데… 이미 혼자가 아니었다. 대로변에 서서 그와 반가운 인사를 나누고 있었던 사람은 시인 신경림. "서울이 넓은 줄 알았더니 좁구먼." 송기숙이 너털웃음을 터뜨렸다.

　인터뷰 장소로 예약해 놓은 음식점과 신경림의 점심약속이 정해진 식당이 바로 지척이었고, 둘은 길거리에서 우연히 마주친 것이다. 두 사람 다 그다지 크지 않은 키. 그들이 높이로 자웅을 겨루는 광화문 빌딩들 사이를 걸었다. 김성수가 영화 〈태양은 없다〉를 찍을 때라던가? 비루하고, 열등한 청춘을 연기한 정우성과 이정재에게 압구정동 밤거리를 어깨 움츠리고 걷게 했단다. 감독이야 그 장면을 통해 속도와 욕망이 득세한 휘황한 도시를 걷는 가난한 청춘의 우울함을 보여주고 싶었겠지.

　하지만 그게 마음대로 되나. 180cm가 훌쩍 넘는 훤칠한 키에 영국황족처럼 생긴 두 배우가 뿜어내는 광휘 앞엔 현란한 네온사인도 초라하기 짝이 없었단다. 엇나간 한국식 자본주의의 오만함이 거대한 성채를 이룬 압구정동조차도 숨을 죽인 정우성과 이정재의 외모. 그날 송기숙과 신경림의 발걸음은 두 젊은 배우의 외모와는 또 다른 힘으로 광화문 고층빌딩을 압도하고 있었다. 그 힘은 다름 아닌 그들이 스스로의 생을 통해 보여준 소설과 시의 힘, 인간과 역사와 희망을 향해 있는 그들의 '삶'과 '문학'이었다. 그런 이유로 35년 생 동갑내기 오척단구의 그들이 교보생명 건물보다 높아 보였고, 세종문화회관보다 웅장해 보였다.

현대문학상과 만해문학상, 요산문학상을 수상했으며, 원고지 1만8천 매 분량의 대하역사소설 〈녹두장군〉을 집필한 송기숙. 많은 사람들은 그를 소설가로만 기억한다. 하지만 직접 만나본 그는 소설가보다도 교육자로서의 자긍심을 더 많이 가지고 사는 사람이었다. 젊은 시절 '험난한 시대에 스승의 역할은 무엇인가'라는 스스로에게 던진 질문에 대한 해답을 아직도 찾고 있다는 송기숙. 그가 78년 박정희 정권의 교육정책을 정면으로 비판한 '교육지표 사건'의 핵심인물이자, 87년 '민주화를 위한 전국 교수협의회' 설립의 산파역할을 했다는 사실을 아는 사람은 많지 않다.

"학생들 동향을 파악해서 지도보고서를 쓰라는 거야. 말이 좋아 동향파악이고, 지도보고서지 교수한테 학생들을 감시하라는 거잖아. 그럴 수는 없었지. 74년 민청학련사건 때도 끌려가는 학생들을 보며 아무 것도 해줄 수 없다는 것이 얼마나 가슴 아팠는데… 교수들이 모인 자리에서 그랬지. '우리가 차라리 연탄수레를 끌망정 그래서야 되겠냐'고. 여기에 동의한 전남대 교수 11명이 공동명의로 발표한 게 '우리의 교육지표'라는 선언문이야."

바로 그 '교육지표 사건'으로 해직된 뒤 1년 1개월의 옥고를 치르기도 한 송기숙. 그는 왜 교육민주화 운동에 관심을 가지게 된 것일까?

"64년에 목포교대 전임이 됐어. 채 서른이 되기 전이니 열정이 뜨거울 수밖에 없잖아. 그런데 당시의 교육현실이란 게 정말이지 엉망이었어. 대학에도 '교과서 채택료'가 있던 시절이었으니까. 어느 대학 할 것 없이 입시부정

©노순택

도 공공연히 행해졌지. 대학 총장 130명에게 직접 전화도 했어. '이런 환경
에서 학생들이 대체 뭘 배우겠냐'고. 새로운 나라를 만드는 건 새로운 교육
이야. 그건 목포교대 있을 때나, 72년에 전남대로 옮기고 나서나, 정년퇴직
한 지금도 변함없는 내 생각이야."

하얗게 서리 내린 백발에 주름진 얼굴이지만 여전히 첫 발령을 받던 스물
아홉 젊은 강사의 초발심을 지켜내고 있는 노(老)스승. 그가 교단에서 학생
들에게 어떤 삶을 가르쳤을지 궁금했다.

"너희들의 오늘이 있게 한 역사를 잊지 말라는 거였지. 왜 일본의 지배가
있었고, 친일파 청산을 하지 못했고, 한국전쟁의 상처는 아직도 여전한가를
알아야 한다고 그랬어. 역사의식을 가져야 현실을 제대로 파악할 수 있지 않
겠어? 지금의 현실만으로 너를 판단해서는 안 된다는 것을 늘상 강조했지."

그런 까닭일까? 66년 〈대리복무〉를 발표하며 소설가로 데뷔한 후 송기숙
은 줄곧 한국의 근현대사에 밀착된 소설을 써왔다. 일제강점기 농민들의 소
작쟁의를 다룬 〈암태도〉, 한국전쟁 당시 양민학살을 소재로 한 〈은내골 기
행〉, 동학농민전쟁을 소설화한 〈녹두장군〉, 여전히 잠복하고 있는 5.18 광주
항쟁의 상처를 다룬 〈오월의 미소〉까지. '역사의식'을 가르친 교수 송기숙의
이야기는 앞서 들었으니, '역사소설'을 쓰는 작가 송기숙에 관해 물었다.

**- 역사소설에 천착하는 특별한 이유가 있는가?**

"왕조사관과 민중사관처럼 다양한 역사관이 있듯 소설도 여러 형태가 있
을 수 있다. 그러나 나는 아직도 '평화로운 시대에 시인이란 문화의 꽃이지
만, 어려운 시기에는 예언자'라는 말을 믿는다. 소설도 마찬가지다. 지금 우
리의 현실이 한가하게 개인의 고뇌만을 얘기할 수 있는 처지인가? 그렇지
않다고 생각한다. 그렇다면 소설가의 현실에 대한 관심과 역사의식은 여전히
중요한 문제가 아니겠는가. 예언자까지는 아니더라도 최소한 방향을 잡아주

는 사람이 되어야 한다."

**- 정년퇴임했다. 근황은?**

　"분단이 현실에서 어떤 질곡으로 나타났고, 이에 우리는 어떤 태도를 취해왔는가에 관한 단편들을 작업 중이다. 곧 한 권 분량으로 묶일 것 같다. 매번 근엄한(?) 역사소설만 쓴다고 후배 황석영은 '형님 거 목에 힘 좀 빼시죠'라며 웃지만, 어쩌겠나. 내가 할 수 있고, 해야 할 게 그것이라고 생각하는데."

**- 문인(지식인)의 현실참여에 대한 생각은?**

　"지식인이란 언제나 자신이 가진 지식을 어떻게 쓸 것인가 고민하는 사람이어야 한다. 자신만이 아니라 다른 사람을 위해서 말이다. 지식이란 숲 속에 숨어 안주한다거나, 나태를 경계하지 못한다면 소설가 송기원의 말처럼 '도둑놈 하나 설득시키지 못하는 너절한 쓰레기'에 다름 아닌 것이 지식이고, 지식인이다."

**- 수난 받는 사람, 수탈당하는 사람, 핍박받는 사람들의 이야기를 써왔는데.**

　"더불어 사는 사회의 건설은 현실을 자각한 사람들이 힘없는 자의 편에 섰을 때만 가능하다. 그런 살맛나는 세상을 위해 소설가로서의 미력한 힘을 보탰을 뿐이다."

**- 81년부터 94년까지 자그마치 14년을 매달려 <녹두장군> 12권을 완성했다. 당신이 정의하는 '동학농민전쟁'은?**

　"한국전쟁 직전에 역사학자 아놀드 토인비에게 방한을 청했더니 '한 왕조가 500년이나 지속된 나라에는 관심이 없다'며 거절했단다. 동학농민전쟁은 바로 그 조선조 500년 역사가 쌓아온 모순에 대한 민중의 저항에 다름 아니다. 또한 민중의 자발성이 불러오는 힘이 얼마나 위대한 것인지를 단적으로 보여주는 사례다. 그 자발성은 80년 광주항쟁과도 맥이 닿는다. 광주 5.18 묘역에 있는 기념탑 뒤에는 '장강대하의 밑으로 흐르던 민중의 힘이 나타나 여기에 이르렀다'는, '동학농민전쟁의 힘이 마침내 광주에서 분출된 것'이라는 요지의 글이 새겨져 있다. 내가 그 글을 쓴 저간에는 민중과 진보하는 역사에 대한 신뢰가 깔려 있음은 물론이다."

**- 최근 젊은 소설가들의 작품에 대한 생각은?**

"가을에 피는 꽃이 국화만은 아니다. 여러 꽃이 있어야 들판이 아름다운 법이다. 다양한 소설은 필요하다. 그러나 90년대 초반 작품들은 지나치게 과거와의 결별만을 말하고 있어 안타까웠다. 소시민적인 나태와 개인적 자의식의 과잉도 문제다. 과거의 모순을 염두에 두고 쓰는 것과 의도적으로 배제하는 것 사이에는 큰 차이가 있다는 것을 알아주었으면 좋겠다."

**- 후배작가들에게 들려주고 싶은 이야기가 있다면.**

"분단과 빈부격차, 고통 받는 농민과 노동자의 현실을 직시해야 한다는 것이다. 만약 진정한 작가라면 그런 현실을 앞에 두고 게으를 수는 없을 것이다."

사람들은 말한다. '진정 존경할 만한 어른이 없는 시대'라고. 어른이란 무엇인가? 자신의 지고 갈 몫은 물론 다른 사람의 짐까지도 기꺼이 짊어지는, 그러면서도 "힘겹다"라 엄살떨지 않는 사람이 아닐까? 그렇다면 송기숙은 진정 우리 시대의 어른이다.

존경받아 마땅한. 1980년 5월21일 송기숙은 서울 변두리 여관방에 있었다. 며칠 전 있은 도청 앞 시위와 관련해 검거대상 1호로 지목된 그는 사건

이 잠잠해지길 기다리며 동료교수 몇 명과 도피 중이었다. 낡은 텔레비전으로 뉴스가 흘러나왔다. '광주는 폭도들이 장악했다'는, '계엄군이 광주 초토화 작전을 준비하고 있다'는 아나운서의 목소리. 자신이 가르치던 학생들과 광주 시민들은 졸지에 폭도가 되어, 계엄군의 M-16 소총과 대검에 위협받고 있었다. 어느 신문도, 어떤 방송도 진실을 말해주지 않고 계엄사령부의 보도 자료만을 앵무새처럼 읽어대는 상황. 광주는 그야말로 '고립된 섬'이었다. 텔레비전을 보던 송기숙이 벌떡 일어섰다.

"갑시다. 광주사람들이 다 죽는다는데 우리만 여기서 이럴 수는 없소. 살아있더라도 평생 부끄러운 삶일 것이오. 도망자로 사느니 차라리 가서 같이 싸우고, 같이 죽읍시다. 내려갑시다."

송기숙과 명노근(타계)을 비롯한 전남대 교수 3명은 그 길로 곡성행 전라선 막차를 타고 다시 사지(死地)로 돌아간다. 송기숙이 올랐던 그 기차 이후 광주로 가는 모든 교통편은 끊기고… 그때를 회상하는 노작가의 눈시울은 붉었고, 목소리는 떨렸다.

이후 그는 전남도청에서 시민수습위원회와 학생수습위원회를 조직하고, 계엄사와의 협상에 참여하다가 항쟁이 무력으로 진압된 후 체포된다. 그리고 보안사 지하밀실에서의 고문. 생살을 태우고, 뼈를 깎아내는 고통을 겪어야만 했다. '내란죄 중요임무종사'라는 죄명으로 그에게 징역 5년이 선고된다. 자신이 감내해야 할 모든 수난을 알면서도 그는 왜 광주로 돌아간 것일까? 돌아온 그의 대답이 기자를 감동시켰다. "남은 평생 모두를 부끄러움으로 살고 싶지 않아서 그랬어."

더 이상 무슨 말이 필요 있을까? 1984년 복직이 된 후에도 그는 '살아남은 자의 부끄러움'으로 광주항쟁 자료를 수집하고, 연구하여 〈5.18 광주민중항쟁 사료전집〉을 발간했고, 1987년에는 영남대 이수인(타계) 교수 등과 '민주화를 위한 전국교수협의회' 결성을 주도하고 초대 공동의장을 지냈으며, 94년에는 민족문학작가회의 회장으로 단체 사단법인화의 틀거리를 잡아냈다.

뿐이랴, 회갑을 훌쩍 넘겨서도 그는 이 땅 어른으로서의 책무를 방기하지 않았다. '5.18 연구소'가 전남대 내에 설립되는 것을 주도했고, 2000년엔 총선연대 공동대표 겸 광주지역 상임대표를 맡아 부패정치인 낙천·낙선운동을 이끌었다. 앞서 기자는 송기숙의 '작은 몸'을 이야기했다. 여기까지 글을 읽은 사람이라면 이제 그의 작은 몸 안에 거대하게 숨 쉬고 있는 '위대한 정신'까지를 보았으리라. 그렇다면 또한 송기숙 앞에서만은 '존경할 만한 어른이 없는 시대'라는 말을 함부로 할 수 없을 터.

1994년 초가을이다. 〈녹두장군〉을 완간하고 강연장에 선 송기숙을 보았다. 육십 노인이라고는 도저히 믿을 수 없는 형형한 눈빛과 '쩌렁쩌렁' 강당을 울리던 단호한 목소리. 그에게서 기자는 100년의 세월을 뛰어넘어 민중들의 가슴속으로 돌아온 '녹두장군' 전봉준을 보았다. 그리고 다시 시간은 흘렀다. 하지만, 송기숙은 아무 것도 변한 게 없다. 그는 여전히 피 뜨거운 스무살 청년이다. 역사와 인간에 대한 뜨겁고 명확한 낙관. 하여 우리는 아직도 그에게 거는 기대가 크다. 만약 그 기대가 틀리지 않았다면 앞으로의 송기숙역시 시대의 참스승이자, 성실한 작가, 진정한 어른으로 그 자리에 그렇게 변함없이 서 있을 것이다.

* 소설가 송기숙은 1935년 전라남도 장흥에서 태어났다. 1966년 데뷔한 이래, 민주화를 위한 전국교수협의회 공동의장, 민족문학작가회의 이사장 등을 역임했다. 소설집 〈백의민족〉 〈재수 없는 금의환향〉 〈들국화 송이송이〉 등을 출간했으며, 장편 〈암태도〉 〈오월의 미소〉 등을 냈다. 현대문학상, 요산문학상 수상자이기도 하다.

# "문학은 내게 방부제였다"
## - 소설가 박범신

　　소주 2병이라니. 점심식사에 곁들인 반주치고는 과했다. 무엇이 내처 술을 들이켜게 했을까? 그것은 아마도 소설가 박범신의 여윈 손목에 생생한 흔적으로 남아 있는 4개의 칼자국을 본 때문이 아니었을까싶다. 흩날리는 벚꽃 잎으로 인해 여의도 전체가 연분홍으로 환하던 지난 4월. 〈풀잎처럼 눕다〉와 〈불의 나라〉를 쓴 소설가 박범신을 만났다. 3년 전 작가의 히말라야 여행에 동행했던 사진작가 김광근과 박범신의 산문집 〈젊은 사슴에 관한 은유〉를 낸 출판사의 주간인 시인 박선욱이 동석했다.

　　고백하건대 그때까지도 기자는 내심 자신의 저서를 300만 권이나 판매한 '베스트셀러 작가(혹은, 대중소설 작가) 박범신'에 대한 모종의 경원과 의심을 버리지 않고 있었다. 그러나, 그 경원과 의심은 참으로 천박한 선입견에 불과했다는 것을 깨닫는 데는 오랜 시간이 필요치 않았다. 밥상을 마주하고 앉은 1시간 남짓. 박범신이 조용조용 들려준 말들. 그 속에는 인간에 대한 더 없는 사랑과 문학에 대한 가식 없는 신뢰가 담겨있었다. 무엇 하나를 목숨 걸고 해본 사람에게서만 읽히는 '진실'이 담겨있었다. "몇 해 전에 췌장암 징후가 보인다는 진단을 받고 일주일 넘게 입원했던 적이 있어. '이제 죽는구나'라고 생각하니 오만가지 생각이 다 들더라구. 내가 상처 입혔던 사람,

ⓒ조용호

나로 인해 상처받았을 것들…"

　잠시 침묵 후 그가 말을 이었다. "그런데 말야. 이것 하나는 행복한 기억으로 남을 수 있겠다는 생각이 들었어. 내가 문학을 했다는 사실, 문학을 했으니까 그나마 순수할 수 있었다는 것, 내 문학을 지탱한 힘은 사랑이었고, 바로 그 사랑의 힘이 부패의 욕망으로부터 나를 구원한 방부제였다는 것 말이야."

　좁은 골방에 틀어박혀 염세주의 철학자들의 저서를 읽으며 생의 기쁨보다는 슬픔을 먼저 알아가던 심약하고, 내성적이었던 소년 시절과 '희망'과 '문학'이란 단어 사이의 간극을 좁히지 못해 혼란스러워했던 문학청년 시절. 그 절망에 스스로 삶을 포기하려했던 흔적, 태어나 한번도 60Kg을 넘기지 못했던 박범신의 마른 몸, 여윈 손목에서 4개의 칼자국을 본 것은 그때였다.

"아, 이거? 젊은 날 열정의 상처지 뭐(웃음). 지금 〈작가세계〉에 연재하고 있는 소설에 그 시절 내 이야기를 쓰고 있어. 그걸 읽으면 이 상처의 내력도 상세히 알게 될 거야(다시 웃음)."

이순(耳順)을 목전에 둔 초로의 작가. 웃음은 쓸쓸했다. 바로 그 쓸쓸한 웃음이 술을 불렀다. 소주 석 잔이면 '가슴으로 기차가 지나는 듯 심장이 뛴다'는 박범신과 "술을 전혀 못한다"는 김광근, 들어가 오후 업무를 봐야 하는 박선욱에게 술잔을 돌리자고 강권할 수는 없는 일. 기자는 스스로 잔을 채워 연거푸 뒤집었다. 아무리 쓸쓸하고, 슬퍼졌기로서니 소주 2병이라니. 점심식사에 곁들인 반주치고는 아무래도 과했다.

**- 출판을 축하한다. 산문집은 얼마만인가?**

"80년대 초반에 한 권을 묶었고, 90년대 초반에 두 번째 산문집을 냈었다. 이번이 세 번째다. 그러고 보니 10년 간격으로 하나씩 출판한 셈이 됐다. 이번엔 가족 이야기가 주된 소재다."

**- 현재 진행 중인 작업은?**

"〈작가세계〉에 소설을 연재하고 있다. 말 그대로 내 이야기다. 연재가 끝나고 나면 단행본으로 엮을 수도 있겠고… 요사이는 절망과 죽음이라는 주제에 관심이 간다. 10년쯤 더 고민해서 일흔 살이 넘으면 그런 주제로 소설을 써보고 싶다."

**- 아직도 작품을 원고지에 쓴다고 들었다.**

"컴퓨터와 인터넷을 배우려고도 했지만 너무 힘들었다. 30년 넘게 원고지에 사인펜으로 눌러 써온 버릇을 한순간에 버리기도 어려운 일이고. 덕분에

ⓒ조용호

손목이 온전치가 못하다. 예전에 한국일보에 '작가의 직업병'이란 제목의 기사가 나간 적이 있다. 거기에 내가 손목에 깁스를 하고 있는 사진이 실리기도 했지."

**- '아버지' 박범신이 자식들에게 강조해서 들려주는 말은?**

"사람에겐 욕망과 지향이 있다는 것이다. 내 '욕망'은 한수산, 최인호와 함께 인기작가 3인방으로 불리던 시절처럼 베스트셀러를 쓰라고 유혹하지만, '지향'은 이제 솔직한 나의 이야기를 쓰고 싶다는 것으로 기울고 있다. 내 아이들은 욕망보다는 지향에 충실한 삶을 살았으면 한다. 그 지향이 밥을 굶길지라도(웃음)."

- 소설가로 살아온 삶에 만족하는지.

"글쎄… 어려운 질문이다. 하지만 이렇게는 대답할 수 있겠다. 그나마 문학을 했으니 순수함을 지니고 살 수 있었고, 그 순수함이 욕망덩어리인 '인간' 박범신을 부패시키지 않았다고. 그런 의미에서 내게 문학(소설)은 방부제였다."

- 소설가란 어떤 사람이어야 할까?

"더 어려운 질문이다(웃음). 소설이란 칼보다는 호미나 삽 같은 것이 아닐까? 그걸 도구로 없는 길을 만들어 나가는 사람이 소설가겠지."

낮술의 취기가 걷힌 그날 밤. 〈젊은 사슴에 관한 은유〉를 펴들었다. 그 밤 기자가 책에서 만난 것은 '벌거숭이의 거짓 없는 고백'이었다. 거기에는 박범신의 우울했던 유년과 가난했던 젊은 날, 작가로서의 고뇌, 거기에 더해 한 여자의 남편이자, 세 아이의 아버지로서의 모습까지가 더하고 보탬이 없이 진솔하게 기록되어 있었다. 또한 책은 묻고 있었다. '가족'이란, '문학'이란 무엇인지, 우리가 지향해야 될 삶이란 과연 어떤 것인지를.

'세상의 모든 젊은 아들·딸과 세상의 모든 고단한 아내들과 세상의 모든 짐꾼 같은 아버지에게 이 책을 바치고 싶다'는 작가의 말에 값하듯 〈젊은 사슴에 관한 은유〉에는 '소설가' 박범신이 아닌 '자연인' 박범신이 자신의 아내와 아들, 딸에게 보내는 절절한 편지 형식의 글들이 여럿 눈에 띈다. 따뜻하다. 그것들 중에는 몇 푼 되지 않는 원고료를 털어 처음으로 아내에게 면잠옷을 사주던 날 감동한 아내는 울어버리고, 우는 아내를 보며 박범신도 함께 울었다는 '찡'한 이야기가 있고, 몰고 다니는 차의 크기가 그 사람의 품격을 말해주는 것이 아니라, 진정한 품격은 가슴의 넓이가 대변하는 것이라는 아들에게 주는 충고가 있다.

어떤 이가 진정 사랑을 줄 수 있고, 사랑 받을 수 있는 남자인지를 딸에게 나긋나긋 들려주는 목소리가 있고, 좋은 술이란 훌륭한 벗이 될 수도 있다는 마치 노련한 술꾼(?)같은 달관의 가르침도 보인다. '아버지' '나이들수록 드넓은 정신의 방이 필요하다'는 소제목이 붙은 글에서는 아버지가 되어서야 아버지를 이해할 수 있었다는, 진실로 드넓은 방이란 크기가 문제가 아니라는 가난했고, 척박했던 삶 끝에 도달한 박범신의 깨달음이 읽힌다.

독자들의 사랑과 관심을 한 몸에 받던 그가 왜 93년 문화일보에 쓰던 〈외등〉을 연재중단하고, 절필선언을 할 수밖에 없었던 것인지 소상히 기록한 '내 삶의 위기, 그 실존'을 통해서는 그가 문학과 소설에 대해 가지고 있는 외경(畏敬)이 어느 정도인지를 짐작할 수 있다. '절실함'과 '진정성'이 결여된 소설을 과연 문학이라 부를 수 있을까? 기자는 박범신에게 이렇게 물었다. "어떤 작가로 기억되고 싶은가?" 그가 대답한다. '청년작가로 살고 싶다'라 제목 붙인 글의 마지막 부분이다.

'어떤 안락한 보료에도 파묻혀 앉지 않고, 주름살은 늘어도 눈빛은 반짝이면서, 삶이 갖고 있는 유한성에 감히 위태롭게 맞서고 싶다. 불가능한 줄 알지만, 불멸의 꿈을 저버리고 살지는 않겠다. 꿈을 버린 사람은 나이가 아무리 젊어도 이미 늙은 것 아니겠는가.' 이 대답 속에 들어있는 '절실함'과 '진정성'은 이미 머리칼에 서리가 앉기 시작한 박범신을 나이와는 관계없이 청년작가로 기억하게 하리라. "20대 작가와 경쟁하며 연애소설을 쓰는 문학청년으로 남고 싶다"는 그의 말이 결코 허풍만은 아님을 증명하리라.

* 소설가 박범신은 1946년 충청남도 논산에서 태어났다. 1973년 중앙일보 신춘문예에 〈여름의 잔해〉가 당선되어 작품 활동을 시작했다. 장편 〈겨울강 하늬바람〉으로 대한민국문학상을, 소설집 〈향기로운 우물 이야기〉로 김동리문학상을 받았다. 〈죽음보다 깊은 잠〉 〈풀잎처럼 눕다〉 〈불의 나라〉 〈물의 나라〉 〈흰소가 끄는 수레〉 등의 책을 냈다.

‘다른 시각’으로 세상과 인간을 해석하다

# 요절한 동생에 대한 그리움과 시대에 대한 부채감
## - 소설가 권지예

　　예상은 보기 좋게 빗나갔다. 그 빗나간 예상이 추운 날씨를 녹였다. 이상문학상 수상자 권지예를 만나러 갔던 날. '8년의 교사생활'과 '8년간의 프랑스 유학'이란 이력에서 떠올렸던 '권위'와 '난 척'이란 단어. 그러나 그건 섣부른 예단에 불과했다. 미술평론을 하는 남편과의 연애시절 이야기를 물었을 때던가.

　　"문학토론을 하던 '다락방'이란 모임에서 만났어요. 그 사람도 그땐 시를 썼거든요. 친절하고 편안한 사람이란 것 외에는 잘난 구석이 하나도 없었어요(웃음). 이화여대 학보 현상공모에 제 작품 〈피꽃〉이 당선됐을 즈음인데, 늦게까지 술 마시며 토론이랍시고 이런저런 이야기를 하다 보니 통금이 가까웠어요. 근데 이 남자가 이러는 거예요. '내 아파트에 가서 밤새 문학토론하자'고. 철없고 순진했던 제가 뭘 알았겠어요? 그냥 따라갔죠(웃음). 근데 가보니 아파트라는 이름만 달았지. 거의 무너져 가는 단칸방 수준이더라구요. 바깥에선 우박이 쏟아지고…" "그래서요? 정말로 밤새 토론만 한 겁니까? 뽀뽀 같은 건 안 했나요?" "에이 참… 네. 뽀뽀만 했어요." 말을 마친 그녀가 또 웃는다. 그 웃음과 함께 동시에 기자의 머릿속을 스친 한 줄의 문장. '이 사람 참 가식이 없고, 진실하구나.'

©홍성식

인터뷰가 있기 바로 전 주말. 그녀의 중단편 5개를 몰아 읽었다. 이상문학상 수상작인 〈뱀장어 스튜〉와 〈사라진 마녀〉, 〈정육점 여자〉, 〈고요한 나날〉 그리고, 〈투우(鬪牛)〉까지. 신선했다. 권지예의 소설은 비슷한 또래의 여성작가들이 휘둘리고 있는 '불륜'이란 소재와 '현실감 없는 페미니즘 선동'에서 훌쩍 벗어나 있었다. 뿐 아니라 '상처'를 보듬어 안으려는 '위무자'의 향기까지.

상처에 집착하는 여성작가는 많다. 그러나, 그 상처란 남자로부터 입은 상처만으로 한정되기 일쑤였던 것 또한 부정할 수 없는 사실. 권지예는 여기서 한 걸음을 더 떼어놓는다. 〈투우〉는 80년대 민중미술운동에 절망한 상처를 안고 프랑스로 건너가 관광 가이드를 하며 살아가는 사내가 주인공이고, 〈정육점 여자〉에는 어린 시절 부모로부터 버림받고 외국으로 입양된 한국인 여자가 등장한다. 한국 군인들에게 누이가 유린당하고, 부모가 학살당하는 모습을 본 베트남 남자와의 동거. 그 남자의 유년시절 상처는 여자에게 빈번한 폭력으로 돌아온다.

〈사라진 마녀〉 역시 어린 시절 성폭행의 상처에서 헤어나지 못하는, 그래서 더 더욱 발랄과 명랑을 가장하는 여대생과 학생운동가에서 무능력자로 전락한 남편의 상처를 함께 앓으며 살 수밖에 없는 여교사의 이야기다. 〈뱀장어 스튜〉는 바로 이런 상처와 아픔, 절망까지를 모두 포용하는 사람, 그런 이유로 그 사람을 사랑할 수밖에 없는 남자와 여자의 이야기를 다루고 있는 작품. '상처'에 집착하는 사람이니만치 어둡거나, 폐쇄적일 수도 있다는 것에까지 생각이 미쳤던 것도 사실이다. 그러나 그것 또한 선입견에 불과했다. '올 봄부터 강원도 동해대학교에 강의를 나간다고 들었는데, 학생들에게 어떤 걸 중점적으로 가르칠 것이냐'고 물었을 때다.

"문학이 뭐 가르치고 배우고 그런 성질의 것인가요? 그냥 함께 술 마셔주고, 소설에 대한 고민 들어주고 그럴려구요(웃음). 인간과 세계를 구원하겠다는 문학적 초발심만 지켜나갈 수 있다면 소설을 쓰는 건 즐겁고도, 행복한 작업 아니겠어요. 그 길을 걷겠다는 후배들에게 힘을 주고, 동시에 나 자신도 고무되는 일이 문학강의라고 생각해요."

'구원에 관한 초발심'과 '행복한 소설 쓰기'라. 머릿속으로 다시 한 문장이 스쳐간다. '어둡고 습한 상처를 이야기하면서도 이 여자가 밝을 수 있는 건 그런 이유구나.' 격의 없는 소탈함에 밝음과 따스함까지 겸비한 작가와의 만남. 당연지사 인터뷰는 즐거웠다. 사실 그 즈음 기자는 고단한 타향살이에서 오랜만에 돌아온 남동생을 대하는 누이 같은 그녀의 배려에 감동하고 있었다. 난방기가 고장 난 탓에 무지하게 추웠던 커피숍에서 12가지 반찬에 구수한 토장국까지 곁들여진 4000원짜리 백반집으로 옮겨가며 삶과 문학에 대한 이야기를 나누었다.


- 어릴 때부터 글 쓰는데 재주가 있었나?

"그렇지 않았다. 하지만 혼자 이야기를 만들어보는 건 좋아했다. 엄마와 함께 〈저 눈밭에 사슴이〉 같은 라디오 연속극을 듣고, 〈파란 이별의 글씨〉〈안개〉같은 영화를 자주 보러 다녔다. 아빠가 사다놓은 트로트 음반을 매일 같이 듣기도 했고. 연속극이나 영화를 본 날엔 밤늦게까지 잠을 안자고 그 뒷이야기를 머릿속에서 꾸며보곤 했다. 그게 상상력의 지평을 넓히는 계기가 됐을지도 모르겠다. 엄마 지갑에서 잔돈푼을 훔쳐 만화방도 드나들었고."


- 머릿속에서 그린 것이 아니라 직접 써본 것은 언제쯤인가?

"숙명여고 신문반을 했다. 그 시절 문학소녀들이 대부분 그랬겠지만, 헤르만 헤세와 김승옥, 이청준, 최인호 등을 열심히 읽었고, 습작도 그때 시작했다. 지금도 그런 기질이 남아 있지만 그 당시에 나는 '꿈꾸는 삶'을 살고 싶었다. 멈춰있는 것이 아니라 언제나 즐거운 변화 속에서 살아가고 싶다는 꿈

말이다. 1회 이상문학상 시상식이 우리 학교 강당에서 열렸는데 수상자인 김 승옥 선생을 비롯한 유명작가들을 신문반 학생들이 안내를 맡았던 기억이 난다."

- 25년 만에 당신이 그 상의 26회 수상자가 됐는데.

"실감나지 않았고, 기쁨보다는 부담감이 훨씬 컸다. '이상(李箱)'이라는 이름이 주는 중압감도 너무 무거웠고. 모두가 멍석을 깔아주며 '이제 네 재주를 보여봐라'고 하는 것 같아 그 기대감에 잠시 주눅도 들었다. 준비되지 않은 기회는 행복일 수 없는 거니까. 하지만 진지하고 성실한 자세로 좋은 작품을 쓰도록 노력한다면 상이 가진 격려의 의미에 값하는 것이 아닐까라는 생각도 했다. 문학에 대한 초심을 버리지 않겠다."

- 당신 문학에 가장 큰 영향을 끼친 것은 뭔가?

"17살에 죽은 여동생이다. 글이면 글, 그림이면 그림 모든 면에서 나보다 훨씬 뛰어난 아이였다. 그 애가 모차르트였다면 나는 살리에리에 불과하다고 생각했던 적이 많았다. 고등학교 때 백일장에서 장원을 한 적이 있는데, 동생이 쓴 〈손〉을 베껴낸 것이다. 중학생의 글이 고등학생 대상 백일장에서 1등을 한 것이다. 동생의 죽음은 오랫동안 나를 우울하게 했고, 진원지를 알 수 없는 부채감에 시달리게 했다."

- 단지 동생뿐인가?

"난 79학번이다. 말 그대로 엄혹했던 시대 아닌가. 하지만 내가 다닌 학교에선 그 시절에도 '메이퀸'을 뽑고 있었다. 나 자신도 아버지의 사업실패로 인해 닥친 가정의 불행만을 걱정하며 문학 속으로 숨었을 뿐, 사회참여라고 부를 만한 행동을 해본 일이 없다. 89년 전교조가 생길 때도 이제 갓 아이를 낳아 기르고 있는 소시민이란 변명으로 심정적 지지 외에는 어떤 도움도 주질 못했다. 시대와 역사에 대한 부채감도 내 문학의 출발점이라 할 수 있 겠다."

- 대학시절은 어땠나?

"이화문학회에 가입해 소설도 쓰고, 문학토론도 하고 그랬다. 연세문학회 와 교류가 잦았는데 성석제(소설가), 기형도(시인·90년 사망), 원재길(소설가) 등을 본 기억이 있다. 4학년 땐 〈뜨거운 포말〉로 이화문학상을 받았고, 이대 학보사 현상공모에 〈피꽃〉이 당선되기도 했다. 지금 남편 김종근(미술평론 가)을 만난 장소도 〈피꽃〉에 대해 토론하던 세미나에서였다."

- 83년 졸업 후 곧바로 영어교사가 된 건가?

"아니다. '민음사'라는 출판사에서 잠깐 일했다. 박완서와 김주영, 이문열 등의 책이 그 출판사에서 자주 나오던 때다. 그분들의 책을 편집하던 기억이 새롭다.'

- 중학교 영어교사로 8년간 일했는데.

"공항중학교와 백석중학교였다. 앞서도 이야기했지만 언제나 일상탈피와 변화를 꿈꾸었던 내게 일상에 묻혀 비슷한 일을 반복하는 생활이 행복할 리 없었다. 공항중학교에 있을 때는 무슨 국빈방문이 그리 많았던지(전두환 정 권시절)… 끔찍스럽게도 자주 땡볕 내리쪼이는 도로변에서 애들과 함께 종이 태극기를 흔들곤 했다."

- 93년 프랑스로 건너가 비교문학을 전공한 것으로 안다.

"파리 7대학 동양어문학부를 다녔다. 그곳에서 아이를 낳으면 국가보조금 을 준대서 둘째도 그때 가졌다. 그래서 큰 아이와 터울이 좀 많이 진다. 육 아와 공부를 병행하려니 너무 힘들었다. 그런 까닭에 '중도에 그만두더라도

©홍성식

실망하지 말자'라는 결심을 하고 학업을 시작했다. 절치부심한 것보다 마음을 비운 것이 좋은 결과를 낳게 되었는지, '한국 근대문학에서의 성(性)'이란 주제로 논문을 썼고 박사학위를 받았다. 운이 좋았다."

- 프랑스에서의 8년은 당신에게 무엇을 남겼나?

"문화적 다양성을 인정하는 자세를 배웠다. 모국어가 사라진 공간에서 글쓰기에 대한 견딜 수 없는 목마름을 알았고. IMF 때는 경주엑스포 유럽주재 촉탁 공무원이란 팔자에 없는 직업도 잠시 가져봤다(웃음). 모국어로 소설을 쓰고 싶다는 열망은 97년 나를 소설가로 만들기도 했다. 주불 한국문화원에서 신문광고를 보고 응모한 〈두 개의 꼭두각시 인형〉과 〈상자 속의 푸른 칼〉이 문예잡지 〈라쁠륨〉에 실리며 등단했으니까."

- 작품 이야기를 좀 하자. 상처받은 사람들에 집착하는 이유가 있나?

 "작가라면 다 그런 것 아닌가? 난 여자들이 입은 상처의 이유가 남자들에 게만 있다고는 생각하지 않는다. 그런 의미에서 대학시절과 교사시절 내가 앓았던 역사와 시대에 대한 부채감도 일종의 상처일 수 있다. 나 같은 사람 이 적지 않을 것이다. 그런 상처를 토닥여주고 싶다. 앞으로는 아이들이 겪 는 절망감과 무력감에 관한 소설도 쓰려고 한다."


- 특별히 관심을 가지고 있는 동료작가와 주목하는 작품은?

 "별로 없다. 문학이란 자기 세계를 구축하는 일이라고 생각한다. 동료작가 들의 작품을 많이 읽지만, 그들의 경향이나, 패턴을 답습하는 것은 경계해야 하지 않을까."


- 근간 한국문단의 전반적 흐름에 대한 견해는?

 "걱정스럽다. 문학에는 기본적으로 인간과 세계를 구원한다는 초심이 내 재되어 있다. 하지만 요새는 그 초심이 너무 많이 흐려진 것 같다. 소설과 시는 한없이 가벼워지고, 작가들은 연예인화 되어간다. 이것들과 함께 진지 함이 조롱받는 세태는 우려스럽기 짝이 없다. 내가 20년간 꿈꿔온 문학은 이런 것이 아니었다. 예전 철학자들의 말도 말이지만 '문화의 본질은 문학'이 라는 것에 이견이 있을 수 없다. 하지만 2002년 한국에선 이런 말이 통하기 나 할까?"


- 소설의 소재와 모티프는 주로 어디에서 얻는가?

 "영화와 그림에서다. 살바도르 달리의 초현실주의 회화를 가만히, 오랫동 안 들여다보노라면 자연스레 소설의 소재가 떠오르곤 한다. 남편 직업상 집 에 화집이 많기도 하고(웃음). 벨리코빅의 질주하는 남자 이미지도 근간 작 품들의 모티프가 됐다. 영화에서는 주로 시각적인 이미지를 차용해온다."

- 앞으론 어떤 작품을 쓸 것인지.

"10대 때 내가 입은 상처를 재료로 장편 성장소설을 써보고 싶다. 그러기 위해서는 주제를 부각시키는 훈련이 많이 필요할 것이다. 서사 중심이 아닌 다른 방식으로 소설에 접근하는 형식실험도 해보고 싶다."

- 당신에게 가장 큰 희망을 주는 것은 무언가?

"프랑스 사람들보다 훨씬 따뜻하고 다정다감한 한국 사람의 심성이다. 집단이 아닌 개인으로 만났을 때 느껴지는 체온과 온기 같은 것. 그런 사람들 간의 정(情)이 한국사회를 지탱하는 가장 큰 힘 아니겠는가."

인터뷰를 마칠 무렵. 권지예가 지나가는 말로 넌지시 일러준다. "제 첫 작품집이 곧 나와요." 〈꿈꾸는 마리오네뜨〉란다. 세상과 인간을 구원하겠다는 그녀의 문학적 초심이 어떻게 발현되고 있는지 궁금한 사람에겐 일독을 권한다. 덧붙여 권지예에게 부탁 하나. 16년 전 햇병아리 영어교사이던 시절. 선생님을 찾아오는 것이 두렵고도 어려워 술을 마신 채 찾아와 거듭 고개를 조아리며 세 번을 꼬깃꼬깃 접은 오천 원 권 지폐 한 장을 촌지랍시고 주고 간 어느 아버지의 이야기를 쓴 당신 글을 읽은 적이 있다. 그 글에서 당신은 촌지를 '너무도 촌스러워서 차라리 진실한 마음'으로 믿고 싶다고 그랬다. 덧붙여 교사에 대한 믿음만으로도 충분히 고맙다 했다. 그 마음까지 온전히 가슴에 담아 문인으로서의 초발심만이 아니라, 학생들과 부모가 신뢰를 보낼 수 있는 열린 가슴의 스승, 그런 스승이 되겠다던 초심까지를 지켜주길.

---

* 소설가 권지예는 1961년 경상북도 경주에서 태어났다. 이화여대 영문과를 졸업했고 프랑스 국립 파리7대학에서 문학박사학위를 받았다. 1997년 〈라쁠륨〉으로 등단했으며, 이상문학상과 동인문학상 등을 수상했다. 장편소설 〈아름다운 지옥〉, 소설집 〈꿈꾸는 마리오네뜨〉 〈폭소〉 〈꽃게 무덤〉, 산문집 〈권지예의 빠리, 빠리, 빠리〉 등을 출간했다.

# "80년 광주는 내 청춘 모두를 뺏어갔다"
## - 소설가 공선옥

　지독하게도 가난했다. 아버지는 아내와 세 딸의 '밥'을 위해 평생을 떠돌이 막일꾼으로 세상을 헤매 다녔다. 일거리가 있는 곳이라면 그곳이 전라도 목포건, 경상도 부산이건, 충청도 어느 도시건 상관하지 않고 헐값에 자신의 노동을 팔았다. 너나없이 가난했던 1960년대. 가진 거라곤 몸밖에 없는 사람들의 사정은 누구나 비슷했다.

　그 아버지는 황석영의 소설 〈삼포 가는 길〉에 등장하는, 싸구려 식당에서 멀건 국에 식은 밥을 말아 삼키고 하루를 벌어 하루를 사는 영달과 정씨에 다름 아니었다. 매일 같이 일하면서도 언제나 가난할 수밖에 없는 역설의 삶. 아버지가 벌어다주는 돈으론 짜디짠 자반고등어 한 마리 구워먹을 형편이 안됐기에 딸들은 그 동네 계집아이들이 통상 그런 것처럼 초등학교나 중학교를 졸업하면 식모나 여공이 되는 걸 당연하게 생각했다.

　그런데 그런 극한의 가난 속에서 키운 딸들은 기특하게도 공부를 잘 했다. 중학교 졸업 후 고교 진학을 포기하고 공장에 들어가려던 그 아버지의 둘째 딸. 하지만, 선생 하나가 극구 말렸다. "여기서 주저앉히기엔 가진 재주가 아깝다"는 이유에서였다.

　선생의 설득과 도움으로 입학한 고등학교. 열일곱 소녀는 고향인 전남 곡

ⓒ홍성식

성을 떠나 광주를 향했다. 언감생심 꿈에도 생각 못한 유학이었다. 하지만, 풀을 먹여 빳빳이 다린 하얀 칼라의 교복을 입고 친구들과 재잘거리던 광주에서의 행복은 너무도 짧았다.

소녀는 1980년 5월 광주의 학살을 바로 코앞에서 지켜봐야만 했다. 따뜻한 늦봄 햇살이 눈부셨던 그날. 중인환시리에 공수부대의 곤봉에 맞고 대검에 찔려 쓰러지던 사람들. 비명은 대로를 맴돌았고, 피는 아스팔트 위로 강을 이루었다. 장님이 아니면 볼 수밖에 도리 없던 학살의 현장. 도시 곳곳에선 콩 볶듯 연일 총소리가 들려왔고, 제 또래 여고생이 헌혈을 하고 나오다 진압군의 조준사격에 머리통이 날아갔다는 이야기가 흉흉한 소문이 되어 떠돌았다.

'80년 광주'는 열여덟 어린 여고생을 견딜 수 없는 공황에 빠뜨렸다. 정신과 육체는 동시에 황무지가 됐다. 그리고 소녀의 기억은 거기에서 끊겨있다. 이게 누구의 이야기냐고? 소설가 공선옥의 청소년기의 이야기다.

그는 말한다. "아직도 그날 내가 본 것이 현실이었는지 의심스럽다"고. "분명 죽는 사람을 봤는데 죽인 사람은 왜 없냐고"고. 세월이 흘렀고, 그동안 열여덟 철없던 여고생은 아이 셋을 둔 아줌마가 됐지만 광주는 여전히 공선옥에게 선지피를 흘리는 지울 수 없는 상처다.

82년 대학에 입학한 공선옥. 하지만, 공부만 열심히 하는 건 당시 광주의 학생들에게 수치인 동시에 사치였다. 브레히트의 '살아남은 자의 슬픔'을 하루에도 몇 번씩 들리지 않는 목소리로 읊조리던 시절. 매일 매일이 집회였고, 하루하루가 싸움의 연속이었다. 화염병을 만들고, 깨진 보도블록을 시위대에게 날렸다. 가세는 더 기울었고, 학교도 중도에 그만 뒀다. 공장 노동자와 관광버스 안내양으로 살았던 20대 중반. 하지만, 그 시절을 추억하는 공선옥의 목소리는 의외로 밝았다.

"시골 중년부부들에게 온천으로의 관광은 하나의 축제였어. 돼지를 잡고, 버스에 술을 박스 채 실었지. 남자들은 양복에 넥타이를 매고, 여자들은 고운 빛깔의 한복을 차려입고… 안내양 노래교본에 나와 있는 곡들을 흥얼거리면 너나없이 좁은 차 복도에서 춤을 추는 모습이 왜 그리 우습고도 가슴 짠하던지."

스물네 살에는 결혼도 했다. 하지만 그 결혼은 행복하지도 오래 가지도 못했다. 이혼에 이어진 또 한 번의 결혼. 하지만 재혼생활 역시 오래지 않아 파경을 맞았다. 바람대로 돼주지 않았던 2번의 결혼. 그리고 남겨진 3명의 아이들. 묘하게도 공선옥과 함께 살았던 두 사내는 모두 광주항쟁 당시 시민군 활동에 참여한 사람이었다.

"왜 소설가가 됐느냐"는 질문에 공선옥은 "그냥 어쩌다 보니 그렇게 됐다"라고 답했다. 정말 그럴까? 채 서른이 되기 전에 그토록 많은 사연을 겪었으니, 어쩌면 그 사연들이 기구한 팔자의 한 여인을 이야기꾼에 다름 아닌 소설가로 만들었는지도 모른다. 규정짓기 좋아하는 사람들은 91년 등단작 '씨앗불'에서부터 첫 작품집 〈피어라 수선화〉를 거쳐 올해 초 출간된 〈붉은 포대기〉까지 공선옥이 낸 10여권의 책을 관통하는 핵심어는 '5월 광주'와 '억압받는 여성'이라고 잘라 말한다. 하지만, 공선옥은 여기에 동의하지 않는다.

"그건 읽는 사람이 판단할 문제지 평론가나 기자들이 말할 성질의 것이 아니잖아. 나 역시 그런 강박관념에서 쓴 것도 아니고. 소설이 거창한 철학이나 이념을 담아야한다는 이야기를 들으면 기가 질려. 소설은 그저 세상에 있을 법한 이야기를 쓰는 것 아냐? 선반공이 쇠를 깎고, 제화공이 구두를 만들고, 제과공이 빵을 굽듯 소설가는 소설을 쓰는 노동자일 뿐이야. 거기에 무슨 철학이나 이념이 필요하고, 의미심장한 뜻을 담아내는 게 중요하겠어. 내 소설쓰기는 자식들과 먹고살기 위한 수단이지 그 이상도 이하도 아냐."

작가는 이렇듯 아무렇지도 않게 말하지만, 그렇다고 그의 소설이 정말로 밥을 벌기 위한 수단에 불과한 것은 아닐 것이다. 공선옥의 소설에선 그의 아버지와 자신, 자기의 자식에 다름 아닌 가난한 사람들에 대한 끈끈한 연민과 고통 받는 이들에 대한 가없는 애정이 뭉턱뭉턱 묻어 나온다. 이는 모진 세상을 억척같이 살아본 이가 아니면 생산해낼 수 없는 언어.

공선옥이 춘천으로 온 이유는 우연히 근처를 지나다 본 '전세 값에 제 집을 마련할 수 있는 절호의 기회'라는 플래카드를 본 때문이었다. 주저 없이 아이 셋을 데리고 아는 사람 하나 없는 도시로 떠날 수 있는 용기. 거기서 모든 것을 다시 시작할 수 있는 용기. 이를 두고 공선옥은 "닥치면 다 살아내게 돼있다"라고 무덤덤하게 말했다. 기자는 그 무덤덤함이 무서웠다.


누구에게도 기대지 않고, 제 삶과 자기에게 몸을 기댄 아이들까지 부둥켜 안으며 거친 세파를 헤쳐 나갈 용기 있는 사람이 쓴 소설이라면 그것을 읽는 독자들에게도 '진정한 용기'를 말할 수 있을 터.

공선옥에게 세상은 여자라고 봐주지 않은 피비린내 풍기는 싸움터고, 소설은 그 싸움터에서 도태하지 않으려 힘주어 잡은 무기가 아닐지. 공선옥의 기행산문집 〈마흔에 길을 나서다〉는 관광지와 교통편, 맛집만을 소개하는 식상한 여행안내서와는 전혀 다른 생경함으로 월간 〈말〉에 연재될 때부터 여러 사람의 주목을 받았다.

그는 지난해 꼬박 1년을 '집'이 아닌 '길'에서 살았다. 그 길 위에서 보따리를 머리에 인 행상 할머니를 만났고, 분신한 노동자를 만났으며, 미군탱크에 깔려죽은 중학생의 아버지와 어머니를 만났다. 그리고 또 무엇을 만났을까?

친절한 답변이 돌아오지 않을 것을 예상하면서도 "누가 가장 기억에 남고, 어떤 풍경이 잊혀지지 않는가"라고 내처 물었다. 돌아온 대답이 더 이상 설명이 필요치 않은 걸작이다. "모두 다 잊혀지지 않는다. 내가 길을 떠나있는 동안 새끼들을 굶기지 않기 위해 먹이를 준비했던 기억은 더 잊혀지지 않는

ⓒ홍성식

다." 구구절절 자신이 쓴 글에 대해 이런저런 설명을 하고, 그것도 모자라 부연에 부연을 거듭하는 세태에 '책 내용은 책을 읽어보면 알 것이지 무슨 말이 필요한가'라고 소리 없이 웅변하는 그의 당당함 앞에서 더 이상 아무것도 물어볼 수가 없었다. 아니, 물어볼 필요가 없었다.

바로 그때. 고등학교에 다니는 누나가 돌봐주고 있는데도 "엄마가 보고 싶다"며 훌쩍이는 일곱 살 막내아들의 전화가 걸려왔다. 그 어리광을 자르며 "무언가를 하러 나왔으면 그걸 다 해야 집에 갈 수 있는 거다. 너도 그걸 알아야한다"라고 말하는 공선옥의 태도가 단호하다. 그러면서도 그는 아들 몫으로 따로 챙겨둔 왕만두를 취중임에도 잊지 않았다. 아직도 온기가 남아있을 만두를 검은색 비닐봉투에 담아 든 공선옥이 서둘러 작별인사를 고했다.

돌아선 그녀의 작고 좁은 어깨가 쇠를 달궈 곡괭이와 칼을 만드는 대장장이의 그것처럼 단단해 보였다. 그 단단함으로 써낸 소설들이 그와 아이들을 먹이는 수단인 동시에 '보다 아름다운 세상의 건설'이라는 소설의 궁극적 목적에까지 가 닿을 수 있다면 '소설 쓰는 노동자' 공선옥과 놀았던 그 하루가 기자에게도 무의미하지만은 않으리라.

### [공선옥 취재 후기] "닭갈비에 소주나 한 잔 하고 가세요"

애초 공선옥과의 인터뷰는 〈마흔에 길을 나서다〉에 관해 몇 가지를 묻고, 작가에겐 생면부지의 땅인 강원도 춘천에서 뭘 하고 어떻게 사느냐를 들어 가벼운 읽을거리를 만들 요량으로 준비됐다. 서울발 춘천행 무궁화호 기차에 몸을 실었던 날. 하늘 가득 널브러진 7월의 햇살은 평화로웠고, 청평과 강촌에서 만난 물줄기는 더할 나위 없이 시원스러웠다.

하지만, 이 시원스런 평화는 공선옥과 그의 세 아이가 사는 아파트 거실에 들어서자마자 깨졌다. 한 두 시간 준비해 간 질문을 토대로 인터뷰를 하고, 나머지 저녁시간은 지인을 만나 산천어회에 국화주나 마시려던 기자의 계획은 "집이 시끄러우니 어디 근처에 가서 닭갈비에 소주라도 한잔하며 이야기하자"는 공선옥의 뜬금없는 제의 탓에 초반에 무산됐다.

어디 그뿐인가. 취재수첩과 여기저기서 찾아낸 작가의 관련 자료를 꺼내 정식 인터뷰를 시작하려는 순간 "춘천까지 와서 일은 무슨 일을 해요? 그냥 재미있게 놀다가요"라는 공선옥의 업무방해성 멘트는 한 번 더 기자의 무장해제를 요청하고 있었다.

가져간 수첩과 자료를 가방에서 꺼내지도 못한 채 공선옥과 기자는 급하게 소주잔을 돌리며 놀기(?) 시작했다. 해가 중천에 있을 때 시작한 그 놀이는 자정이 가깝도록 계속됐다. 소박하게 둘이서 시작한 술자리는 지역방송국 기자와 사진작가, 춘천마임축제 사무국장까지 어울린 큰판으로 발전했고, 안주는 닭갈비에서 잘 삭힌 전라도식 홍어회로, 다시 멸치와 땅콩으로 변했다. 장소를 바꿔

가며 3차까지 이어진 술자리.

공선옥은 예닐곱 살 아래인 기자에게 반말로 "야, 제발 정색하고 질문 좀 하지 마라. 네가 무슨 취조하는 검사냐"라는 가벼운 주정까지 해가며 흥취한 채 술자리를 주도했다. 멀리서 춘천발 서울행 마지막 열차가 떠나는 소리가 들렸다. 그것은 취기가 가져다준 환청이었을까?

* 소설가 공선옥은 1963년 전라남도 곡성에서 태어났다. 1991년 계간 〈창작과비평〉 겨울호에 '씨앗불'을 발표하며 본격적 문단활동을 시작했으며, 〈피어라 수선화〉 〈오지리에 두고 온 서른살〉 〈내 생의 알리바이〉 〈유랑가족〉 등의 책을 냈다. 신동엽창작기금 수혜자이고 2004년엔 오늘의 젊은예술가상을 수상했다.

# 상처 없이는 문학도 없다
## - 소설가 김인숙

　소설가 김인숙이 좋아하는 건 '잠자기'와 '술 마시기' 그리고, '브래드 피트'
다. "어릴 땐 취하면 슬퍼졌어요. 80년대가 그런 시대이기도 했고. 하지만
요샌 맥주 다섯 병이면 세상이 즐거워 보이고, 행복해져요. 나이를 먹어간다
는 반증일까요?" "브레드 피트 영화요? 사진만 봐도 좋은데 무슨 영화까
지…(웃음)" 김인숙에게선 꾸밈이나 가식의 냄새가 나지 않는다. 솔직하고
소탈하다. "방금 전까지 자다 일어나서 얼굴이 엉망이에요."

　오후 2시에 만난 사람에게, 그것도 곧잘 폼을 잡아도 좋을 작가에게 이런
말을 듣는 게 어색할 법도 하지만 그렇지가 않다. 말끝에 이어지는 김인숙의
맑은 웃음이 그 이유였을까? 그녀의 소설집 〈브라스밴드를 기다리며〉. 많은
평론가와 독자들이 '브라스밴드'는 유예된 희망에 다름 아니라는 사실에 동의
했다. 가슴 깊숙한 비밀인양 숨겨두고 기다리는 브라스밴드 하나 없는 사람
이 세상에 있을까.

　그렇다면 소설가 김인숙이 기다리는 브라스밴드는? 문학평론가 류보선은
김인숙을 지칭해 "한순간도 '사랑'이라는 소설적 화두를 놓치지 않고 있는 작

가"라 평했다. 김인숙도 이에 동의했다. 그렇다면 그 '사랑'은 어디에서 연유되었고, 소설적으론 어떻게 형상화되어 왔을까?

오전부터 황사 섞인 봄비가 추적대던 봄날. 경기도 일산의 창 넓은 카페에서 그녀를 만났다. 그리고 물었다. "당신이 기다리는 브라스밴드는 뭐냐고." "사랑이란 당신에게 대체 어떤 의미냐고."

김인숙이 사랑이라는 단어를 체감한 최초의 기억은 초등학교 시절로 거슬러 올라간다. 열한 살이나 터울이 지는 큰오빠. 군대로 떠나는 오빠는 소녀 김인숙에게 이런 약속을 한다. "네가 받는 상장의 숫자만큼 오빠가 선물 사줄게." 그 당시엔 이런저런 상이 많았다. 휴가 받아 집에 돌아올 오빠를 기다리며, 김인숙은 열 개가 넘는 상을 받아놓는다. 이등병의 월급 몇천 원. 하지만 큰오빠는 약속을 지켰다. 상의 숫자만큼 달콤한 풍선껌을 사왔던 것.

"5남매 중에 막내예요. 큰오빠만이 아니라 둘째오빠도 절 많이 예뻐했죠. 원체 말수가 적은 사람이었는데, 월급날만 되면 내 손을 잡고 전기구이 통닭집엘 갔어요. 닭 한 마리를 다 먹을 때까지 한마디도 안하고, 웃으며 내 얼굴만 쳐다보곤 했지요."

그래서일까? 사랑받고 살아온 것에 익숙한 그는 사랑에 무슨 무슨 거창한 의미를 달지 않았다. "류보선 씨의 말에 동의해요. 어떤 소설이나 화두는 사랑 아닌가요?" 김인숙의 반문이다.

최근 몇 년 사이 김인숙은 많은 소설을 썼다. 〈유리구두〉에 이어 장편 〈꽃의 기억〉, 현대문학상 수상작 〈개교기념일〉, 거기에 〈브라스밴드를 기다리며〉까지. "어느 시점을 통과하고 보니, 이젠 글쓰기 외에 할 게 없다는 걸 깨달았어요. 그리고 나니 편해졌고, 그 편안함이 글쓰기의 동력이 돼준 거 같아요."

김인숙은 1983년 만 20세의 어린 나이로 조선일보 신춘문예에 〈상실의 계절〉이 당선되어 문단에 나온다. 그러나 이 '이른 등단'은 그에게 영예라기보다는 걸림돌이었다. 제대로 문학을 할 수업이나 준비기간이 턱없이 모자랐고, 문학 외적인 요인에 쉬이 휘둘렸다. 어차피 스무 살은 스무 살의 글을 쓸 수 있을 뿐이었다.

"가끔 문학강연 같은 델 나가면 '글은 익어서 나오는 것'이란 박완서 선생의 이야기를 들려주곤 해요. 일찍 등단하는 게 능사가 아니라는 걸 말해주고 싶어요. 명망과 헌사에 휘둘리기보다는 자신을 내실 있게 채워나가는 노력이 좋은 작가를 만들어 줄 거라고 이야기하죠."

1980년대 초반 고교생 백일장 등에서 시조부문을 휩쓸던 진명여고 문예반. 김인숙은 거기에 소속되어 있었지만, 열혈의 문학청년은 아니었다. 여고생이 시조를 쓴다는 것이 왠지 고루해 보이고 싫었던 것. 그는 그저 '부업삼아 글을 쓸 수는 있을 것'이라 생각하던 사람이었다. 그러나 행인지 불행인지, 그의 표현에 의하자면 '어쩌다보니 운 좋게 자신에게 온 신춘문예 당선'이 그녀의 생을 바꾸었던 것이다.

"하지만, 내가 지나온 80년대를 사랑해요. 그때만큼 문학에 대한 열정과 믿음을 가졌고, 문학의 역할을 신뢰했던 적이 없었으니까요. 그런 의미에서 〈가까운 불빛〉〈성조기 앞에 다시 서다〉〈하나되는 날〉 등 일련의 내 작품을 두고, '이물스럽다'고 평가하는 것에 대해서는 동의할 수 없어요. 나는 내 자리에서 내 시선으로 바깥을 보았을 뿐이고, 내 시선이 포착한 당대의 '절박감'을 썼을 뿐이에요."

몇 년 전 사망한 폴란드 감독 크쥐쉬토프 키에슬롭스키의 영화엔 '창(窓) 안에서' '창 밖을' 응시하는 화면이 자주 비춰진다. 이렌느 야곱이 출연한 〈베로니카의 이중생활〉이 그렇고, 줄리엣 비노쉬가 주연한 〈블루〉가 그렇다. '창 밖의 풍경'은 때론 남루하고, 때론 화려하다. 키에슬롭스키 감독은 카메라의 객관적 시선을 통해 당대의 현실을 가감 없이 영화에 투영시킨 것이다.

©이종호

그러나 영사막에 드러나는 현실이 남루하건, 화려하건 그 저변엔 피폐하고 고립된 현대인에 대한 연민과 사랑이 깔려있다. 그것이 관객이 키에슬롭스키 감독을 거장으로 기억하는 이유다. 김인숙이 말한 바 '절박감'이란 '사랑'과 '연민'의 다른 이름이 아니었을까? 현실이 소설화되는 방식이 대사회적 거대서사이건, 지극히 개인적인 미세서사이건.

김인숙이 정의하는 소설이란 '대화의 수단'이다. 그는 누구나 그림을 보지만, 그림을 제대로 이해하는 사람이 드문 것처럼, 문학의 행간을 읽어내는 층도 점차 소수화 할 것이라 전망한다. 비록 소수일망정 그들과의 격의 없는 소통을 김인숙은 꿈꾼다. 그러나 그 '꿈꾸기'에는 고통이 수반된다.

"교과서 같은 이야기지만, 문학이 상처 없이 되겠어요? 그 상처를 끌어안고 가는 일이 바로 문학이지요. 그러니 고달픈 것이고. 하지만 내 딸이 한다면 정말이지 말리고 싶어요. 그 애는 나처럼 혼자 끙끙대는 정적인 일보다, 동적이고 여러 사람과 교류하는 직업을 가졌으면 좋겠어요. 나 하나 괴로운 것으로도 충분하니까. 왜냐고요? 내 딸이잖아요(웃음)."

1941년과 1963년은 한국문학사에서 특별한 의미가 있는 해다. 〈오적〉의 김지하, 〈서울의 달빛 0장〉의 김승옥, 〈순이삼촌〉의 현기영, 〈관촌수필〉의 이문구, 타계한 〈국토〉의 시인 조태일, 평론가 염무웅 등 한국문학을 좌지우지 해온 이들 모두가 1941년에 태어났고 살아남은 자들은 올해 회갑을 맞았다. 63년도 마찬가지다. 김인숙을 비롯, 〈딸기밭〉의 신경숙, 〈고등어〉의 공지영, 〈피어라 수선화〉의 공선옥, 〈나비, 봄을 만나다〉의 차현숙, 요절한 소설가 김소진과 〈홍합〉의 한창훈까지 모조리 1963년 토끼띠다. 이들을 엮는 공통의 분모나 고리는 어떤 것일까?

"같은 시대를 살았고, 비슷한 상황을 겪긴 했죠. 하지만 전 '동년배 작가'라는 분류엔 별 의미가 없다고 생각해요. 작가에겐 누구나 나름의 '세계'와

'언어'가 있기 마련이고, 일일이 언급하지 않아도 자신의 언어를 통해 나름의 몫을 해나가고 있는 중 아닐까요?" "일상에서 슬쩍 비켜선 여자 주인공이 자주 등장한다는 이유로, 은희경(소설가)과 비슷하다는 이야길 아주 가끔 들어요. 그럴 수 있어요. 세상엔 같은 주제나 소재를 다루는 소설이 수도 없이 많고, 스타일까지 같은 소설도 있으니까. 하지만 주제나 소재, 스타일이 비슷할 뿐이지, 다 다른 소설이에요. 왜냐면 작가마다 세계관이 있기 마련이고, 그 세계관까지 같은 수는 없는 노릇이니까요."

김인숙은 박완서와 오정희의 문장을 흠모하고, 환멸조차도 그리움이던 호주에서의 체험을 그리워하며, 베트남 작가들이 가진 문학하기 좋은 환경을 동경한다. "박완서 선생의 소설에선 미세한 일상을 더듬는 촉수의 능수능란함과 끈질김이 느껴져요. 오정희 선생의 글에 넘쳐나는 리듬감은 문학이 이를 수 있는 가장 아름다운 경지겠죠. 거두절미하고 좋은 소설가들임에 틀림없어요."

"소련과 동구권이 도미노처럼 쓰러지던 시기에 호주에 있었어요. 외국 생활이란 게 다 그렇겠지만, 익숙했던 풍경들과 결별하고, 새로운 출발을 꿈꿔야 하는 건데… 쉽지가 않았죠. 내 모든 기억의 뿌리는 한국에 있었으니까. 그때처럼 맑고 투명한 그리움을 다신 가질 수 없을 것 같아요. 사회주의의 붕괴가 가져다준 환멸조차도 그리움으로 오던 시절이었으니까."

"올 초에 다녀온 베트남은 작가와 문학이 대우받는 사회더군요. 좀 천박하게 표현하자면, 글을 쓴다는 이유로 가난이 당연시되는 한국과는 많이 달랐어요. 소설을 쓴다는 게 자부심이 될 수 있는 그곳의 문학환경이 좀은 부러웠어요."

〈유리구두〉라는 소설집을 내고 김인숙은 작가 후기에 이렇게 썼다. '아무리 아닌 척해도 삶은 기다리는 일에 다름 아니다.' 물었다. "당신은 무엇을 기다리느냐?"고. "당신이 기다리는 '브라스밴드'는 지금 어디쯤 오고 있냐?"

ⓒ이종호

고. "사람이고, 사랑이고, 성취가 될 수도 있겠죠. 내가 찾은 편안함도 '브라스밴드'일 수 있고. 하지만 이 모든 걸 가지게 된다고 행복해질 수 있을지는 아직도 의문이에요. 아마 그땐 또 다른 '브라스밴드'를 기다리게 되지 않을까요?"

 길었던 인터뷰가 끝났다. 사위는 어두워지고 있었고 여전히 비가 내렸다. '봄 햇살 아래를 오랫동안 걷고 싶다'는 김인숙의 소망은 그날 이뤄지지 못했다. 하지만 그 작은 '소망'보다 더 큰 '간절함'은 폭풍우 속에서도 그를 소설과 함께 살게 만들 것이 분명해 보였다.

 "10년 뒤, 아니 1년 뒤의 내가 어떻게 변할지 내 스스로도 몰라요. 하지만 그 시기마다 간절한 어떤 것이 저로 하여금 소설을 쓰게 하겠죠. 오랫동안 글을 쓸 수 있었으면 좋겠어요."

# '나비 같은 열망' 뒤에 감춰진 비극

### - 소설가 차현숙

　시동이 걸리지 않았다. 소설가 차현숙의 자동차는 카페 앞 도로변에 주차되어 있었다. 그리고 두 시간 남짓의 인터뷰. 미처 끄고 내리지 못한 실내등 탓에 배터리가 방전된 것이다. 허둥지둥 헤매다, 부랴부랴 서비스 차량을 부르고, 전선을 연결해 배터리를 재충전했다. 정비를 끝낸 서비스 요원이 자동차 운전시스템에 관해서 아무 것도 모르는 차현숙에게 친절하게 덧붙인다. "최소한 30분 동안은 시동을 끄면 안됩니다." 차현숙이 가슴이 갑갑할 때면 가끔 혼자 찾는다는 '그 곳'으로 차를 달릴 수 있었던 건 정비사가 말한 '최소한 30분'의 시간을 벌기 위해서였다.

　자유로를 20여 분 남짓 달렸을까. 도착한 곳엔 임진강이 검은 괴물인 양 거대한 몸피로 누워 있었다. "날이 맑을 때면 북한이 보이기도 한다는데…" 갑자기 불어온 싸늘한 바람 탓이었을까? 그 말이 한없이 쓸쓸하게 들렸다. 따뜻한 차가 담긴 종이컵을 두 손으로 감싸 쥐고. 별 말 없이 어두움을 응시하던 그가 독백인 양 작은 소리로 말했다. "삶이든 문학이든 비극에서 출발하는 게 아닐까요?" 그때서야 유년부터 지금까지 차현숙을 붙들고 있는 상처와 우울의 이유가 불투명하게나마 감지됐다. 어둠이 내려앉은 강변은 봄임에도 바람이 찼다.

1996년에 발표된 차현숙의 첫 장편 〈블루 버터플라이〉에 등장하는 4명의 주인공은 모두 불행한 과거의 상처를 안고 사는 사람들이다. 여주인공 지원은 젊은 화가와 도망친 엄마로 인해 우울한 유년을 보냈고, 지원의 남편 민우는 떠나갈 것이 자명한 여자와의 이루어질 수 없는 사랑에 괴로워한다. 지원이 찾아간 정신과 의사 수익은 자살한 어머니의 환영에서 벗어나지 못하고 있다. 지원의 남편과 불륜관계를 형성하는 채희 또한 친오빠에게 당한 성폭행이라는 어두운 기억을 지우지 못한 여자.

1997년 소설집 〈나비, 봄을 만나다〉의 주인공들도 마찬가지다. 차현숙이 소설에서 형상화하는 인물들은 대부분 불행하다. '상실된 자아'와 '붕괴 위기에 처한 가정' 혹은, '바람난 남편' 때문에 괴로워한다. 〈나비의 꿈 1995〉의 '나'가 그렇고, 〈서른의 강〉의 '이경아'가 그렇고, 남편의 어린 정부로 인해 애증을 동시에 겪는 표제작 〈나비, 봄을 만나다〉의 '그녀'도 마찬가지다. 불행한 주인공들을 탄생시킨 비극적 세계관의 형성 이유가 궁금해졌다.

"외부적으로 불행한 요소들이 많았던 건 아니에요. 오히려 내가 가진 비극의 정서는 생래적인 것에 가깝죠. 어차피 인간감정의 본질은 고독이 아닐까요? 어린 시절부터 내내 외로웠어요. 자신과 타인의 관계를 들여다보는 직업인 소설가가 된 것은 그 외로움을 극대화시킨 또 하나의 비극이었고. 하지만 요즘은 이런 생각도 해요. 삶의 시작이 상처였다면, 살아가는 일이란 그 상처를 이기는 힘을 기르는 과정이 아닐까라는."

경북 상주에서 상경한 차현숙의 부모는 낯선 객지생활이 주는 '고단함'과 '힘겨움'에 자식들을 살뜰히 살필 처지가 되지 못했다. 아홉 살 위의 언니 등에 업혀 차현숙이 드나든 곳은 만화방. 그는 거기에서 최초로 소설의 재료인

문자를 만났고, 한글을 깨쳤다. "아직도 매캐한 연탄가스 냄새와 겉장까지 너덜거리던 누런 지질의 만화책이 기억에 선명해요."

만화책에서 배운 서툰 한글 탓이었을까? 차현숙은 초등학교 3학년 때까지 매번 0점짜리 받아쓰기 시험지를 받아야했다. 철자법도 서툴던 그녀에게 문학이란 그야말로 먼 나라 이야기. 대학을 졸업할 때까지 그 흔한 백일장 한 번 나가보지 못했다. 여고시절엔 문학반에 적을 두고 있었지만, 그것도 달리 갈 곳이 없어 선택했을 뿐이었다.

그녀가 습작을 시작한 건 29세. 차현숙의 문학적 재능을 늘상 안타까워하던 남편의 격려가 큰 도움이 됐다. 이어 1994년 〈소설과 사상〉으로 등단, 이듬해엔 이상문학상 후보에 오른다. 그리고 앞서 언급한 〈블루 버터플라이〉와 〈나비, 봄을 만나다〉 상재.

오랜 시간 묵혀왔던 외로움과 우울이 소설적 자양분으로 작용한 것일까? 그녀는 짧은 시간에 적지 않은 사람들의 주목을 받는 작가로 성장한다. 하나의 범주로 작가와 작품을 묶어내길 즐기는 비평가들은 차현숙에게 '페미니스트'와 '페미니즘 소설가'라는 딱지를 붙였다.

"성보다 열악한 당대 여성들의 불평등한 처지를 해소하려고 노력한다는 측면에선 그 평가가 크게 틀리진 않아요. 그러나 문학에서 말하는 페미니즘이란 '여성주의'가 아니고 '인간주의' 아니겠어요. 세상엔 여성보다 훨씬 열악한 상황에 처한 남자들도 적지 않잖아요. 보다 나은 삶을 추구하는 건 여성 혹은, 남성만의 문제가 아닌 인간공통의 문제라고 생각해요."

소설에 유독 '나비'의 이미지가 자주 사용되는 이유는 뭘까? 모일간지 문학담당 기자의 해석처럼 나비란 불구와 감금의 존재? "단순히 한마디로 정의될 수 있는 성질의 것은 아니에요. 어느 작품에선 백일몽 같은 욕망을 상징하기도 하고, 다른 작품에선 자유로움의 이미지로 쓰이기도 했죠. 하지만 제 경우는 현재까지의 존재를 부정하고 다른 존재로 탈바꿈하고 싶다는 열망

©이종호

의 은유로 나비가 사용된 적이 많았던 것 같아요."

차현숙이 '나비 같은 열망'의 목소리로 작금의 한국현실과 문단상황에 대해 몇 마디 덧붙인다. "(평론가들은)왜 단순한 잣대만으로 저를 페미니스트라 규정하는지 이해가 되지 않아요. 한 작가가 혹은 그의 작품이 그렇게 두 부 자르듯 쉬이 재단할 수 있는 성질의 것인가요? 기실 제가 가장 큰 애착을 가지고 있는 문학적 소재는 '여성주의'라기 보단 '유년의 상처'인데… 그리고, 남성과 여성의 성이 구분되는 사회에서 벗어나야 한다는 건 당위 아닌가요? 그런데도 아직 한국사회에서의 성이란 남성에겐 '과시의 수단'이고 여성에겐 '억압의 기제'예요. 근데 왜 이 문제를 쓰는 여성작가의 작품을 '불륜문학'이라고 평가절하하나요? 남성작가들도 '성'에 관해 쓰잖아요. 성은 아직도 남성들의 마지막 기득권인가요?"

차현숙의 2번째 소설집 〈오후 3시 어디에도 행복은 없다〉. 소설 속 주인공들은 여전히 아프고, 또 아픈 삶을 산다. 어디에도 번데기에서 나비로 탈바꿈한 여성은 없다. 동료작가 김인숙은 말한다. "(차현숙 소설 속의) 여성에게 불행의 이유란 불륜이나 이혼에 있지 않다. 그녀들의 불행은 고독에서 연유한다. 그 고독을 강제한 것은 인간이 아닌 여성만으로 그녀들을 내몰고 간 사회다." "내 소설엔 왜 행복한 사람이 하나도 없냐구요? 전 문학이 상처에서 시작되고 상처에서 끝나는 것이라 믿어요. 유년의 상처, 부모와 남편으로 인한 상처, 자식이 입힌 상처… 시인 랭보의 말처럼 상처받지 않은 영혼이 어디 있겠어요. 소설가란 그 상처를 들여다보고, 확대시키는 작업을 하는 사람에 다름 아니에요. 그리고 굳이 아무 상처 없이, 아무런 불행도 없이 사는 사람들의 이야기를 소설로 쓸 필요가 있을까요?"

차현숙 소설의 출발은 시대가 입힌 상처였다. 등단작인 〈또 다른 날의 시작〉과 〈틈입자〉〈불임나무 1995〉 등의 작품은 80년대와 90년대의 불화와

©이종호

환멸을 극명하게 보여준다. "우리는 교과과정의 하나로 여성학을 공부한 최초의 세대예요. 남녀는 동등한 삶을 누려야 한다는 걸 배웠고, 그 배움을 생활 속에 적용시키고 싶었어요. 하지만 졸업 후 마주친 현실은 그게 아니었어요. 갈등은 이상과 현실의 괴리에서 왔죠. 삼십대가 되니까 좌절은 더 심해졌어요. 에너지로 가득 차 있어야 할 시기인데도, 현실의 저는 자녀 출산과 육아, 가사노동만으로도 늘상 힘겨워하고 있었고… 이런 '불합리'와 '불화'에 관해 쓰고 싶다는 욕망이 제가 감히 '소설'이란 것에 도전장을 낸 이유였어요."

아픈 질문 하나를 던졌다. "그런데, 당신 소설은 그 '불화'의 본질을 찾으려는 노력은 보이지 않고, 그저 위기에 처한 여성들의 심리묘사에만 치중하고 있는 것 아닌가?" 의외로 대답은 심상스럽고, 간략하다. "맞는 이야기예요. 그러나 작품에서 제기된 문제의 해결은 작가의 몫이 아니에요. 그건 독자의 몫이죠. 작가란 그저 문제를 들여다보고, 드러내는 것까지의 역할만 하면 된다고 생각해요. '이 문제의 답은 이거다'라고 말하는 자체가 주제넘은 월권이죠. 소설가는 수학선생이 아니잖아요."

올 봄 차현숙은 일산과 서울의 답답한 일상을 두 번이나 훌쩍 탈출했다. 눈 시린 강원도의 바다와 경남 하동의 만개한 벚꽃이 그를 맞았다. 홀로 떠난 그 여행의 이유가 궁금했다. "이제 다른 세계로 나아가야 할 것 같아서요. 낯설고 생경한 풍경을 통해 문학적 자양분을 얻고 싶었죠. 내 역량 안에서 내가 쓸 수 있는 건 이미 다 썼어요. 이제 기존의 방식을 답습하진 않으려구요. 초심으로 돌아가는 거죠. 이승훈(소설가)의 말처럼 '습관의 힘으로 소설을 쓰는 건 소설에 대해 절망하는 첩경'이지 않겠어요."

1997년 출판된 〈나비, 봄을 만나다〉의 작가후기에 차현숙은 이렇게 썼다. '언젠가는 내 소설의 출발점이 된 광장의 이야기로 돌아가겠다.' 이제 돌아감의 시기가 그에게 온 것일까? 만약 지금이 그 시기라면 그가 돌아갈 '광장'은 어디이고, 그 광장에서 길어 올릴 이야기는 또 어떤 것일까? 그는 글이 풀리지 않을 때면 서정인의 소설 〈강〉을 읽거나, 임진강을 서성인다고 했다.

톨스토이와 고리키를 통해 소설이 가진 사회적 기능을 깨달았던 소녀에서, 흔들리는 여성들의 사회적 정체성을 고민하는 작가로, 이제 다시 길 잃은 어린아이의 심정으로 강가에 선 차현숙. 그 '푸른 나비'는 이제 어떤 존재로의 탈바꿈을 열망하고 있을까?

차현숙은 아들을 사랑한다고 했다. 그 사랑의 대상은 비단 자신의 아들만이 아니었다. 이 땅에서 자라는 모든 아이들. 물질적으로 빈곤하고, 정신적으로 상처받은 세상의 아이들을 사랑한다고 했다. 거짓 없어 보이는 그녀의 말에서 기자는 아프리카 기아 난민 아이를 끌어안고 눈물 글썽이는 오드리 헵번을 떠올렸다. 화려한 젊은 배우 헵번이 아닌, 주름살투성이 말년의 오드리 헵번을. 진정한 아름다움은 외피에 있지 않다. 차현숙의 소설과 삶이 모두 그러하기를.

* 소설가 차현숙은 1963년 경상북도 상주에서 태어났다. 동국대학교 철학과를 졸업했고, 1994년 〈소설과 사상〉에 작품을 발표하면서 데뷔했다. 소설집 〈나비, 봄을 만나다〉 〈오후 3시 어디에도 행복은 없다〉와 장편 〈블루 버터플라이〉를 출간했으며, 결혼제도의 모순과 여성의 정체성을 주제로 한 소설을 써왔다.

# "싸움 같은 소설도 써야하지 않겠나"
## - 소설가 성석제

'가을하늘을 떠다니는 기러기 깃털처럼 가볍고, 갓 잡은 조개로 끓인 맑은 국처럼 담백하다가, 때론 불경(佛經)처럼 난해하다.' 성석제를 만나 두 시간 남짓 이야기 나누며 든 생각이다. 그를 예측한다는 건 구식장비로 변화무쌍한 요사이 날씨를 관측하기만큼이나 힘들다. 구체적으로 조목조목 예를 들어 보라고? 아래는 기자가 준비한 질문과 단 한 항목에도 모범답안을 내놓지 않은 성석제의 답변, 그중 일부다.

- 소설을 쓰게 된 계기가 있는가?

　"심심해서. 날 덥고 심심해서."

- 당신 소설을 두고 "재미는 있으나, 재미 밖에 없다"라는 평가가 있는데.

　"나도 그렇게 생각한다."

- 문학과는 별반 관계없어 보이는 법학과를 다녔는데.

　"관계가 많다. 그리고 나는 수석졸업자다. 가을학기에 졸업한 5명 중에서."

- 친한 동료작가가 있는가? 있다면 무엇이 그와 당신을 친하게 했는가?

　"연암(박지원)과 미수(허목)다. 왜냐고? 그들과의 대화는 즐거우니까."

- 준비중인 작품이 있는가? 어떤 내용인지.

ⓒ홍성식

“있다. 조선 중기 건달 이야기다.”

- 다작하는 작가에 속하는 것 같다. 단편(100매 가량) 1편의 집필 소요 시간은?

“회임(준비)기간 제외하고, 분만(집필)에는… 이틀 만에 쓴 것도 있다.”

- 소설가가 안됐다면 무슨 일을 했을 것 같나?

“노름하며, 놀고 있었겠지.”

- 소설집 <홀림>으로 ‘동서문학상’을 받았다. 상금이 많았나 그걸로 뭘 했나?

“당금 무림(武林)에서 가장 적은 걸로 안다. 술 마셨다.”

- 소설가로서의 삶이 만족스러운가?

“유쾌해서 괜찮다. 아니 괜찮아서 유쾌하다.”


이 정도다. 그러나 그의 스타카토식 대답으로 인해 기분이 나빴다거나 하진 않았다. 간략한 답변 뒤에 이어지는 부연은 충분히 친절했고, 영화배우 안성기를 닮은 근사한 미소는 마주앉은 상대방을 편하게 했다. 20년 넘게 한 자리에서 영업한 신촌의 한 다방. 열린 창으로 불어온 바람이 좁은 가게 가득 커피 향을 진동시키고 있었고, 기자는 성석제의 가벼움과 진지함, 냉소와 따뜻함을 동시에 보고 있었다.

볕 좋던 5월 중순 어느 날이었다. 소년 성석제에게 소설은 먼 나라 이야기였다. 그는 그저 달리 오락이 없는 깡촌에서 집안을 굴러다니던 몇 안 되는 책을 열 번, 스무 번 반복해 읽던 조숙한 독서광에 불과했다. 초등학교 4학년 시절에 만난 무협지 〈창궁혈한(蒼穹血寒)〉은 이 꼬마 독서광의 책읽기 욕구에 기름을 붓는다.

이후 중학교를 졸업할 때까지 읽은 무협지만도 장장 2000여 권. 그는 어느 잡지에서 “한문투의 장중한 문체, 초절한 무공, 원한과 복수, 때때로 등장하는 염정(艶情)이 독한 술처럼 나를 매혹시켰다”고 무협지 편력을 고백한 바 있다. 무협지는 ‘재미있다’. 성석제 소설이 ‘재미있다’는 것에 이의를 제기하는 독자는 드물다. 무협지에서 배우고 익힌 내공과 비급을 소설에 성공적으로 적용시킨 성씨. 그가 보여주는 탁월한 '이야기꾼'으로서의 재주는 무협 지식으로 말하자면 절정의 무공으로서만이 도달이 가능하다는 '도검불침(刀 劍不侵)'에 이르지 않았을까?

무엇 하나에 집착하면 속된 말로 '뽕을 뽑는' 성격 탓인지, 그는 소설 쓰기 외에도 잡기(雜技)가 무궁무진하다. 아마 1급 수준의 바둑이 그렇고, 야간에 단독으로 지리산을 오르내리는 산타기 실력이 그렇다. 장기도 잘 두고, 포커도 곧잘 하며, 슬롯머신과 빠찡코 실력도 수준급이다. 잡문도 어찌나 맛깔스럽게 쓰는지 〈작은 이야기〉라는 잡지에 연재된 음식과 관련된 글을 읽다 보면 '밥 때'가 아닌데도 입안에 침이 절로 고인다. 뿐 아니라, 한 달 전쯤 기자가 직접 목격한 엉거주춤한 트위스트 실력도 일품이었다.

'아는 게 많으면 먹고 싶은 것도 많다'던가? 스스로는 "고급의 희귀한 음식을 찾아다니는 사람이 미식가지. 내가 무슨…"이라고 말하지만, 성석제의 '짜장면' '칼국수' '냉면' 등의 산문을 읽은 사람은 안다. 그는 누구 못지않은 미식가 중의 미식가다. 아래는 '서민 미식가' 성씨가 안내하는 맛있는 냉면집, 칼국수집, 한정식집이다. '잠깐 정보'정도로 생각하고 메모해두도록.

"냉면은 공덕로타리 인근 '을밀대'와 퇴계로 중대병원 쪽에 있는 '필동면옥'이 괜찮다. 을밀대는 기교 없는 담백함이 그럴 듯하고, 필동면옥은 독특한 돼지고기 육수와 사박사박한 면발이 맛있다. 오장동은 소문만 못하다."

"칼국수? 일단 체인점 건 우리에 갇혀 사료 먹는 느낌이라 싫다. 김천에서 가야산 방면으로 가다보면 성주 산비탈 도로변에 허름한 가게가 있다. 국물이 일품이다. 경북 상주의 '지천칼국수'도 역사와 전통을 자랑한다."

"한정식이라… 전남 담양에 가게 된다면 무조건 택시를 잡고, '한식 잘하는데 어디예요'라고 물어라. 알아서 데려다 주는 집이 있는데 기대 이상일 것이다. 전북 순창에 간다면 '할머니가 제멋대로 알아서 주는 한식집이 어디죠'라고 물으면 바래다 줄 것이다. 서울에선 한정식을 흡족하게 맛본 기억이

ⓒ홍성식

없다.”

 '여행' 혹은 '떠돎'도 성석제의 삶을 규정하는 핵심 키워드의 하나다. 대학 시절의 절반을 '집'이 아닌 '길'에서 잤을 정도다. 기별 없이 훌쩍 떠나는 지리산 여행은 진작 10번을 넘어섰고, 한국에서 명산과 대찰이라 이름 붙은 곳은 대부분 다녀봤다. 베트남과 중국, 미국과 일본도 다녀왔다. 이제는 버릇 같아졌다는 그 많은 떠돎(여행)을 통해 무엇을 느꼈냐고 물었다. 그런데 또 봐라. 돌아오는 답이라니. “우리나라가 제일 좋다는 거다.” 재차 물었다. “당신 문학에는 어떻게 작용했는가?” 잠깐 씨익 웃은 그가 답한다. “문학적인 단상들이 머릿속에서 손끝으로 흐르기는 하지.”

 아차! 소설보다 재미있고 맛깔스런 성석제의 말솜씨에 휘둘리다보니, 정작 이 만남이 소설가와의 인터뷰라는 사실마저 잊고 있었다. 그럼 잠깐 소설가 성석제의 이력을 보자. 1986년 〈문학사상〉을 통해 시인으로 등단. 1995년부터 1년이 멀다 하고 〈위대한 거짓말〉 〈새가 되었네〉 〈재미나는 인생〉 〈쏘가리〉〈호랑이를 봤다〉〈궁전의 새〉〈홀림〉〈순정〉 등의 엽편집, 중단편집, 장편소설 발표. 1997년 한국일보 문학상 수상. 2000년 동서문학상 수상. 그렇다면 평론가와 독자 혹은, 문학담당 기자들은 그를 어떻게 평가하는가? 여러 가지 이야기가 나오고, 다양한 방식으로 성씨의 작품을 해석하지만, 결론은 다음의 두 가지로 요약된다. "탁월한 이야기꾼이다." "재미있는, 너무 재미있는 소설(가)이다."

대학 신입생이던 시절. 연세문학회에 가입, 기형도(시인), 원재길(소설가) 등과 교류하면서 본격적으로 문학을 만난 성석제는 생경했던 그 '문학'과 만나자마자 학교에서 주최하는 문학상 시(윤동주 문학상)와 소설(박영준 문학상)부문에 양과급제하는 영광을 누린다. 대학 졸업 후 몇 년간 샛길로 빠진 적이 있지만 그의 문력도 이제 어언 20년. '소설은 무엇이고, 자신은 어떤 소설가인지' 생각이 없을 리 없다. "소설은 '대화'다. 그러니, 나는 '대화하는 사람'이겠지. 내 소설이 '재미만 있다'라는 평가를 받는다고 그랬는데… 세상엔 진지한 대화만큼이나 재미있는 대화도 필요한 것 아닌가?"

성씨의 소설에는 아침에 밥 먹고 출근해서, 점심을 갈비탕을 먹을까? 자장면을 먹을까? 고민하다가, 6시가 되면 퇴근해서 동료들과 직장상사를 욕하며 삼겹살에 소주 마시는 평범한 사람들이 등장하지 않는다. 16살 오토바이 폭주족이 주인공인 〈경두〉가 그렇고, 어미 아비도 모르는 지방 소읍의 전설적인 깡패가 소설을 이끄는 〈조동관 약전〉이 그렇다. 동성애적 코드가 물씬 느껴지는 야릇한 중학생 두 명의 이야기 〈첫사랑〉이 그렇고, 기막힌 도둑의 이야기 최근작 〈순정〉이 그렇다.

집필을 위한 성석제의 사전취재 방식이 궁금했다. "직접적인 체험과 '이야기듣기' '책읽기'를 통한 간접적인 체험이 기본 포석이겠고. 거기에다 다른 장르의 예술에서 차용한 이미지가 덧씌워지는 경우가 많다. 〈경두〉같은 경우는 내가 병원에 입원했을 때 직접 본 아이의 이야기다. 〈조동관 약전〉은 모

델이 있다. 물론 실존인물에 영화적 방식을 결합했고. 〈첫사랑〉의 모티브가
된 건 후배에게 들은 에피소드다."

　얼핏 성석제의 소설엔 냉소만이 일렁이는 것으로 생각하는 사람이 많다.
그러나 그에겐 냉소를 냉소에서 끝나게 하지 않는 그 '무엇'이 있다. 성씨도
이제 '불혹(不惑)'을 넘겼다. 공자는 '세상의 미혹에 흔들리지 않는 나이'라
말했지만, 소설가가 어찌 소설적 미혹에까지 의연할 수 있을까. 성석제는 변
신을 꿈꾸고 있다. 문학적 변신. "박지원과 허목의 느린 글들을 읽으며, 세
상을 다르게 보는 방법을 배우고 있다. 책읽기를 통한 그들과의 대화는 나에
게 다른 세상을 꿈꾸게 한다. 이제 '대화'가 아닌 '싸움'같은 소설을 써보고
싶다. 아직 소설이 세계의 '본질'과 '근본'을 담을 수 있다는 확신이 서진 않
았지만, 언제까지나 피해갈 순 없는 문제 아닌가." 여름이 깊어지면 우리는
성석제의 새 소설을 만날 것이다. 그의 표현대로라면 "우직하고, 대책 없는
그러나, 매력적인 조선 중기 건달의 이야기"란다. 책에서 걸어 나온 그 '건
달'은 독자들과 어떤 '대화'를 나눌까? 혹은, 어떤 형태로 싸움을 걸어올까?

* 소설가 성석제는 1960년 경상북도 상주에서 태어났다. 1986년 〈문학사상〉을 통해 시로 등단했으
나, 이후 소설가로 방향을 바꾼다. 〈그곳에는 어처구니들이 산다〉 〈조동관 약전〉 〈재미나는 인생〉 〈왕을
찾아서〉 〈순정〉 〈인간의 힘〉 등의 책을 냈고, 동서문학상, 이효석문학상, 동인문학상 등을 수상했다.

# "나? 액세서리 장사꾼이지"
## - 소설가 정화진

　　달아오른 취기가 막말을 하게 했다. "그래서, 형님은 뭡니까? 노동잡니까? 소설갑니까? 그도 저도 아니면 액세서리 장사꾼입니까?" 돌아오는 대답 한번 간단하다. "나? 액세서리 장사꾼이지." 소설가 정화진은 그 시간 시간마다를 뜨겁게 살 줄 아는 사람이다. 야학교사이던 이십대 초반이 그랬고, 선반공으로 일하던 이십대 중반이 그랬으며, 87년 골방에서 전기장판 하나로 버텨내며 〈쇳물처럼〉을 쓸 때도 그랬다. 이제 그는 '쇳물같이 뜨거운 액세서리 장사꾼'이다.

　　정화진과 김한수(소설가)가 인천에서 액세서리 가게를 냈다는 소문은 봄부터 돌았다. 지난 1999년 '본격적으로 소설을 써보겠다'며 다니던 직장까지 그만둔 정화진. 작년에는 김한수와 함께 컨테이너 가건물에 작업실을 꾸몄었다. 작품 구상과 집필에 바빠, 서울에서 열리는 문학행사에도 얼굴을 내밀지 않았는데. 갑작스레 액세서리 가게라니?

　　인천광역시 서구 신현동 중앙시장에 위치한 두 평 남짓의 상호도 없는 액세서리 가게를 물어물어 찾아갔다. 야구모자에 반바지, 전대를 배에 두르고, 검정색 비닐봉지까지 허리에 꿴 정화진. 영락없는 시골장터의 장꾼이다.

"한수는 다쳤다. 교통사고야. 오일장이 서는 청주에 가다가. 뭐 걱정할 건 없어. 천운인지 큰 상처는 없대. 그나저나 뭔 말을 듣겠다고 여기까지 왔냐? 앉아라. 가게 끝나면 술이나 한잔하지 뭐."

반 점포 반 노점 형태의 가게. 500원에 두 개를 주는 머리핀과 방울, 정가 1000원의 머리띠, 3000원 균일의 여성용 티셔츠가 주거래 품목이다. 한쪽엔 책갈피가 꽂힌 밀란 쿤데라의 〈참을 수 없는 존재의 가벼움〉이, 다른 한쪽에선 빌리 조엘이 '피아노 맨'을 부르고 있었다. 가게에 어울리지 않는 고급스런 카세트플레이어다.

어두워지니 손님이 뜸했다. 기자는 시시콜콜 이것저것 물었고, 그는 희희낙락 건성건성 답하며 시간을 때웠다. 어차피 9시까지는 가게를 열어둬야 했다. 그 두 시간 남짓 동안 정화진은 두 차례 화장실을 다녀왔고, 김한수의 전화를 한 통 받았으며, 10개 정도의 액세서리와 한 벌의 티셔츠를 팔았다. 인터뷰인지, 노변잡담인지. 여하튼 여러 말이 오갔다.


"어릴 땐 어땠어요?" "교사인 아버지 덕분인지 크게 엇나가거나 하진 않았어. 하지만 내게 아버진 강박관념으로도 작용했지. 책 읽는 걸 좋아했어. 중학교 때부터 형이 다락방에 남긴 책들을 읽기 시작했지. 카뮈, 칸트, 데카르트 집히는 대로 읽었어. 뭐 그렇다고 그걸 다 이해한 조숙한 천재는 아니었고." "글은 언제부터 썼는데요?" "고등학교 때 썼어. 신춘문예어 투고도 하고 그랬지. 그땐 주로 시를 썼어."

"계속 썼다면 문력이 만만찮았겠네요." "무슨… 내가 다니던 동성고등학교에 박희진이라는 선생이 있었는데, 내가 존경했지. 근데 그 양반이 내 글을 보더니 그러는 거야. '앞으로 5년 동안은 먼저 세상 공부를 해라. 글은 그 뒤에 써도 안 늦다.' 존경하는 선생 말이니 들었지. 다시 글을 쓰기 시작한 게 〈쇳물처럼〉을 쓴 87년이니, 5년이 아니라 10년을 안 쓴 거지. 그렇다고 그 기간동안 공부를 했다는 건 아니고."

"대학은 어디 나왔어요?" "서강대 영문과. 영어를 좋아하고, 문학을 좋아했으니까." "그래서 학교 가선 영어하고, 문학공부 많이 했어요?" "아니. 1학년 때부터 야학했어. 안암로터리에 있는 '안암야학'이었지. 그 생활 한 1년 하다보니까 뭔가가 깨지더라. 내 안에 있던 단단한 껍질 같은 거."

"80학번이잖아요. 당시에 야학했다면 국가의 존립을 위태하게 만드는 운동권이잖아요(웃음)." "그래서 늘상 아버지에게 '너희 놈들은 모두 거제도로 보내버려야 돼'라는 말을 듣고 살았지. 81년 겨울수련회 때 경찰이 들이닥쳤어. 수색 와중에 세칭 '읽어서는 안 될 책들'이 나오고. 야학은 그때 와해됐어. 이후엔 공장에 다녔어."

"우리 땐 학출(학생 출신)이 공장가는 걸 일컬어 '애국적 사회진출'이라는 근사한 표현을 썼는데. 일당은 얼마나 받았어요?" "그런 번지르르한 표현이 없던 때야. 방위 마치고 복학하기까지 다니던 구로공단에선 2100원 받았어." "별다른 선택의 여지가 없는 노동자들에 비한다면 다른 길도 있었잖아요." "20살 무렵부터 야학하면서 공장에서 일하는 친구들을 많이 만났어. 그들과 격의 없이 친했고. 뭐 특별한 일을 한다는 생각보단 그냥 '이게 내 생활이다'라고 생각했지 뭐."


8시 30분이 됐다. "오늘은 좀 일찍 마쳐야겠군. 손님도 왔는데." 물건을 걷어 가게 한 켠에 차곡차곡 쌓아두고, 셔터를 내리고, 자물쇠까지 잠그니 9시가 훌쩍 넘었다. 그가 운전하는 낡은 차를 타고 근처 목로를 향했다. 삐걱대는 탁자 위로 소주가 놓여지고, 산 오징어와 멍게가 날라져왔다.

맞다. 여긴 인천이지. 86년 학교를 졸업하고, 곧장 선반공이 된 정화진. 재봉공장과 야전삽을 만드는 공장, 주물공장으로 옮겨 다녔다. 체중 미달로(그는 아직도 몸무게가 50Kg이 안 된다) 현역 입대를 하지 못한 허약체질의

©홍성식

©홍성식

그에게 장시간의 노동과 열악한 작업환경은 치명적이었다. 1년이 지나지 않아 체력은 소진되고, 몸은 거덜났다. 공장을 그만둘 수밖에 없었다.

87년 1월. 불기운 하나 없는 골방에서 전기장판으로 겨울을 나던 정화진. 박종철의 고문치사 소식도 거기서 들었다. 매일 매시간을 '노동해방'만을 생각하며 산 건 아니었지만, 아무 것도 하지 않고 그냥 산다는 게 죄를 짓는 것 같았다. 불현듯 '그래, 주물공장의 체험을 소설로 쓰자'라는데 생각이 미쳤다. 한국 노동소설의 기념비적 작품 〈쇳물처럼〉은 그렇게 탄생했다. 말 그대로 '보너스 한 푼 없이 죽도록 일에만 매달려야 하는' 노동자의 처절한 삶이 사실적으로 담긴 〈쇳물처럼〉은 정식출판되기 전부터 현장교육용 복사본으로 먼저 돌았다.

87년 여름은 6.10항쟁과 이어진 6, 7, 8월 노동자 대투쟁이 있었던 해. 그는 한사코 아니라고 하지만, 〈쇳물처럼〉은 그 항쟁과 투쟁의 불쏘시개 역할을 했을 것이다. 그가 박영근(시인)의 소개로 문학판의 '마당발' 채광석(시인)을 만난 것도 그 즈음. 채광석과의 첫 만남을 정화진은 또렷이 기억하고 있었다. "광석이 형이 영근이 형한테 '야, 너 정화진이라고 아냐?'고 물었다는 거야. 영근이 형은 우리 캠프(조직) 사람이었으니 당연지사 나를 알았고. 처음 만난 날 내가 손가락에 깁스를 하고 있었는데 '소설 잘 봤어요. 왜 다친 거죠?'라며 친절히 묻고 어깨도 두드려주드만. 호방하고, 근사한 사람이었는데, 너무 일찍 갔어. 그 인연으로 내가 낸 책 두 권(〈철강지대〉〈우리의 사랑은 들꽃처럼〉)이 다 광석이 형이 관여했던 '도서출판 풀빛'에서 나왔지."

두 병째의 소주가 우리 앞에 놓였을 때, 그의 핸드폰이 울었다. 또 김한수였다. 정화진은 김한수의 다친 몸을 걱정했고, 김한수는 혼자 있을 정화진의 심심함을 걱정했다. 90년대 초반부터 쌓아온 우정. 아니 우정 이상의 그 무엇.


"한수 형이랑 형님이랑 그렇게 친한 이유가 뭡니까? 백아와 종자기 같은 두 사람의 관계를 묶는 연결고리가 뭐죠?" "나도 모르겠다. 그건 니가 알아서 써." 정화진은 이미 취해있었다. 취한 그의 어깨는 좁았지만, 여전히 당당해 보였다.

창작집 〈우리의 사랑은 들꽃처럼〉을 상재한 후, 그는 1999년까지 글을 쓰지 않았다. 무역회사에서 주문서 처리하고, 신용장 개설하고, 영업상 접대하러 다니던 1992년 가을부터, 1998년 겨울까지의 삶을 그는 굳이 거론하고 싶어 하지 않았다. 하지만, 문학 기사를 보면 글이 쓰고 싶어질 것 같아 7년 동안 신문 문화면을 보지 않고 살았다는 그의 이야기는 기자의 가슴을 서늘하게 만들었다.

이야기는 노변잡담에서 취중방담으로 흘렀다. "요새 소설들 읽어봤어요? 한수 형 말고 어떤 작가랑 친해요?" "마음에 안 들어. 친한 사람 별로 없어." "월급쟁이도 나쁠 것 없잖아요. 왜 그만뒀어요?" "안 쓰면 죽을 것 같아서. 마누라 앞에서 울었어. 마누라가 그러더군. '내가 무슨 일이라도 할게요. 하고 싶은 걸 하세요.' 좋은 아내지."

"그래, 어떤 소설을 쓸 건데요?" "내 친구들의 이야기. 타의로 폐쇄됐던 시대에서 유년을 보냈고, 성장해서는 처한 환경에 적응하기 바빴고, 돈도 벌었다고 생각했는데 어느 날 일어나보니 망해있었던 사람들 이야기. 어느 곳에서도 자신의 정체성을 찾지 못하고, 한밤에 깨어나 대상 없는 적대감과 공포에 '부르르' 떨어본 사람 이야기. 나와 내 친구들 이야길 쓸 거야."

"액세서리 팔기 바빠서 글 쓸 시간이나 있겠어요?" "장사가 본 궤도에 오르면 시간은 저절로 생겨. 장편 1권 분량으로 구상하고 있는데 3~4달이면 쓸 수 있을 것 같애." "아직도 '쇳물처럼' 살고 있다고 생각해요?" "물론. 그때나 지금이나 내가 하는 일에 대해서 열정을 다하고 있거든."

'열정'. 그 대답은 그와 김한수를 묶고 있는 연결고리가 무엇인지에 관한 대답이기도 했다. 김한수의 역시 선반공이었던 시절이나, 분식집 주인이었던 시절이나, 소설가이자 액세서리 장사꾼인 지금이나, 삶에 대한 열정과 정열을 놓치지 않고 살았던 사람 아닌가. 아내도 우리 가게에선 계산하고 간다며, 머리띠 4개 값 3000원을 빼놓지 않고 챙겨 받던 그가 술값 24000원을 기어이 자신이 계산하겠다고 기자를 제지한다.

정화진과 휘청휘청 취한 걸음으로 서울행 버스정류장을 향했다. 자정이 가까운 시간. 한낮의 더위를 식히는 바람이 불었다. "형님, 형님은 도대체 뭡니까? 노동자? 소설가? 아니면 액세서리 장사꾼?" "당연할 걸 뭘 물어 임마. 난 액세서리 장사꾼이다."

* 소설가 정화진은 1960년 경기도 파주에서 태어났다. 1987년 〈쇳물처럼〉을 발표하며 작품활동을 시작했고, 비슷한 시기 〈우리의 사랑은 들꽃처럼〉 〈규찰을 서며〉 등을 잇달아 내놓으며 언필칭 '주목받는 노동자 소설가'가 된다. 1991년에는 장편 〈철강지대〉를 출간했고, 이후 오랜 세월 절필중이다.

# 마흔 살… '문학소녀'의 심정으로
## - 시인 강신애

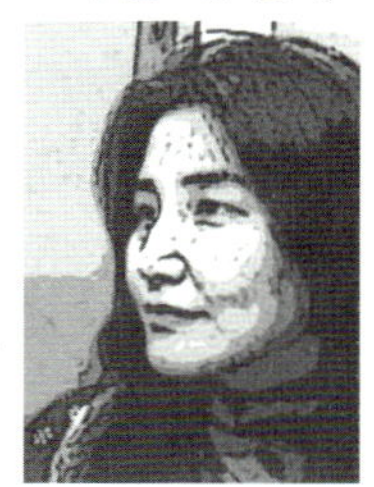

하나. 강신애 시인은 아름답다. 세상 여자들이 그렇듯 문단 여자들 역시 미추(美醜)가 없을 리 없다. 그러나 오늘은 아름다움만 이야기하리라. 두어 달 전 인사동 평화만들기에서 벌어진 문인들의 술판. 중학교 1학년 딸의 수학 점수가 떨어졌다고 걱정하던 한 여성소설가는 한 일간지에 쓴 칼럼을 통해 '그 애의 공부가 지난하듯 내게 남은 공부의 길 역시 멀고도 멀다'라고 고백하는 것으로 딸에 대한 사랑을 드러냈다. 그 차고 넘치는, 그러면서도 절제된 모성이 아름답다.

신디 로퍼가 부른 '쉬 밥(She Bop)'을 번안한 '오빠'라는 노래. 가수 왁스보다 더 정열적인 음성으로, 프로댄서보다 더 귀엽게 노래하며 춤추는 소설가 김별아. "톨스토이처럼 죽고 싶다"고 거침없이 말하는 그의 당당함과 재기발랄함이 아름답다. 그렇다면 시인 강신애의 아름다움은? 그것은 무엇보다 우울하고, 어두웠던 사춘기와 20대 시절을 지나며 마음 밭에 아프게 키워온 '절대성과 영원성으로서의 문학'이라는 깃발을 아직도 내리지 않았다는 것 아닐까. 초발심의 견지. 그런 면에서 강신애는 마흔을 훌쩍 넘긴 나이지만 아직도 해사한 얼굴의 갈래머리 '문학소녀'처럼 보인다. 아름답다.

둘. 강신애 시인의 시는 가을을 닮아 있다. 맑게 갠 10월의 하늘처럼 푸른 서정으로 드높다가도, 어느 순간엔 추적추적 내려 머리가 아닌 가슴부터 적시며, 도시의 은행잎을 물들이는 느닷없는 가을비처럼 어둡다. 강신애의 시는 이 두 공간 사이를 위태롭게 오간다. 때론 사막의 모래바람 같다가, 때론 열대우림의 잎 넓은 활엽수 같다.

맞은편 소녀의 기인 머리에서
호루루
끼쳐오는 솔나무 향
지하철 안이 문득 연둣빛으로 싱싱해진다
(…중략)

나도 머리를 물들일까
거리에 쇠스랑 물결무늬 그리는 파랑이나
바람에 꽃가루 묻히는 암술의 분홍으로…
——'초록머리' 중에서.

올해도 가을은 예고 없이 왔다가 기약 없이 가려는가. 짧아서 더 붙잡고 싶은 계절. 그 계절의 한복판으로 성큼성큼 걸어가 강신애 시인을 만났다. 일찌감치 만나 함께 영화보고, 낄낄대며 거리를 거닐다가, 일찍 문을 연 맥주집에 들어가 낮술을 마셨다. 그와의 대작은 처음이 아니었다. 이전에도 문인들의 행사장에서 수 차례 강 시인을 만났다. 그러나 그는 항상 별 다른 말 없이 조용히 앉아 다른 사람들의 이야기를 듣기만 할뿐이었다. 그런 그가 이날은 참으로 많은 이야기를 들려줬다. 강신애의 시와 아버지, 그를 매혹한 음악과 영화. 준비해간 너저분한 질문은 빼도 좋을 것 같다. 아래는 시인이 직접 들려준 그의 삶과 문학이다.

ⓒ홍성식

"강화도에서 태어나 세 살 때 서울로 이주했어요. 바다에 대한 기억은 없어요. 그저 바다라는 단어가 연상시키는 생래적인 어떤 그리움이 내 몸 속 깊이 도사리고 있을 순 있겠죠. 초등학교 2학년 때 동화 비슷한 걸 써서 아버지한테 칭찬받긴 했지만, 문학적 재능이 있는 아이까지는 아니었어요. 사실은 그림에 더 관심이 있었죠. 중고등학교 때까지 참 열심히 그렸었는데… 아직도 비너스 석고상을 보면 가슴이 설렐 정도니까요."

"집안이 그다지 넉넉하지 못했어요. 미술도 그런 이유로 포기했고. 10대 때는 집에 정을 못 붙이고 거리를 떠돌았어요. 그렇다고 막 논 것은 아니고 (웃음). 그저 아무 버스나 집어타고 종점에 내려서는 낯선 거리에서 혼자 노래부르며 돌아다니는 거예요. 유난히 사춘기를 심하게 겪은 거죠. 친구들과 어울리는 것보다 혼자 있는 걸 좋아했고… 세상과 섞이지 않으려는 폐쇄적인 아이였죠."

"고등학교 때도 그랬어요. 그저 또래의 소녀들처럼 도스토예프스키의 〈죄와 벌〉 혹은, 헤세의 〈데미안〉을 읽고, 이상화나 박인환, 하이네나 릴케의 시를 예쁜 노트에 베껴 적고는 밤거리를 홀로 걸으며 그 걸 외우고 다니는. 〈닥터 지바고〉같은 영화를 두 번 세 번 반복해 보기도 하고. 사실 시는 많이 읽었고, 시인이 되고 싶다는 생각이 가끔씩 들기도 했지만, 시인이란 건 내 겐 너무 먼 이야기 같았어요. 이룰 수 없는 환상 같은 거."

"조금이라도 타고난 문학적 재능이 있었다면 아버지 영향이었을 거예요. 아버진 목수였어요. 그의 단단하게 굳은살 박인 손을 보며 어린 마음에도 '인생이란 얼마나 고단하고 힘겨운 것인가'라는 혼잣말을 되뇌곤 했거든요. 그래서, 그것이 문학이건 다른 무엇이건 아버지 앞에 당당하게 설 수 있는

딸이 되고 싶었고요. 1988년에 돌아가셨는데 아직도 아버질 생각하면 마음
이 저려요."


"스무 살에 취직이 됐고, 서너 군델 옮겨 다니며 직장생활을 했어요. 그러
면서도 문학에 대한 꿈을 접지 못해 〈현대문학〉 등의 잡지를 구독하며, 나름
대로 습작도 했죠. 서울예전 문예창작과에도 한 학기 다녔는데, 사정이 여의
치 않아 그만뒀죠. 그 뒤론 속셈학원을 차려서 등단하기 전까지 초등학교 애
들을 가르쳤어요."


"스무 살이 넘어서면서는 시보다 소설에 관심이 더 많아졌어요. 레마르크
의 작품들, 플라스코의 〈제8요일〉, 에리히 케스트너의 〈파비안〉 등을 읽었
죠. 시니컬하면서도 휴머니즘을 잃지 않는 그들의 문학적 태도가 좋았어요.
본격적인 시 습작은 서른한 살 때부터 시작했어요. 민족문학작가회의에서 주
최한 문학강의를 들었고, 수강생 몇이 지속적으로 모이며 합평회 비슷한 걸
했어요. 그때 알았죠. 목적의식적인 시 쓰기도 가능하다는 걸. 사실 체력적
으로도 제겐 소설보다 시가 맞아요. 소설쓰기가 지독한 육체노동인 거 아시
죠?"


"91년에 습작을 시작한 뒤로 5년 만에 등단했어요. 96년 〈문학사상〉 상반
기 신인문예 공모를 통해서죠. 등단작은 〈오래된 서랍〉 외 4편이고요. 기분
이 참 좋았어요. 이젠 '내가 무엇을 할 수 있을 것인가'라는 고민은 하지 않
아도 됐으니까요. 외려 등단 이후에 짧고, 명징한 언어로 만들어지는 시라는
예술장르의 강렬한 매력이 더욱 나를 사로잡았어요. 시란 '순간을 잊을 수
없는 영원으로 만드는 것'이란 시에 대한 나름의 정의도 그때 내려진 것 같
아요."

ⓒ홍성식

　"시 외에 내 관심사는 음악과 영화예요. 20대 땐 슈베르트의 '죽음과 소녀'에 집착했고, 30대 초반엔 사티의 명상음악에 빠지기도 했죠. FM 라디오의 클래식 프로그램은 내 생활의 큰 일부예요. 브람스 곡들은 전부 좋아해요. 그의 드라마틱한 인생도 근사하고. 영화는 주로 혼자 가서 봐요. 최근엔 코폴라의 〈지옥의 묵시록〉를 봤어요. 그는 인간의 광기를 종이가 아닌 스크린에 옮겨놓은 또 다른 형태의 시인처럼 보여요. 굉장했어요. 하지만 시건, 음악이건, 영화건 이 모든 걸 합친 것보다 더 지고한 가치는 사람에게 있지 않겠어요? 제 시가 언제나 사람에게서 비껴나가지 않게 경계할 겁니다."

　"늦게 등단한 건 일장일단이 있는 것 같아요. 만약 제가 일찍 문단에 들어섰다면 김수영(시인)처럼 언어가 가진 '힘'에 집착하지 않았을까 싶어요.
하지만 그건 말 그대로 '만약'에 불과한 거고… 오랜 시간 동안 시는 내 희망
이었으니, 오래 곰삭은 그 희망으로 내 나름의 노래를 부를 수는 있겠죠."

"5년 동안 시를 써서 번 돈은 50만 원 정도에 불과해요. 하지만 가난이
문학의 장애는 아니라고 생각해요. 행복할 거까지는 없겠지만 불행은 아니
죠. 왜냐구요? 선택한 가난이잖아요. 제 경우도 지금보다 금전적으로 윤택하
길 바랬다면 학원을 계속 했겠죠. 시를 안 쓰고."

"동료작가라… 이면우(시인)의 시는 세상고통을 겪어본 사람의 정제된 맑
음이 보여서 좋아요. 다른 시집들과 달리 한편 한편을 경전 읽듯 조심스레
읽었어요. 읽는 동안 몇 번이나 가슴이 울컥해 눈물을 삼키기도 했고요. 유
용주(시인)는 그 특유의 직격성과 자유분방한 기질이 마음에 들어요. 시도
좋지만, 산문도 기가 막히잖아요. 이중기(시인)의 농민시도 인상 깊게 읽었
어요. 척박한 농촌현실을 드러내면서도 시가 가져야 할 미학적 태도도 놓치
지 않잖아요."

"개인이건 나라건 정신적 가치보다는 물질적 욕망에만 집착하는 것 같아
요. 원론적인 이야기지만 시인은 예언가가 되어야 한다고 믿어요. 타락한 세
계의 비전을 제시해주는 역할. 그 역할의 수행은 욕심이 아니라 시인의 의무
인 거죠. 이제 인간만이 찾아낼 수 있는 높은 정신적 가치에도 눈을 돌려야
해요. 그렇지 않다면 가까운 시일 내에 공멸의 위기가 올지도 모릅니다. 내
시에 대해 내가 직접 이야기한다는 게 부끄러운 일이지만, 전 시란 모름지기
절대성과 영원성을 추구해야한다고 말하고 싶습니다. 앞으로의 내 작업도 그
런 측면에서 죽음과 삶의 시원(始原)에 대한 탐구, 세상의 근원에 대한 고민

의 끈을 늦추지 않을 겁니다."

"영상매체와 인터넷이 발달한다고 해서, 문학이 사라지진 않을 거예요. 여타의 영상매체를 뛰어넘는 좋은 텍스트를 만들려는 문인들의 노력은 지금도 계속되고 있으니까요. 컴퓨터로 인해 파편화되고, 단절된 인간관계의 복원을 위해서는 사람들 스스로가 자발적으로 문명으로부터 한발 멀어져 세상을 바라보는 연습도 해야 하지 않을까요? 물론 쉽지 않겠지만."

강 시인과 기자는 긴 이야기를 마치고 지하술집에서 지상으로 올라왔다. 다람쥐꼬리처럼 짧은 가을해가 까무룩 넘어가고 있었다. 악수를 나누고 돌아서 걸어가는 강신애의 갈색 코트자락이 바람 따라 흔들렸다. 그녀의 뒷모습을 보며 기자는 강신애의 시 한 구절을 떠올렸다. 순간, 거짓말처럼 회색 서울하늘로 "후두둑" 새가 날았다.

마법사가 온몸에 독을 바르고 깊은 잠 속에 바다와 산을 건너듯 아무도 나를 깨워 데려가지 못해요. 보세요, 내 몸에서 피어난 꽃들을 퍼덕이는 새들을…
    – '내 마음의 화원' 중에서.

# 우리는 스스로에게 얼마나 정직했나
## - 소설가 박수영

　　인간의 불행은 스스로를 '위대한 존재'라고 착각하는 것에서부터 시작된다. 20세기 초반 명멸했던 실존주의 철학자들의 말을 굳이 인용하지 않더라도, 인간이란 겨우 '개인적 욕망의 추동에 의해 움직이는 동물'에 불과하다. 하지만 위의 명제를 의연히 거부하며 '위대한 존재'로서의 인간을 꿈꾼 이도 적지 않았다. 의사라는 안정적인 직업을 버리고 평생을 남미와 아프리카의 밀림을 떠돌며 혁명의 소용돌이 속에서 살았던 체 게바라가 그랬고, '볼세비키의 혀'로서 러시아 혁명을 완수하고 멕시코에서 스탈린이 보낸 자객의 도끼에 최후를 맞은 트로츠키가 그랬다.

　　1980년대 한국을 산 젊은이들 역시 이들을 닮고 싶어 했다. 개인의 행복보다는 다수의 행복을, 남녀 간의 사랑보다는 피 흘리는 역사를 껴안았던 사람들. 그들의 열정은 활화산 용암보다 뜨거웠고, 그들의 스스로 선택한 자기희생은 그 어떤 꽃보다 아름다웠다. 그러나 그런 시절을 보낸 사람들이라고 개인적 방황과 약한 인간으로서의 고민이 없었을까?

　　2001년 첫 장편 〈매혹〉을 통해 인간보편의 문제라 할 욕망을 미려한 문체 속에 녹여낸 소설가 박수영이 낸 두 번째 소설 〈도취〉는 위의 질문에 대한 답으로 읽힌다. 그녀는 말한다. "시대정신에 도취돼 개인의 고유한 자아를 잃은 이들의 삶이 자신의 의지와는 관계없이 얼마나 변형돼야했는지를 살피고 싶었다"고.

〈도취〉는 80년대 변혁운동에 깊숙이 몸담았던 시훈과, 형에게 동화돼 같은 길을 걸었지만 지금은 그 시대의 기억을 버리고 미국에서 촉망받는 의사가 된 여훈, 결혼조차 '전선(戰線) 이탈'로 간주한 시훈 탓에 단 한 번도 남편의 따뜻한 심장박동 소리를 들어본 적이 없는 신혜, 남편 시훈의 묵인 아래 신혜와 '계약된 불륜'에 빠지는 설치미술가 민재, 80년 광주항쟁에 참여한 후 미국으로 망명한 강찬을 주요인물로 등장시켜 전개된다. 역사의식과 사랑이라는 대립된(그러면서도 몹시 밀접한) 두 주제를 다루면서 끝까지 냉정함과 담담함을 유지해내는 '만만찮은' 작가 박수영을 만나 80년대를 살아낸('살아온'이 아니다) 그녀의 삶과 문학에 관해 물었다.


**- 2번째 장편이다. 첫번째 책과 달라진 게 있다면? 그리고 장편을 고집하는 이유는?**

"〈매혹〉에서는 인물들의 심리를 내가 쓸 수 있는 가장 아름다운 문체에 담고 싶었다. 이번 작품에서는 그보다는 조금 다른 문체로 쓰고 싶었다. 담담하고 건조하게, 그리고 객관적으로 쓰고 싶었다. 장편만을 고집하는 이유는 사실 없다. 그저 큰집을 설계하고 오랜 시간동안 집을 완성하는 것에 몰입하는 것이 나에게 더 큰 도전 욕구를 주었을 뿐이다."


**- 철학을 전공한 것으로 안다. 전공한 학문이 당신 문학에 끼친 영향은?**

"언젠가 철학을 전공한 선배(소설가 김영현)가 나를 만난 자리에서, 자네도 문학에 그다지 영양가 없는 학문을 전공했군, 하고 우스갯소리를 한 적이 있었다. 철학은 이성적이고 문학은 감성적이라는 단순한 이분법을 떠나서, 선배의 말은 문학이 사유와 멀어지는 세태를 우회적으로 말하고 싶었다고 생

각한다. 철학적인 사유는 문학을 더욱 깊이 있게 만든다. 내가 그것을 훌륭
하게 해내지 못 할 뿐이다."

- <도취>를 굳이 기계적으로 분류하자면 '후일담문학'으로 말할 수도 있을 것 같다. 이
에 동의하는지? 동의하지 않는다면 그 이유는?

"후일담문학이란 '격렬하고 치열했던 시절의 잔영을 훗날 풀어놓는 이야
기'라는 의미이지 않은가. 내 소설의 인물들은 그 시절을 살긴 살았다. 그
러나 내 소설은 그 시절을 회상하며 당대의 치열함과 아름다움을 말하고 있
는 게 아니다. 시훈이 시대정신에 도취된 인물이긴 하지만, 오히려 이 소설
은 당대 정신에 눌려 고유한 자아를 잃고 산 동생과, 심장소리로부터 소외된
신혜의 이야기에 초점이 맞춰져 있다. 나는 동생과 신혜의 왜곡된 삶을 통해
거창한 시대정신이 얼마나 개인의 존재를 본인들이 원하지 않는 방향으로 변
형시키는가를 말하고 싶었다."

- 구상에서부터 집필완료까지 걸린 시간은? 작품을 쓰며 가장 힘들었던 일은? 혹은 집
필 중 에피소드는?

"대략 1년이다. 그 사이에 한 달 동안 유럽 여행을 다녀왔다. 다녀와서 초
고의 80퍼센트를 고쳐 썼다. 신혜가 외도를 벌이는 상대역, 민재의 캐릭터를
잡는 것이 가장 힘들었다."

- 여행을 자주 다니는 것으로 안다. 어디를 다녔으며 가장 기억에 남는 여행지는? 그리
고 '여행'은 당신이 글을 쓰는데 어떤 도움을 주는가.

"2002년 여름, 유럽을 처음 가보았다. 스위스 융프라우. 그 장엄함과 아
름다움에 경탄했지만 한국의 설악산 또한 독보적이고 독특한 미(美)를 갖고
있음을 느꼈다. 파리의 세느강을 보고 한국에 돌아와서는 한강이 그처럼 힘
차고 장대하였던가, 새삼 느꼈다. 가장 기억에 남는 여행지? 파리였다. 무언

지 모를 강렬하고도 원초적인 힘에 강렬하게 매료되었다. 깔끔하게 정돈된 도시는 아니었지만, 고상하고 자유롭고 낭만적이며 약간은 퇴폐적인 분위기가 한국에 돌아와서도 나를 열병에 시달리게 했다. 여행은 철저한 이방인으로서의 고독을 선사한다. 그것은 극한의 자유로움을 준다는 의미이기도 하다. 가장 고독한 순간에 가장 강한 생명력을 느끼는 것. 그 느낌은 이번 소설에서 신혜의 에필로그를 장식하는데 도움을 주었다."

- 문학 외에도 세상사에 관심을 가질 수밖에 없는 게 작가다. 문학을 제외한 최근 당신의 가장 큰 관심사는?

"여전히 영화와 음악이다. 가끔 철학으로 돌아가고 싶다는 생각이 들기도 하다."

- 줄어든 독자로 인한 '문학의 위기' '소설의 죽음'이 이야기된다. 이런 세태를 어떻게 보는지.

"영상매체와 인터넷의 영향일 것이다. 어찌했든 '문자'는 더 이상 작가들의 전유물이 아니게 되었다. 누구든 손쉽게 '글'을 쓰고 '글'을 읽게 되었다. 어느 쪽이 더 가치로운가 하는 문제는 차치하고라도, 기성 작가들은 위기감을 느끼며 자세를 추스를 것이다. 그 과정에서 좋은 작가는 오래 살아남을 것이다."

- 소설을 통해 궁극적으로 당신이 말하고자 하는 것은 뭔가. 또 하나. 원론적인 질문이지만 당신이 생각하기에 소설가란 뭐고, 소설이란 무엇인가.

"이 질문에 나는 무언가, 몹시, 대단히, 멋진 말을 하고 싶다. 그러나 나는 나를 포장하는 말을 잘 하지 못한다. 나는 무언가 대단히 의미 있고 대단히 멋지다고 생각하면서도, 그것이 나의 사유가 아니면 말하기를 꺼린다. 다만 '글쓰기'는 '내 정신의 순례'라고 말하고 싶다. 가볍건, 무겁건, 나는 글을

©홍성식

쓰는 동안은 내 정신이 어떻게 변천되어 가는지를 보고 싶다. 나는 누군가에게 강의하는 것에 익숙하지 못하다. 그러니까 내 글은 나를 향해 말하는 것이고, 내 자아를 알아 가는 과정이다."


- 시훈 형제부터 신혜, 그리고 시훈이 찾아가는 강찬까지 등장인물 대부분이 전형화된 80년대 인간이다. 혹 실제 모델이 있는지. 그렇지 않다면 이런 전형적 인물배치의 특별한 의도가 있는 것인지?

"내 주변의 인물들이 모델이 되었다. 강찬이라는 인물은 들은 적이 있다. 나는 소설에서 시훈은 순수한 영혼을 지닌 인물로, 여훈과 신혜는 그를 사랑했지만 시대정신에 눌려 '고유한 자아'를 상실한 인물로 그리고 싶었다. 물론 상당 부분 허구가 가미되었다."


- 소설의 발문에서 김정환이 지적한 것처럼 <도취>는 역사의식과 사랑이라는 다소 어울리지 않는 두 화두를 다루고 있다. 스스로 생각키에 역사의식과 사랑은 어디에서 접점을 찾을 수 있다고 보는가?

"역사와 사랑은 길항할 수밖에 없다고 생각한다. 사랑은 지극히 사적인 감정이기에. 역사의식은 좀 더 고독하고, 좀 더 가혹할 때 감동을 준다. 사랑을 얻으려고 할 때 역사의식은 쇠락하고, 차라리 사랑을 잃을 때 우리는 더욱 열광하지 않는가."


- 신혜가 민재의 모습에 매혹돼 '계약된 불륜'에 빠지는 과정에 다소 설득력이 부족해 보인다. 이건 내가 남성인 관계로 여성이 사랑(혹은 계약된 불륜)에 빠지는 루트를 몰라서일 수도 있는데, 내 말에 동의하는지? 아니라면 어떻게 설명할 것인가.

"아직 미혼인 당신은 현대사회의 부부가 얼마나 고뇌에 찬 존재인지 모르는 것 같다. 자아의 차이만큼, 현대사회의 부부는 참으로 다양하다. 우리가 모르는 사이 그들은 별의별 실험과 시험을 한다. 이유 또한 천차만별일 것이

ⓒ홍성식

다. 소설 속의 신혜와 시훈이 '계약된 불륜'에 동의하는 것에는, 더 이상 버틸 수 없는 '정신적인 사랑'이라는 단일성으로부터 탈출하고 싶어 하는 슬픈 정서와 관념이 배어 있다. 설득력이 부족하다는 말은 이해할 수 있다. 그러나 세상에는 우리가 감지해내지 못하는 너무도 많은 일들이 '허구적인 현실성'을 갖고 진행되고 있다."

**- 저자 후기에 쓴 '자유로운 영혼'이란 구체적으로 어떤 의미인가?**

"우리에게 가장 행복한 순간이 있다면, 그것은 우리가 의식하건 의식하지 못하건, 우리 자신 가장 자유로운 정신을 소유할 때라고 나는 감히 말하고 싶다. 내가 내 삶의 순간순간을 자연스럽게 선택할 때, 내가 내 삶의 가장 완벽한 주인일 때, 나는 가장 행복할 것이다.

이번 소설에서 특히 여훈과 신혜를 그런 '자유로운 영혼'을 갈구하는 인물로 그리고 싶었다. 자기 삶이 자신의 고유한 의지와는 무관하게 타인이나 시대정신에 의해 변형되었기 때문에 그들은 끊임없이 자유로운 정신을 찾아 방황한다. 각자의 자유로운 영혼의 모습은 다를 것이다. 그리고 그것을 소유했다가 곧 놓쳐버리기도 할 것이다. 그러나 그것을 소유하는 순간은 그 어느 때보다도 행복할 것이다."

**- 여훈은 의사로서 최고의 지위에 올랐을 때 사람들에게 '연민'과 '차가운 열정'을 말한다. 당신은 두 개 중 어느 것에 더 무게를 두고 싶은지? 다르게 묻는다면 아직도 '연민' 때문에 괴로워하는 형 시훈과 '차가운 열정'으로 삶을 전환한 동생 여훈 중 어느 인물에게 더 애정을 느끼는지.**

"작가는 독자로부터, 혹은 기자로부터 듣고 싶은 질문이 있다. 당신의 이 질문은 내가 듣고 싶은 질문이었다. 나는 시상식 연설에서 여훈이란 인물의 철학을 말하고 싶었다. 여훈은 그 어떤 윤리적인 감상, 그 어떤 시대착오적인 가치로부터 벗어나고 싶어 하는 인물이다. 시훈이 '자본제적 경쟁에서 퇴화된 한 마리 돌연변이 물고기'라면, 여훈은 자본제적 경쟁에서 가장 우위에 서고 싶어 하는 인물이다. 여훈은 원래 여린 인물이었다. 그러나 그는 자신을 자본주의 사회에서 가장 능력 있는 인간형으로 키워내고, '최고의 의술' 속에서 '자유로운 정신'을 추구하는 인물이다. 언뜻 보면 형과 대립되어 그의 정신은 때 묻고 계산적이며 가혹하게 보인다. 우리는 흔히 연민이나 동정을 순수함에 더 가까운 정서로 생각하는데, 나는 과연 '연민'을 버리고 '차가운 열정'을 택한 여훈의 정신이 순수한 것인지 아닌지 자문하고 싶었다. 천성적으로 나는 '연민'의 인간형에 더 끌린다. 그러나 현재 나는 '차가운 열정'을 가진 인물에게 강한 이성적인 호기심을 느낀다."

- 각 장의 서두에 등장하는 도스토예프스키, 아리스토텔레스, 예이츠의 인용은 작가가 직접 골라 사용한 것인지. 그렇다면, 그것들은 어떤 의미로 사용한 것인가.

"도스토예프스키는 내 소설의 모든 인물의 내면을 캐내기 위해, 아리스토텔레스는 자유로운 정신의 소유자를 위해, 예이츠는 이 소설 속의 사랑을 위해 인용했다."

- 신혜가 방황 끝에 결국 시훈에게 돌아가는 결말이 다소 평이하고 싱겁다는 의견도 있을 것 같은데 어떻게 생각하는지.

"신혜는 단지 섬에서 맛본 '자유의 미각'을 시훈에게 전해주고 싶을 뿐이다. 매 순간 친밀함을 공유했던 남편에게 편지를 쓰고 싶다는 충동은 자연스럽지 않은가. 그런데 이것이 신혜가 시훈에게 돌아가는 결말로 읽혔는가?"

- 추후 집필계획은?

"내가 얼마나 좋은 단편을 쓸 수 있는지 시험하고 싶다."

* 소설가 박수영은 1963년 강원도 인제에서 태어났다. 서울대학교 철학과를 졸업했고, 1997년 〈실천문학〉을 통해 등단했다. 장편 〈매혹〉과 〈도취〉를 출간했으며, 기존의 386작가들과는 변별되는 문학적 지향으로 주목받았다. 외부로 드러내는 것보다 내부로 침잠하는 작품 스타일을 보여주며, 현재 스웨덴에 체류하고 있다.

젊음, 새로운 길에 들어서다

# "아직도 그 시절이 내게 질문은 던져"

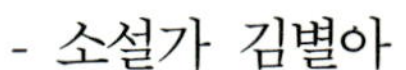

## - 소설가 김별아

〈이방인〉의 뫼르소가 아랍인에게 피스톨을 당겼던 그날처럼 베일 듯 눈부신 햇살이 인사동 거리에 온통 넘쳐나던 봄날. 그 질문을 던지기 전까지 소설가 김별아와 기자는 인사동의 한 주점에서 소풍 나온 어린아이들처럼 떠들며 문학 비슷한 것 혹은, 작가의 삶 비슷한 것을 건성건성 물었고, 시원시원 답하며 가벼운 대화를 나누고 있었다.

그런데 준비하지도 않았던 그 질문을 왜 했을까? "1991년에 총학생회 교육부장 했다면서요? 그해에 대단하지 않았나요? 강경대가 죽고, 학생과 노동자의 분신은 이어지고, 박홍 신부는 '분신의 배후세력' 운운하고, 거기다 운동권의 도덕성에 치명타를 먹인 김기설 유서대필 사건까지… 그 시절 기억나요?"

아차. 질문을 던진 기자도, 받은 김별아도 마침 목구멍으로 넘어가던 차진 감자전이 '턱' 소리를 내며 걸렸다. 곧바로 '괜한 걸 물었구나'라는 것에 생각이 미쳤으나, 어쩔 수 있나. 쏟아진 물과 뱉어진 말은 주워 담지 못하는 법이다. 자못 진지해진 김별아가 답했다.

"벌써 10년도 넘게 지났네. 죽음의 신이 사람들 사이를 휩쓸고 다니던 시대였잖아. 그해 5월말쯤이었을 거야. 총학생회 사무실에서 열사들 사진을 죽 늘어놓고 어떤 방식으로 인쇄해서 시위에 사용할 것인지를 자정 넘게까지 의논하다가 잠깐 잠이 들었어. 새벽에 인기척에 잠이 깼는데… 강경대 누나(강선미)가 바닥에 떨어진 동생 사진을 소리 죽여 울면서 줍고 있더라구. '우린 대체 누굴 위해, 무엇을 위해 싸우고 있나'라는 생각에 나도 막 슬퍼졌어. 하지만 그 시대를 부정할 순 없잖아. 나도 많이 변했지만 91년은 앞으로도 내 문학뿐 아니라, 삶을 가르치는 교과서로 역할할 거야. 아… 무슨 말을 하지?'"

봄나들이 나온 듯한 흥청망청의 분위기는 깨지고, 별 수 있나. 내친 김에 하나 더 눈에 힘을 주고 물었다. "그 시대를 부정할 수 없고, 91년이 뭘 가르쳤다면 대체 뭘 배웠고, 배운 건 어떻게 문학과 삶에 적용시키며 살았나요? 스스로 생각하기에 잘 살아온 것 같아요?" 혹, 이 질문은 상처받기 쉬운 영혼을 지닌 작가에게 고문 같은 것은 아니었을까? 그러나, 우려와는 달리 돌아온 대답은 담백하고, 간결했다. 매사에 주춤거리는 법이 없고, 누구 앞에서도 움츠러드는 적이 없는 김별아다운 답변. "잘 살지 못했어. 그때 체득한 인간과 세계에 대한 인식을 문학에 완벽하게 삼투시키지도 못했고, 그 시절만큼 치열하고, 정직하게 살지도 못했어. 하지만, 이건 말할 수 있어. 분명 나는 변했지만, 그 시대가 던진 역사와 사회에 대한 문제의식은 아직도 가슴 안에 있고, 그것들이 나한테 '너 지금 어디로 가고 있니'라고 아직도 묻고 있어."

김별아에게선 여성작가 특유의 '문학적인 향기'가 맡아지지 않는다. 위악의 제스처 혹은, 포즈로서의 절망 또한 없다. 그녀는 한국에서 거의 유일하게 'GOD' '왁스' '신화'의 신세대 가요를 춤추며 노래할 수 있는 작가인 동시에, '소설가'라는 명찰을 떼고도 그 밝음과 깔깔대는 웃음만으로 좌중을 압도

할 수 있는 사람이다. 독자보다, 동종업계 종사자(시인, 소설가, 평론가)에게 더 인기가 높은 것도 이런 이유에서다.

그녀는 어떤 경우에서도 '척'하지 않는다. 인터뷰를 하자는 전화를 넣으며 던진 '거기 인기작가 김별아 씨 댁이죠'라는 기자의 너스레에 "인기작가는 아니고, 화제의 작가죠. 책이 안 팔려서 굶어죽을 판이에요"라 받아치며 예의 그 깔깔대는 웃음을 쏘아대는 밝은, 밝아서 아름다운 사람.

애초 인터뷰는 1969년 온두라스와 엘살바도르 사이에서 벌어진 축구를 둘러싼 살벌했던 분쟁과 라틴 아메리카의 가난한 소년 '삐삐'의 이야기를 들려주는, 전혀 별개일 것 같은 두 이야기를 통해 제국주의의 수탈에 신음하던 남미의 역사와 '아이가 어른이 된다는 것은 어떤 의미인가'를 동시에 보여준 신작소설 〈축구전쟁〉에 대한 이야기나 나눌 생각으로 준비됐다. 거기에 축구 관련 인터넷사이트를 5개나 '즐겨찾기'에 올려놓고 매일 드나드는, 일간지로부터 문학칼럼이 아닌 축구칼럼을 청탁받을 정도로 자타가 공인하는 '축구팬' 김별아에 관한 걸 묻고 싶었다.

허나, 애초 의도는 앞서 언급한 질문으로 인해 한참 길을 벗어났다. 하지만, 그렇다고 해서 우리가 그 질문과 대답 이후 불행했던 역사의 무게에 주눅 들어 내내 우울했다는 건 아니다. 그건 '밝아서 아름다운 작가' 김별아의 스타일이 아닐 뿐더러, 진지함을 10분 이상 참아내지 못하는 기자의 스타일도 아니었다. 사람에겐 목적의식과 사명감으로 무장하고 기꺼이 고난의 길을 걸어야할 때도 필요하지만, 언제나 그렇게만 살 수야 있나. 아래는 고난의 길을 빠져 나와, 햇살이 목덜미를 간질이는 나른한 산책길에서 김별아가 들려준 자신과 자신의 문학 그리고, 축구 이야기다. 구질구질한 질문은 생략하고 가급적 그녀의 이야기만을 옮긴다.

"아빠와 엄마가 다 교사였어. 태어난 지 한 달도 안돼서부터 남의 손에서

©홍성식

컸어. 그 외로움에 대한 반대급부로 내 아들(서혜준)은 만 세 살이 될 때까지 품에 안고 키웠어. 외로운 아이들한테 책만큼 좋은 친구는 없잖아. 좋게 이야기하면 조숙한 독서광이었고, 동생 표현대로라면 매일같이 책만 끼고 혼자 어두운 방에 앉아 있던 '습지의 바퀴벌레'였지 뭐."

"강릉 율곡제에서 열린 백일장, 동국대 백일장 등에서 상은 여러 번 받았어. 고등학교 1학년 때는 최초로 소설 비슷한 걸 써서 교지에 싣기도 했지. 어떤 내용이냐고? 그때 나를 지배하던 우울과 분열을 좋아하던 앙드레 지드 흉내를 내서 괴발개발 쓴 거지 별 거 있겠어(웃음)."

"지드와 스탕달, 헤세를 좋아했어. 딸이 문학하겠다는 걸 대견하게 생각한 아버지가 구독신청해준 〈한국문학〉도 열심히 읽었고. 이문열, 이청준, 문순태 역시 좋아하던 작가였지. 이건 가족사의 비밀인데(웃음) 지금 아버진 문학하려는 딸을 안 말리고, 문예지까지 신청해주며 격려했던 걸 엄청 후회하고 있지."

"경험만큼 작가에게 중요한 건 없잖아. 고등학교 졸업하고 대학 입학하기 전까지 버스 안내양도 해봤고, 대학 졸업 이후엔 공장생활도 잠깐 했었어. 문학하는 사람에겐 세계와 인간에 대한 정확한 인식이 필요해. 학생운동을 통해 그것들의 틀거리가 잡혔지. 원래 나란 인간이 사람과 세상에 대해 호기심이 많은 여자기도 했고. 아직도 그때의 열정을 가지고 살고 싶은데 쉽지가 않네."

"페미니스트? 난 여성보다는 작가라는 단어에 무게를 두고 싶고, 작가보다는 인간이라는 단어에 더 큰 방점을 찍고 싶어. 하지만 페미니즘 운동의

ⓒ홍성식

필요성에 대해서는 공감하고, 지지해. 현재 한국에서의 운동이 다소 거친 측면이 없진 않지만, 억압에 대한 내적 요구로서의 저항을 폄하할 순 없잖아."

"애착을 가진 작품이라… 내가 내 소설을 말하려니 창피하네. 굳이 이야기하라면 〈개인적 체험〉이야. 그 책이 나온 99년은 나한테 의미가 큰 해였어. 실수와 시행착오로 점철된 청춘의 20대를 마감해야했고, 생경하게 다가온 엄마로서의 삶을 살아야했고, 상처투성이였지만 그 상처 때문에 아름다웠던 90년대를 보내야했었거든. 그 모든 걸 정리하고 싶어서 쓴 소설이라 앞으로도 그 책에 대한 애정은 각별할 것 같아."

"과시욕과 허영, 노출욕이 복잡스레 섞여 있는 존재가 소설가지. (웃음) 소설이 뭐냐고? 욕망을 드러내는 하나의 양식이겠지. 짧은 생일망정 서로가 서로에게 위안을 될 수 있는 세상을 만드는데 내 소설이 사소한 역할이라도 했으면 좋겠어. 7월이면 새 작품집이 나와 사서 읽을 거지?"

"작가란 자기애로 가득한 사람이야. 누구에게도 100%의 애정을 주지 못해. 그런 면에선 남편과 아들에게 미안하지. 하지만, 애는 쓰고 있어. 왜냐고? 난 소설에 대한 성취만큼이나 생활에 대한 욕구가 큰 촌년이거든.(웃음)"

"최근엔 다른 나라의 역사를 차용해서 우리나라의 현실을 발언하고 싶다는 생각에 골몰해 있어. 〈축구전쟁〉의 형식은 그렇게 만들어진 거야. 집필의도? 우습게 들릴지 모르지만, 한국에서 열리는 지구촌의 축제 월드컵에 어떤 형태라고 보탬이 되고 싶었어. 자원봉사자가 되려고도 심각하게 생각했었어. 하지만, 난 소설가니까 소설로…(웃음)"

"맞어. 〈축구전쟁〉은 성장소설이기도 하지. 난 '정열'이란 단어를 대단히 좋아해. 그 단어만이 세상을 바꿀 수 있지. 혁명과 전쟁도 모두 넘쳐나는 과도한 정열에서 오는 것 아니겠어. 여하간 전쟁을 통해 '정열'을 탐구하고, 소년 삐삐를 통해 '성장'을 보여주고 싶었는데… 생경한 스타일이 글쓰기라 힘들었어. 둘의 유기적인 결합이 의도한 만큼 만족스럽지도 않고. 그래서 속상해."

"남미의 문명만이 아니라, 인간의 문명 자체에 관심이 많아. 앞서도 말했지만, 외국의 역사를 차용해 한국의 현실을 보여주는 소설을 쓰기 위해서라면 목적의식적으로 공부도 해야지. 내가 원래 할 줄 아는 게 공부밖에 없잖아."

"문학의 원형질과 낭만적 감수성에 대한 동경이 사라졌으니 당연지사 소설은 팔리지가 않지. 그리고 1990년대부터 시작된 상업주의와 문학의 의심스런 동거가 스타시스템이란 사생아를 출산했잖아. 시스템에 편입된 몇몇의 인기작가는 이제 작가라기보다는 연예인 같아. 하지만, 질투나 부러움 따윈 없어. 난 여전히 인기작가보단 화제의 작가가 되고 싶으니까.(웃음) 2000년대의 자유스러움과 다양성은 문학 외에 다른 출구로 독자들을 몰고 갈 텐데 어쩌지?"

인터뷰의 말미. 그녀가 여행한 인도에 대해 이야기했다. 담담하고 낮은 목소리. "거기는 '인간이란 과연 무엇인가'를 생각하게 만드는 공간이야. 불편한 잠자리와 거친 식사 때문에 머물 때는 지긋지긋하기도 했어. 하지만, 모든 걸 거세한 인간의 본질과 인간은 대체 어떤 가치를 지닌 존재인가를 투명하게 보여주는 곳이 세상에 인도 말고 어디에 또 있을까? 파리의 휘황한 불빛이 보여준 오만보다 훨씬 소중한 걸 봤어. 돌아오는 비행기에서 이런 결심을 했지. 내 앞에 던져진 문제를 외면하거나, 피해가지 않겠다고."

김별아가 인도에서 보았다던 '벌거벗은 인간의 본질'은 무엇이었을까? 그러나, 기자는 그것에 관해 묻지 않았다. 싸워야할 때는 싸웠고, 써야할 때는 썼던 그녀의 단순명료한 직격성과 김별아가 세상에 대해 품고 있는 진지성을 어렴풋이나마 알고 있었기에. 그 신뢰는 '만약 1991년 같은 상황이 다시 한국을 휩쓴다면 그녀는 깔깔대는 웃음을 거두고, 밝은 세상을 위해 누구보다 열심히 싸울 것이다'라는 생각에까지 이르렀다. 그러나 이게 웬 일? 기자의 심각하고, 골똘한 공상과는 관계없이 앞서 가던 김별아가 돌아보며 외친다. "뭐 해? 어서 2차 가야지." 아니나 다를까. 이어지는 깔깔대는 웃음. 맞다. 저게 김별아다. 그녀는 아직도 자신만의 방식으로 '길'을 찾고 있다.

* 소설가 김별아는 1969년 강원도 강릉에서 태어났다. 대학 재학중 단편 〈봄비〉로 청년심산문학상을 수상했고, 1993년 실천문학으로 정식 등단했다. 〈개인적 체험〉〈내 마음의 포르노그라피〉〈미실〉〈톨스토이처럼 죽고 싶다〉 등의 책을 출간했으며, 세계문학상을 수상했다. 현재는 캐나다에서 생활하고 있다.

# "내 소설이 자폐아의 현실을 보여줬으면"
## - 소설가 서성란

　"겉만 보고서는 그 사람의 참모습을 알 수 없다"는 말이 맞았다. 겉으로 본 소설가 서성란은 고집 없고, 욕심 없는 무골호인(無骨好人)이었다. 일단 그가 소속된 민족문학작가회의의 각종 행사장에서 보여준 말수 적고, 조심스런 행동이 그랬고, 화장기 하나 없는 수더분한 외모 또한 그러했다.

　이태 전 작가회의 소속 젊은 작가 10여명이 캄보디아와 베트남 남부를 일주일 일정으로 다녀왔다. 월맹 정규군 출신의 베트남 작가 반레의 〈그대 아직 살아있다면〉의 한국어판 출간을 기념하고, 베트남 작가동맹 부위원장 등과 함께 '한국-베트남 작가의 만남'을 가지기 위해서였다. 서성란은 한국의 소설가 자격으로, 기자는 동행취재를 위해 이 기행에 함께 했다.

　함께 여행을 다녀보면 그 사람의 장단점이 잘 드러나 보이는 법. 그런데 기자는 그 일주일 내내 서성란에게서 '단점'이라고 할 만한 것을 찾아볼 수 없었다. 그는 약속된 모임시간에 늦어 일행을 기다리게 하지 않았으며, 아기자기한 캄보디아의 수공예품에 현혹돼 버스의 출발 시간이 늦춰지게도 하지 않았다. 갑자기 바뀐 날씨-당시 한국은 영하 10도를 오르내리는 혹한이었는데, 여행지의 기온은 영상 30도를 넘는 혹서였다- 탓에 감기를 앓으면서도 행여나 일행들이 불편해할까 내색조차 하지 않았다. 게다가 일순 흥청망청되기 쉬운 여행지의 설렘을 스스로 경계하며, 밤 10시만 되면 잠자리에 드는 범생이(?) 스타일이라니. 이렇듯 무던한 성정에 생김새까지 유약해 보이는 서성란인지라 기자는 지레짐작 '저 사람은 남 듣기 싫어하는 소리는 죽을 때까지 못하겠구나'라는 생각을 했고, '저런 사람은 목소리 높여 자기주장도 하지 못할 것'이라 단정하고 있었다.

그런데 이것 봐라. 첫 소설 〈모두 다 사라지지 않는 달〉의 출간을 즈음해 만난 인터뷰 자리에서 대뜸 한다는 말이 놀랍다. "내가 제일 싫어하는 게 여성적인 시각에서 쓰인 감각적인 문체의 소설이라는 말이에요. 지금은 물론이고 앞으로도 될 수 있다면 그런 이야기는 듣고 싶지 않아요." 그러면서 '여성적인 시각'과 '감각적인 문체'로 지칭되는 몇몇의 동료작가들을 향해 "두 번 세 번을 다시 읽어도 울림이 없다"는 뼈 있는 말까지 보탠다.

기자는 서성란의 이 말이 얌전한 소녀의 갑작스럽고 거친 자기주장 같아 일순 긴장했다. 그 긴장은 그의 삶에 대한 궁금증을 불러일으켰고, 인터뷰의 방향을 급작스레 바꿨다. 발달장애아(자폐아)를 키우는 엄마들의 일상을 사실적으로 그려낸 소설에 관한 질문에 앞서 서성란이 살아온 궤적을 묻기 시작한 것이다. 아래는 그가 조용조용하면서도 단호한 어투로 들려준 36년의 삶이다. 〈모두 다 사라지지 않는 달〉에 관한 이야기는 잠시 미뤄도 좋을 듯하다.


아이들이 와글와글하는 집에서 일곱 남매는 행복했다. 단지 하나 불편했던 건 지나치게 종교에 심취해 있던 아버지였다. 엄격한 청교도적 생활과 교리를 따르는 삶을 강요한 아버지. 하지만, 이 아버지도 어릴 때부터 글을 쓰는데 재주를 보인 딸 서성란에게만은 비교적 인자했고, 끔찍이 예뻐했다. 보통 아이들이라면 원고지 5매짜리 독후감 숙제도 힘겨워할 초등학교 5학년.

하지만, 서성란은 자리에 앉았다면 자그마치 50매를 단숨에 써내려 가는 초인적인(?) 집필력을 보여준다. 아이의 인내심이라고는 볼 수 없는 오기와 끈기. "그게 뭐 소설이었겠어요. 그저 고만고만한 또래의 좀 긴 일기였겠죠."

바로 그 원고지 50매의 일기를 쓰기 시작하며 서성란은 글이 가진 힘과 매력에 눈뜬다. 거부할 수 없는 문학의 매혹이 소녀에게 찾아온 것이다. 중학교 때는 시를 써 교사들에게 자주 칭찬을 들었다. 아버지의 말이라면 무조건 복종하는 순종적인 딸이었으니, 선생님의 말도 흘려듣지 않았음은 물론이다. "너는 시보다는 소설을 쓰면 더 좋겠다"는 국어교사의 말에 단숨에 장르를 바꾼다. 군사부일체의 서성란적 실천이었다.

서문여고 교지편집부에 가입하면서 글쓰기가 본격화됐다. 그때부터 지금까지 20여 년 동안 인연의 끈을 놓지 않은 교지편집 지도교사 김붕래의 따뜻한 충고와 관심은 서성란에게 아버지의 사랑과는 또 다른 사랑을 느끼게 했다. 2학년 때는 엄격한 의미에서의 첫 소설 〈따뜻한 겨울〉을 써서 교지에 싣기도 했다. "딴에는 종교와 인간에 대한 문제에 접근하고 싶었는데 그게 어디 쉬운 일인가요. 하지만, 그걸 쓸 때의 진정성은 아직도 가슴에 남아있고, 소설쓰기의 힘겨움을 느낄 때마다 그걸 이겨내게 하는 힘은 돼주는 것 같아요." 몰락한 아버지의 사업 탓에 급격히 기운 가세. 대학진학을 포기하려 했지만, 김붕래 선생은 "어떻게 해서든 배움을 멈춰서는 안 된다"며 학교에서 주는 장학금을 받을 수 있도록 배려했다. 자의 반 타의 반으로 들어간 대학.

하지만, 서성란이 입학한 86년은 가난한 집안의 영민한 아이를 그냥 내버려두지 않던 시절이었다. 군사독재가 지배하는 한국의 처참한 현실. 자유는 목이 졸리고, 인권과 희망이 배를 곯던 시대. 보지 않으려 해도 볼 수밖에 없었던 사회의 모순을 본 것이다. 혈관을 흐르는 뜨거운 피가 의분에 가슴을 치게 하던 그 시절, 많은 청년들이 그랬던 것처럼 휴학을 하고 공장을 향했다.

©최경자

"87년 6월 내내 명동성당과 종로거리에 있었어요. 정치적이고 사회적으로 개안을 했다면 바로 그때일 거예요. 쏟아지던 최루탄과 눈물 속에서 어떻게 살아야하고, 어떤 문학을 해야 할 것인지를 깨달았죠. 아버지로 인한 갑갑함의 고통을 깬 것도 그때죠. 모두가 한 목소리로 같은 구호를 외쳤고, 거리에선 사람 모두가 승리자였던 아름다운 항쟁이었으니 그것을 통해 삶의 태도를 바꾼 게 나만은 아니겠죠."

졸업 직후 이른 결혼. 이후 5년 넘게 아이가 생기지 않아 고민도 많이 했다. 아들, 딸의 손을 잡고 걸어가는 여자들에게 한없는 질투를 느끼고, 심지어는 유산을 해도 좋으니 한 번이라도 임신을 해봤으면 하는 생각에 우울해하며 90년대 초중반을 살아냈다. 서성란에게 1996년은 기념비적인 해였다. 그렇게 가지고 싶었던 아이를 가졌고, 임신사실을 안 며칠 후엔 실천문학사로부터 '당선 통보'를 받은 것이다. 일곱 살 김다빈과 다섯 살 후인의 자상한 엄마이자, 초등학교 시절부터 한결 같았던 작가의 꿈을 이룬 서성란. 그가 평생 놓치고 싶지 않은 것은 무엇일까?

"인간에 대한 사랑과 문학에 대한 신뢰죠. 어떤 위태로운 시절이 오더라도 사람의 기본을 지켜간다면 못 이겨낼 고난과 절망을 없을 거라고 생각해요. 그리고 글을 쓸 수 있다는 사실이 너무나 행복합니다. 소설이 돈과 밥이 되어주지는 못하더라도 그것들이 나와 세상을 조금이나마 예쁘게 변화시킬 수 있다는 믿음을 버리지 않을 겁니다."

이제 인간에 대한 사랑과 문학에 대한 신뢰를 가장 소중한 가치로 생각한다는 서성란의 책 이야기를 좀 해보자. 그가 세상에 내놓은 첫 책 〈모두 다 사라지지 않는 달〉은 세상 사람들이 '자폐아'라고 부르는 발달장애아를 둔 엄마들의 이야기다. 이런 종류의 소설이나 드라마가 대부분 그러하듯 '눈물 짜는 감동과 반전의 드라마'를 예상하는 독자들이 많은 것이다.

ⓒ최경자

그러나 천만에. 소설은 시종일관 작가의 감정이 배제된 채 담담하게 서술된다. 심지어, 딸에게 생리대의 사용법을 가르치기 위해 화장실 문을 열고 딸이 보는 앞에서 패드를 착용하는 엄마의 모습이나, 중학생 아들의 손에 회수권을 들려주며 혼자 버스를 탈 줄 알아야 한다고 설득하는 장면에서도 서성란은 무섭도록 건조한 문체와 철저한 관찰자의 시점을 잃지 않는다. 왜일까?

"이 소설은 동정이나 연민을 불러일으키기 위해 쓴 게 아니에요. 그저 세상엔 나와 내 자식과는 다른 사람들도 있다는 사실을 알리고 싶었고, 그들이 살아가는 모습 또한 삶의 한 방식이라는 것을 스스로 인정하고 싶었어요."

발달장애아를 가진 부모들에게 자칫 상처가 될 수 있다 싶어 서성란은 이번 소설에 어떤 상상력도 개입시키지 않았다. 철저한 2년간의 취재가 소설의 밑그림이었다. 결혼 후 한참 만에 우연히 다시 만난 대학동창. 그 친구는 발달장애아를 키우고 있었다. 친구가 겪는 이런저런 힘겨움을 들어주다 보니 '이걸 소설로 쓸 수 없을까'라는 것에까지 생각이 미쳤고, 발달장애아의 부모들이 만든 인터넷사이트를 자주 들락거렸다. 그렇게 1년이 넘는 시간이 흘렀다. 사이트에서 만난 엄마들과 어느새 친구가 됐고, 그들로부터 "성란씨가 쓴다면 믿을 수 있겠다"는 격려도 받았다.

소설에 매달린 2년 동안 서성란은 거의 매일 엄마들의 글을 읽었고, 그들의 이야기를 마음속으로 메모하며 들었다. 쓰는 중간중간 원고를 들고 가 친구에게 조언을 받기도 했다. 이런 사연 아래 탄생한 〈모두 다 사라지지 않는 달〉은 꾸며낸 이야기가 아니라 철저히 사실에 근거해 씌어졌다는 의미에서 '또 다른 리얼리즘 문학의 성과'라 지칭할 만하다. 그런 까닭에 서성란의 이번 소설은 '인간시대'와는 전혀 다른 측면에서의 감동을 준다.

작가는 감정을 드러내지 않는데 이를 읽는 독자는 코끝이 찡한 희귀한 체험이다. 소설이 나온 직후 어떻게 알았는지 큰딸이 다니는 의정부 부용초등학교에서 강연을 요청해왔다. 발달장애아가 아닌 비장애아를 키우는 엄마들과 만난 서성란은 "우리 애들을 혼자서도 세상을 이겨낼 수 있는 당당한 사람으로 키우자"는 말을 전했다고 한다. 이미 서성란은 두 딸을 그렇게 키우고 있다. 어린 나이임에도 다빈이와 후인이는 혼자서 옷을 갈아입고, 준비물을 챙기고, 숙제를 하는데 익숙하다. 서성란이 굳이 이 방식을 고집하는 데는 이유가 있다. 소설을 쓰면서 '내가 없어도 혼자 살 수 있는 아이'로 만들기 위해 사력을 다하는 수많은 엄마들을 만났기 때문이다. 다빈이와 후인이가 엄마의 특별한 사랑법을 무관심으로 오해하지 않기를.

아메리카 인디언들은 11월을 '모두 다 사라지지 않는 달'이라고 부른다. 그렇다. 어떤 장애를 지녔건 아이를 아끼고, 신뢰하는 엄마들의 사랑이 있는 한 세상에 허망하게 사라지는 것은 하나도 없으리라.

---

* 소설가 서성란은 1967년 전라북도 익산에서 태어났다. 1996년 〈할머니의 평화〉로 실천문학 신인상을 수상하며 등단했고, 장편 〈모두 다 사라지지 않는 달〉〈특별한 손님〉 소설집 〈방에 관한 기억〉 등을 출간했다. 건조한 문체 속에 인간에 대한 애정과 신뢰를 숨겨두는 능력을 지닌 작가다.

# 생 앞에서 비겁해지지는 않아야지
- 소설가 김이은

소설가 김이은의 처녀작 〈마다가스카르 자살예방센터〉는 묘한 매력으로 번득인다. 극단 혹은, 최악의 상황에 처해있는 사람들을 주인공으로 내세우고 있음에도 처참하기보다는 따스하다. 2002년 〈현대문학〉을 통해 등단, 해마다 많지도 적지도 않은 서너 개의 작품을 꾸준히 발표하며, 평단과 독자들의 관심을 끌어온 김이은. 서술보다는 묘사, 이야기보다는 이미지에 치중하고, 집단보다는 개인에 주목하는 그녀의 작품패턴은 겉으로 보기엔 또래 작가들과 유사해 보인다.

그러나 '깊고 꼼꼼히' 작품을 읽은 사람이라면 여타의 30대 작가들과는 변별되는 여러 지점들을 어렵잖게 찾게 된다. 서울대 국문과 교수이자 문학평론가인 방민호는 다음과 같은 말로 김이은 소설의 매력을 정의한다. "최근 '이미지의 소설'을 보여주는 작가들은 많지만 김이은처럼 그것을 사회적으로 열악한 상황에 처해 있는 사람들의 존재를 부각시키는 쪽으로 구사하는 작가는 드물다. 그러면서도 진부하거나 평속한 느낌을 주지 않고 세련되고 냉정한 태도를 유지하는 것이 주목할 만하다."

무능력자인 한 사내와 그가 키우는 특이한 바퀴벌레를 대비시켜 희망이 절멸한 세상에서 견뎌내는 일이 얼마나 지난한 것인지를 보여주는 표제작에서부터, 사라지는 육체와 사라지는 기억의 연관성을 탐구한 '쥬라기 나이트', 불구의 땅에서 불구이기를 거부하는 쓸쓸한 영혼의 이야기 '일리자로프의 가위'까지.

〈마다가스카르 자살예방센터〉에 담긴 아홉 개의 단편들은 각각이 나름의 향기를 뿜어낸다. 수작과 태작을 따로 고를 것 없이, 문학적 완성도와 성취도에서 일정한 수준을 유지하고 있는 것이다. 신인으로선 이르기 어려운 경지다. 가슴에 품고 있던 사회적 발언과 나름의 예술관을 가감 없이 첫 책에 담아낸 김이은을 소슬해진 바람이 날아갈 듯한 한옥 처마 끝을 맴도는 경희궁에서 만났다. 아래는 때론 조심스럽게 때론 격정적으로 그녀가 들려준 삶과 문학에 관한 이야기다.

- 2002년 등단 후 첫 소설집이죠? 기분이 어때요.

　"첫 느낌은 '왜 별 감흥이 없지?'하는 거였어요. 어떤 작가는 첫 책이 나왔을 때 방바닥 가득 쫙 깔아놓고 그 위에서 잤다는데. 또 어떤 사람은 서점에 나가 자기 책이 있는 곳을 멀찍이 쳐다보며 누가 사가기는 하는 걸까 조바심 내기도 했다는데…. 며칠 후엔 내 책이 혹시 종이뭉치로 고물상에 팔려가는 건 아닐까하는 생각이 들기도 했구요.(웃음) 뭔가 내 바탕이 다시 하얘지는 느낌과 거기에 얹히는 두려움, '어느 길로 다시 방향을 잡아야 하냐'는 느낌이 들더군요. 하긴, 언제는 제대로 된 길을 가긴 한 건가 하는 회의도 들고요. 솔직히 쬐금 좋긴 좋죠. 내 이름 들어간 첫 책인데."

- 소설을 쓰고자 한 특별한 계기나 이유가 있었나요.

　"마흔 살 쯤 되면 뭔가 써 볼 수도 있지 않을까하는 생각을 어릴 때 막연하게 했었어요. 결국 내 생각보단 빨리 시작하게 됐지만…. 나는 내가 소설을 택했다기보다는 소설이 내게 자연스럽게, 정면으로 걸어왔다는 느낌을 아직은 더 믿어요. 직접적인 계기는 카피라이터 노릇을 잠깐 했었을 때 어떤 분이 제게 '너, 소설 한 번 써 봐라'고 하셨고, 소설? 한 번 해 볼까? 하는 생각에 시작했죠. 그리고 내가 우스개로 '왜 소설을 쓰는 건지 알게 될 때까지만 쓰겠다'고 하는데 그 말이 가끔은 정말 심각하게 진심으로 느껴져요."

- 작품 속 등장인물들 대부분이 신체적·정신적 불구상태에 빠져 있더군요. 그런 인물의 설정은 의도적인 겁니까?

"어느 정도는 그래요. 나 자신부터 그렇지만, 요즘 같은 세상이라면 어디 한 군데가 비정상이지 않으면 못 버티겠다는 생각이 들어서요. 그러니까, 나로서는 요즘을 사는 아주 평범한 사람들을 그린 거죠. 모든 게 정상인 사람…. 그 사람이 사실은 정상이 아닌 거죠. 그리고 어느 정도는 생래적인 본성이 반영된 것 같다는 생각이 들기도 하구요. 비틀어서, 똑바로 볼 수 있으면 좋겠다는 생각을 가끔 하곤 하니까요."

- 문학평론가 방민호는 '스타일상의 새로움'과 '작가의식의 진지함'을 당신 작품의 미덕으로 꼽던데. 동의하나요?

"동의 이전에 고마웠어요. 아직 부족하지만 나 자신이 내 안에서 보고 싶어 하는 모습을 먼저 봐주신 것 같아서요. '보편성 위에 특수성'이란 말이 있어요. 누구나 공감할 수 있는 문제를 말하는데 그걸 내 식으로 새롭게 말할 수 있다면 좋겠다는 생각을 하죠. 얼마나 이뤄냈는지를 얘기하긴 이른 것 같고, 개똥 밟은 얘길 해도 김이은 식으로 하면 좋겠다는 게 바람예요."

- 수록작 중 해피엔딩으로 끝나는 것이 거의 없더군요. 원래 비관적인 세계관을 가진 겁니까?

"그런 말을 가끔 듣긴 했는데, 그건 동의하지 않아요. 난 오히려 객관적이

고 냉정한 거라고 믿고 있죠. 살아가는 일을 정면으로 맞닥뜨렸을 때의 당황
스러움을 그렇게 얘기하는 거라고 내 멋대로 생각해요. 사람들이 꿈속에서도
보고 싶어 하는 희망 같은 것에 관해 전혀 말하지 않으니까요. 말하자면, 나
는 내 소설 속에서 부질없는 답을 주지 않는 것뿐이라고 생각해요. 그저 끊
임없이 질문하는 거죠. 살아간다는 일에 대해서 말예요. 왜냐면, 나도 답을
모르니까요. (웃음)"


- '작가의 말'을 통해 "귀에서부터 마음으로 이르는 길을 끊지 않겠다"고 했던데. 그 결
심으로 가 닿을 길의 끝에는 뭐가 있을까요?

　"솔직히 모르겠어요. 더 솔직히는 두렵구요. 아프고 힘들어서, 외면하고
귀를 닫아버리고 싶을 때, 그러지 않을 수 있는 힘을 가지고 싶다는 바람을
적은 거예요. 적어도 생에 대해 비겁하지는 말아야겠다하는 스스로의 다짐인
거죠."


- 이번 책에 실린 작품 중 하나만 독자에게 추천해주시죠. 그 이유도 함께요?

　"지금까지 어디서든, 한 작품만 보내주세요 라는 말을 들으면 아예 안 보
내거나 혹은 다 보내버리거나 했어요. 그 중 하나가 뭔지 잘 모르겠더라고
요. 그래도 다시 한 번 같은 질문 하실 거죠? 꼭 말해야 한다면 '쥬라기 나
이트'가 어떨까 싶어요. 그중 편하게 읽히고, 김이은 식 세상읽기의 실마리
쯤은 드러나 있지 않나 하는 느낌이 들어서요. 하지만, 가장 아름답다고 생
각하는 건 '숑카 그리고 그녀의 花'고, 또 '빈이비니'는 쓰는 내내 뭔지 모를
증오에 내내 시달렸었고, 그 외에도 기타 등등… 솔직히 하나를 고르는 건
불가능한 일이죠."


- 신인에겐 때 이른 질문일 수도 있지만 소설이란 뭐고, 소설가란 어떤 사람이라고 생각하나요?

　"앞에서도 잠깐 말했지만, '질문을 하는 사람'인 것 같아요. 다 같이 대답

ⓒ서동신

을 모르는 채 살아가니까, 그 질문들을 끊임없이 해 주는 거죠. 그렇지만, 솔직히 그 질문, 우문인 거 알죠? 난 엄마한테 엄마는 왜 엄마야? 그리고 엄마는 뭐하는 거야? 라고 묻지 않고, 내 발등을 기어가는 개미한테 개미는 뭐지? 라고 묻지 않아요. 엄마도, 개미도 물음 이전에 이미 엄마나 개미인 거니까. 난 다만 이렇게 묻죠. 엄마로, 개미로 살아간다는 일은 어떤 거야?

하고 말예요."

- 요사이 문단 혹은, 작가들이 안고 있는 가장 큰 문제점은 뭐라고 생각하나요?

"최근 출간되는 작품들, 특히 장편소설들을 보면서 작가들이 아주 먼 과거나, 미래로 숨어들어가려는 경향이 있다는 생각을 했어요. 역사물이나 판타지가 대부분이잖아요. 왜 현재에서 도망가려는 건지 안타까워요. 쉬운 길만을 택하는 것처럼 보이잖아요. 뭐, 여러 가지 이유들이 있겠지만, 내가 살고 있는 오늘에서 출발해 과거나 미래에 이르는 길이 정석인 것 같아요."

- 삶의 태도를 바꾸게 한 책이나 영화, 그림이 있나요?

"그런 건 별로 없는 거 같아요. 물론, 이런 거 하나 쓰면 죽어도 좋겠다는 생각을 하면서 눈물을 흘린 소설도 있고, 가슴을 쥐어뜯게 만든 그림과 사진도 있지만, 나를 송두리째 바꿔놓진 않았어요. 왜냐면 나는 아직 규정되지 않은 사람이거든요. 결정되고, 단정 지어진 게 없는 데 어떻게 바뀌겠어요? 그 '규정되지 않음'이 내 자산 중 하나가 될 거라고 믿어요."

- 앞으론 어떤 작품을 계획하고 있는지요

"장편을 써 보고 싶어요. 그 전에 열심히 '장편을 쓸 수 있는' 체력을 길러야겠죠. 하지만 그것들보다 더 중요한 건 똑바로 사는 거겠죠."

---

* 소설가 김이은은 1973년 서울에서 태어났다. 성균관대학교 한문학과를 졸업했고, 2002년 〈현대문학〉을 통해 등단했다. 2005년 여름 첫 소설집 〈마다가스카르 자살예방센터〉를 출간했으며, 이후로도 각종 문예지에 꾸준히 작품을 발표하고 있다. 현실과 환상의 경계를 허무는 독특한 성향을 보여준다.

# "시인이 아니라 혁명가가 되고 싶었다"
## - 시인 김선우

　꼭 일 년 전 봄. 김선우의 첫 시집 〈내 혀가 입 속에 갇혀있길 거부한다면〉을 만났다. 그때 기자가 받은 충격이란… 우연히 산 정가 5000원의 시집 갈피에 10만 원 권 자기앞수표가 끼워져 있을 때 느낄 법한 것이었다. 그는 시집에서 이런 노래를 들려줬다.

　　옛 애인이 한밤 전화를 걸어왔습니다
　　자위를 해본 적 있느냐
　　나는 가끔 한다고 그랬습니다
　　누구를 생각하며 하느냐
　　아무도 생각하지 않는다 그랬습니다…
　　바람이 꽃대를 흔드는 줄 아니?
　　대궁 속의 격정이 바람을 만들어…
　　-'얼레지' 중에서

　'얼레지'가 '늦겨울에서 초봄 사이에 붉은 꽃이 피는 백합과의 다년생 식물'이란 것을 알아내는 데는 많은 시간이 걸리지 않았지만, '충격의 노래'를 부른 가객(歌客)과의 만남은 그로부터 1년이 지난 이후에야 이루어졌다. 3월의 마지막 주 금요일. 늦은 점심을 먹고 사무실로 돌아오니, "올해는 봄이 없습니다"라 광고하듯 때 아닌 진눈깨비가 하늘을 덮었다. 물먹은 담요처럼 암회색으로 무거워진 도시. 그 진눈깨비를 밟고, '봄의 정령'인양 부천에서 김선우가 왔다.

광화문. 오후 4시였고 하늘은 거짓말처럼 맑아 있었다. 인터뷰가 진행되며 40분의 예정시간은 1시간30분으로 연장됐고, '선생님'이란 정색을 한 호칭은 '누님'으로 바뀌었다. 김선우는 자주 호탕하게 웃으며, 가끔 심각한 표정으로 눈을 동그랗게 뜨고, 우문에 현답했다. 구질구질한 질문은 접어두고, 그가 들려준 '삶'과 '문학' 그리고 '봄날 이야기'만을 옮긴다.


"내 시의 핵심어가 '자궁'과 '관능'이라고요? 한 편의 시에서 느끼는 감수성은 독자마다 다른 법이니, 내가 이야기할 부분은 아닌 것 같네요. 하지만, 천민자본주의에서의 관능이 아니라, 오롯한 관능은 해방의 기제죠. 그런 의미에서 관능은 인간의 생에서 중요한 일부분이에요. 게다가 관능이란 인간만의 소유물이 아니죠. 지상의 모든 생물과 무생물을 존재하게 하고, 삶의 본능을 이루는 것. 그런 것이 진정한 의미에서의 관능 아닐까요?"


"고향요? 산과 바다가 만나는 강원도(강릉)에서 태어난 것 자체가 제겐 축복이죠. 내 의식어 있기 훨씬 이전부터 자연의 생명이 넘실거리고 있던 공간 말이에요. 고향은 내 문학적 에너지의 한축이죠."


"시에 '어머니'가 자주 등장하는 거요? 어머니 시대에 대한 갑갑증과 그 갑갑증에 대한 반발 같은 것 아니겠어요. 하지만 갑갑증만은 아니죠. 어차피 딸이 어머니에게 느끼는 감정은 애정과 증오의 교차니까. 내 시에 등장하는

ⓒ홍성식

어머니는 단순히 내 엄마가 아닌 동시대의 어머니, 나아가 모든 시대의 어머니예요. 근원적 자연의 세계인 동시에 생명을 잉태하는 세계."

"조숙한 독서광이자, 내성적이고 겁 많은 아이였어요. 〈그리스·로마신화〉와 〈십오 소년 표류기〉를 스무 번이나 반복해 읽던. 둘째 언니가 끼친 영향이 컸어요. '육체를 이기는 건 정신이다'라는 이야기도 언니에게 처음 들었죠. 그녀의 서가에서 니코스 카잔차키스와 프란츠 카프카를 읽으며 문학의 위대함을 어렴풋이 알아갔어요. 김지하의 '황토'를 읽고 이유를 감지할 수 없는 아픔에 오래 앓았던 기억도 나네요."

"대학(강원대 국어교육과)시절은 (학생)운동밖에 기억이 없어요. 시인보다는 혁명가가 되고 싶었죠. 졸업을 하자마자 현실 사회주의가 몰락하더군요. 더불어 내 존재감도 사라졌어요. 견디기 힘들었죠. 아마 그때 시가 없었다면 나도 없었을 거예요. 그런 의미에서 시는 내게 구원과도 같았죠. 하지만 그때나 지금이나 난 문학이 사회에 대해 어떤 발언을 해야 한다고 믿어요. 시집 후기에 '문학은 여전히 내게 무기다' 라고 쓴 것도 그런 이유에서죠."

"영화와 음악을 좋아해요. 에밀 쿠스트리차와 안드레이 타르코프스키의 영화가 내 감성에 끼친 영향력은 지대해요. 세계의 구원과 진정성의 회복, 인간과 세계의 본질을 영상으로 탐구하는 위대한 작가들이죠. 바흐부터 요즘 친구들이 좋아하는 RATM(레이지 어게인스트 더 머신)까지 다양한 음악을 들어요. 좋아하는 시인은 열거하기가 힘든데, 좋아하는 음악가는 한보따리죠. 좋아하는 영화와 음악이 바로 문학이 되지는 않아요. 시는 시적인 호흡을 타야하는 거고, 작위적으로 만들어지는 게 아니잖아요."

"최영미, 허수경 시인과 비슷하다는 이야길 듣긴 했어요. 여성의 몸에 대한 솔직 대담한 표현과 여성성의 회복을 노래한다는 측면에서 나온 이야기겠죠. 하지만 어쨌건 그들은 그들의 세계가 있고, 김선우는 김선우의 세계가 있으니… 시간이 지나면 그런 평은 자정되겠죠. 독자들이 변별성을 발견해 주지 않겠어요?"

"좋은 문학요? 진부한 이야기지만 문학은 소외되고 억압된 자를 끌어안는 것 아니겠어요. 전 천성이 문학주의자나 예술지상주의자가 못 돼요. 가장 중요한 건 삶이죠. 시인이란 그 삶을 좀 더 예민하게 느끼는 사람일 테고. 그런 측면에서 시인의 역할이란 공멸로 달려가는 세상에 브레이크를 거는 것이라 생각해요. 그 속도를 아주 조금 지연시킬 뿐이라도. 어차피 시인이란 '불가능한 꿈을 꾸는 사람'이 아닌가요."

"조세희의 〈난장이가 쏘아올린 작은 공〉과 박상륭의 〈죽음의 한 연구〉는 즐겁고, 재밌게 읽은 책이에요. 동년배 작가 중엔 문태준 시인과 소설가 전성태가 보여주는 진정성이 좋아요. 제가 좀 엄격주의자 기질이 있어요. 그것이 내가 동년배 작가들에게 완전한 신뢰를 보낼 수 없는 이유죠. 제가 보기에 그들은 진지하지 않거든요."

"사랑이라… 사람이나 사물이나 사랑의 힘으로 존재하는 거 아닐까요. 사랑 없이는 분노와 증오도 없을 테고. 전 기본적으로 인간 모두를 존중하고 사랑해요. 어차피 문학도 인간을 위한, 인간에 의한 예술이잖아요. 좋은 시인이란 누가 더 아픈 삶을 살고 있는지 쉼 없이 살피는 사람이 될 수 있어야겠죠. 암튼, 제겐 삶 자체가 사랑이에요(웃음)."

ⓒ홍성식

　"삶이란 다각적이고 예민한 입체죠. 재단이 쉽지 않아요. '시 쓰기'는 '소통의 몸부림'에 다름 아닌 것 같아요. 나의 진실이 우리의 진실이 될 때까지 안간힘을 쓰는 것. 또 다른 의미에서 보자면, 시를 포함한 문학은 자기 자신과 동시에 타자의 상처를 이해해 가는 과정이라는 생각이 들어요. 시… 상처의 치유와 불가능한 꿈꾸기를 독려하는 작은 씨앗이 아닐까요."

5월이 오면 강릉 바다를 내려다보며, 오징어 회에 소주를 마시자는 지키기 힘든 약속을 마지막으로 찻집을 나왔다. 남루하지만 천박하지 않고, 슬프지만 빛나는 김선우의 사랑 노래 한 편이 이미 어두워지기 시작한 하늘을 영사막 삼아 펼쳐지고 있었다.

내 기억 속 아직 풋것인 사랑은
감꽃 내리던 날의 그애
함석집 마당가 주문을 걸 듯
덮어놓은 고운 흙 가만 헤치면
속눈썹처럼 나타나던 좋아해
얼레꼴레 아이들 놀림에 고개 푹 숙이고
미안해, 흙글씨 새기던
당두마을 그애
마른 솔잎 냄새가 나던…
지금은 가리봉 어디 철공일 한다는
출생신고 못한 사내아이도 하나 있다는
내 추억의 간이역
삶이라든가 용접봉, 불꽃, 희망 따위
어린날 알지 못했던 말들
어느 담벼락 밑에 적고 있을 그애
한 아이의 아버지가 가끔씩 생각난다
당두마을, 마른 솔가지 냄새가 나던…
– '간이역' 중에서.

* 시인 김선우는 1970년 강원도 강릉에서 태어났다. 1996년 〈창작과비평〉을 통해 등단했고, 시집 〈내 혀가 입 속에 갇혀 있길 거부한다면〉 〈도화 아래 잠들다〉 산문집 〈물밑에 달이 열릴 때〉 등을 펴냈다. 상처받은 여성의 내면과 환부를 치유하는 탁월한 시편을 선보였으며, 현재 '시힘' 동인으로 활동 중이다.

# "그 사내의 죽음 통해 내가 살았다"
## - 소설가 조용호

　책을 연 순간부터 마지막 장을 덮을 때까지 짙은 안개 속을 헤매듯 막막했다. 그 막막함 속에서 김승옥의 우울한 단편 '무진기행'의 그림자를 본 듯도 하고, 서정인의 애수 어린 문장으로 축조된 '강'을 다시 읽는 착각에 빠지기도 했다. 조용호의 두 번째 소설집 〈왈릴리 고양이나무〉엔 행복한 사람들이 살지 않는다. 거기엔 피폐한 유년의 상처를 안고 적란운 속을 비행하는 항공기 조종사(별의 궁륭)와 교통사고로 아내를 잃고 아프리카로 떠나온 사진작가(왈릴리 고양이나무), 흠모하던 여자선배를 병으로 떠나보낸 신문기자(베르겐 항구)와 원시의 풍광 속으로 사라진 한국인 남편을 그리워하는 러시아 여인(사모바르 사모바르)이 소리 죽여 울음 토하며 어깨 들썩이고 있다. 길과 죽음, 떠돎과 침잠으로 요약되는 조용호 소설의 향기는 첫 소설집 〈베니스로 가는 마지막 열차〉와 크게 달라지지 않았다. 그의 전매특허라 할 애잔한 듯 '물기 어린 문장'도 여전하다. 하지만, 이건 달라졌다. 꼼꼼한 독서를 한 사람에게만 들리는 속삭임. "모든 환상이 멸한 세상이지만 아직 희망은 있다."

　　조용호는 세계일보 문학담당 기자를 10년 이상 해왔다. 허니, 그의 직업은 기자다. 그러나 소설가로서 만난 조용호는 이렇게 말한다. "내 안에서 자라온 유전자의 어떤 형질이 소설에 대한 욕구를 부추겨왔다"고, "소설은 내게 숨통 같은 것"이라고. 이는 그만큼 절박한 심정으로 작품을 썼으며, '소설 쓰기'가 생을 걸만한 일생의 과업이란 말에 다름 아닐 터. 다람쥐 쳇바퀴처럼 단조롭게 돌아가는 일상. 그 건조한 세상사 속에서 스스로는 아직도 꿈꾸는 사람임을 증명할 수단으로서의 소설. "소설 속 사내를 죽음을 통해 내가 살았다" 라고까지 말하는 조용호에게 소설이란 자신의 존재증명을 위한 유일한 수단이 아닐지. 능란한 도둑이 담을 넘듯 소리 없이 슬그머니 다가온 가을. 낡을수록 고적한 맛을 더해 가는 수채화를 닮은 소설 속 주인공들에 대한 궁금증을 풀기 위해, 기자 아니, 소설가 조용호를 만났다. 그의 직장이 있는 용산의 대폿집 협탁에서였다.

**- 두 번째 소설집이다. 첫 번째와는 또 다른 소회가 있을텐데.**

　　"작가의 말에서도 밝혔지만 매듭을 짓고 넘어간다는 의미가 크다. 첫 소설집은 아무래도 작가의 생체험이 거칠게 녹아 있을 수밖에 없는 한계가 있다. 김칫독을 처음 개봉할 때 걷어내는 윗부분의 우거지들이 첫 소설집이었다면, 이제 막 안쪽에 있는 김치를 꺼내기 시작했다고 보면 어떨까. 그렇다고 그 맛이 크게 다르기야 하겠는가. 보기에 따라서는 이번 소설집도 첫 책의 연장선상에 있다고 말할 수 있다. 하지만 나름대로 다양하게 써보려고 노력했다."

**- 기자는 바쁜 직업이다. 소설은 언제 시간을 내서 쓴 건가.**

　　"이 책에 수록된 단편들은 문예지의 청탁을 받고 쓴 것들이다. 9편의 단편에 모두 '마감'이 있었다. 기자는 아무리 술 마시고 힘들어도 '마감'의 힘에 기대어 사는 직업이기도 하다. 그 관성이 소설을 완성시킨 것인지 모르겠다.

ⓒ홍성식

그렇지만 언제까지나 '마감'의 힘에만 기댈 수는 없다. 다행히 주 5일제가 도
입돼 일주일에 이틀씩은 온전히 내 시간을 확보할 수 있다. 게다가 독서하는
일이 내 담당업무의 속성이기도 하니 다행이다."

- 소설을 쓰게 된 특별한 계기나 이유가 있는지. 덧붙여, 당신이 정의하는 소설이란 뭔가.

　"청소년기의 독서체험, 대학시절의 문화적 충격과 더불어 어쩔 수없이 내 안
에서 자라온 유전자의 어떤 형질이 소설에 대한 욕구를 오래전부터 부추겨왔던
것 같다. 소설은 나에게 '숨통' 같은 것이었다. 나는 아직도 소설이 무엇인지 잘
모른다. 그렇지만 더 이상 나 안에 갇힌 이야기도 아닐 터이고, 대사회적인 메시
지만도 아닌, 시대의 성감대와 인간 보편의 심연을 들여다보면서 그것이 결과적
으로 '예술'이어야 하는 그 어떤 지점에 소설이 놓여 있는 게 아닐까."

- '이상향 혹은, 완전한 시절로의 귀환욕구'를 <왈릴리 고양이나무>를 관통하는 핵심어
로 읽었다. 이에 동의하는가.

　"그렇게 읽는 것도 무리는 아니다. 그렇지만 단순하게 '돌아가자'고 외친
것은 아니다. 현재의 쓸쓸함이 다양하게 변주되었을 따름이다. 과거로 돌아
간다 하더라도, 그 시절의 문제는 여전히 남는다. 유토피아가 존재했거나 존
재할 것이라고 믿지 않는다. 현재를 버티기 위해, 살아오면서 기억에 축적된
따뜻한 원형들을 되살려내고 그리워한 것일 게다. 엄밀하게 말하자면 '현재'
조차 우리겐 없다. 시간은 1초도 정지하지 않고 무정하게 흐른다. '오늘'은
어제 죽은 자의 '내일'이라는 말도 있지 않은가."

- 왜 '피폐한 인간'과 '끊어진 사랑(인연)'에 집착하는 건가. 당신이 지나온 '80년대'라는 시대 탓인가.

　"누구에게나 20대의 정서와 체험은 오래도록 남는 충격일 것이다. 울타리
안에서 고교시절까지 살다가 처음으로 자유롭게 세상과 부딪치는 질풍노도의
20대 아닌가. 다시 태어나는 시기라고 해도 과언이 아니다. 나의 20대가 그

80년대였다는 것이 다른 세대의 20대와 조금 다를 뿐이다. 단지 80년대 정서를 가지고 있기 때문에 그렇게 규정되는 것은 원치 않는다. '피폐한 인간'들로 보일 수도 있지만 기실 가장 순수하게 무언가를 마지막까지 붙들고 싶어 하는 인간들의 안타까운 모습일 수도 있다. 피폐하다기보다 밑바닥에서 온전한 희망을 찾기 위해 몸부림치는 따뜻한 인간형으로 보아주면 안 될까. 끊어진 인연과 사랑이라는 것도 회피하지 않고 정면으로 반추하고 응시했을 때 내일의 사랑과 희망을 위한 부식토 역할을 한다."

- 이번 책엔 허깨비 또는, 현실에 존재하지 않는 인간이 자주 등장한다. 그것들은 무엇을 설명 혹은, 은유하기 위한 장치인가.

　"두 작품을 염두에 둔 질문 같다. '마태수난곡'에 등장하는 여인은 절절한 그리움의 환영이고, '천상유희'의 도플갱어는 현재의 참담함을 인정하기 싫어하는 가련한 인물의 속죄양이다."

- 당신 작품의 주인공들은 '집'보다는 '길'에 집착한다. 당신 역시 그러한가? 이들의 여행은 어떤 의미를 지니는 건가.

　"비유가 적절할지 모르겠지만 나는 늘 간이역에 서 있는 느낌이다. 오래 머무르지 못하고 늘 떠나야 할 때를 생각하는 그런 간이역. '베르겐 항구'의 주인공이 생각하는 것처럼 결국 이승 또한 길게 혹은 짧게 머물다 가는 여행지일지 모른다. 베테랑 여행객일수록 짐을 가볍게 꾸린다. 미련과 욕심을 버리고 몸과 마음을 가볍게 해야 제대로 여행을 할 수 있다. 정주민의 자세로 집요하게 현실을 파고들어 그 속에서 현재의 의미를 충일하게 일구어내는 리얼리스트를 나도 부러워한다."

- 수록작 중 가장 애착이 가는 것과 그 이유는.

　"'별의 궁륭'은 나름대로 애틋하다. 어쩔 수 없는 사랑과, 그 사랑의 광기와, 불가해한 운명이 그렇다. 구름 위를 날아가는, '날씨' 위를 날아가는 비행기 조종석에서 바라보는 밤하늘의 별들을 상정했을 때 이야기가 저절로 만들어졌다. '마태수난곡'은 가장 힘들고 상대적으로 마음이 정갈했을 때 또박또박 썼던 단편이다. 죽는 사내의 이야기를 통해 내가 살았다."

- 기자와 소설가 중 하나를 택하라면 어쩔 것인가.
"물론 하나에만 제대로 전념할 수 있다면 좋겠다. 하지만 아직까지 '전업작가'로 살 만한 바탕이 나에겐 없다. 서구에서는 신문이나 여타 매체의 문학담당 기자 혹은 에디터가 비평가이자 창작자인 경우가 많다."

- 전북 좌두라는 이름조차 생소한 깡촌에서 나고 김제평야를 바라보며 자란 것으로 안다. 그곳에서 보낸 유년이 당신 소설에 영향을 끼쳤다고 생각하는지.
"초등학교 3학년 때 소읍으로 나오기 전까지 태어나고 자랐던 유년기의 들녘은 가난도 모르고 상처도 몰랐던 아름다운 공간이었다. 내 정서의 8할은 그곳에서 배태되었을 것이다. '별의 궁륭'의 배경으로 등장하는 성당과 들녘 풍경이 그 체험의 그림자다. 들녘과 소읍과 대도시와 서울 생활로 이어진 궤적이 전원 체험과 단절된 세대와는 분명히 다른 질감으로 소설에 반영될 것이다. 그렇지만 어느 쪽이 더 낫다고 평가하기는 어렵다. 무늬가 다를 뿐이다."

- 이태 전 6개월간 휴직하고 장편을 썼던 걸로 안다. 그건 어떤 이야기고 언제쯤 볼 수 있는 건가.
"정확하게 말하자면 '병가'를 냈다. 부실해진 몸을 추슬렀다. 장편소설은 휴직 후반부에 원주 '토지문화관' 창작실에 들어가 600매 정도를 쓰다가 미완으로 남겨둔 상태다. 완전히 새로 바뀔지도 모르는 이야기라서 내용을 밝히는 것은 별 의미가 없다."

- 현재 쓰고 있는 소설이 있는지. 앞으론 어떤 주제로 작품을 쓸 것인지. '물기 어린 문

장'과 '애수와 회한'에서 방향전환 할 생각은 없는지.

"'아이리스의 죽음을 애도하는 카르멘 올림'은 지난 4년 동안 생산한 단편들 중에서 마지막 시기에 씌어진 작품이다. 이 단편의 질감은 여타 작품들과는 조금 다를 것이다. 사이버세상으로 상징되는 21세기의 현재 시점에서 소설을 다시 출발시키려는 의지의 산물이다. 현재형 시점으로 현실과 제대로 부딪쳐볼 욕심이 있다. 그렇다고 인간들의 가슴을 위무하는 '울기'를 완전히 배제할 수는 없다. 제아무리 실험적인 형식으로 전문가들에게 상찬을 받는다 할지라도, 그 안에 공감과 연민과 사랑의 울기가 없다면 나 자신조차 만족시키지는 못할 것이다."

- 문학담당 기자를 10년 이상 했고, 소설도 쓰며 문단과 인연을 맺고 있다. 한국문학은 희망적인가. 영상·인터넷의 안티테제로 활자문화가 앞으로도 살아남을 수 있다고 보는가.

"희망의 기준이 무엇이냐에 따라 답은 달라진다. 문학서적의 판매량을 따진다면 분명히 과거, 특히 90년대의 황금기가 쉽게 올 것 같지는 않다. 문제는 한국문학의 수준이다. 새로운 세대의 작가 시인들이 끊임없이 등장하고 있고, 이들은 그들 세대의 정서와 문제의식으로 세상과 인간을 본다. 도식적인 기준으로 그들의 작품을 쉽게 재단할 수는 없다. 윗세대들도 나름대로 혼신의 힘을 다해 작품활동을 하고 있다. 매주 혹은 매월, 매년, 문학사에 남을 만한 작품이 나올 수는 없는 일이다. 다만, 그들의 정진 속에서 좋은 결실들이 반드시 생산될 것으로 믿는다. 활자문화 또한 꾸준한 생명력을 지닐 것이다. 오히려 인터넷과 영상문화의 뿌리로서 문학이라는 텍스트는 더 갈급한 대상이 될 여지가 많다. 역시 가장 중요한 것은 어떤 작품들이 생산되느냐의 문제 아닐까."

> * 소설가 조용호는 1961년 전라북도 좌두에서 태어났다. 1998년 〈세계의 문학〉을 통해 등단했으며, 산문집 〈돈키호테를 위한 변명〉 〈키스는 키스 한숨은 한숨〉 〈꽃에게 길을 묻다 〉 소설집 〈베니스로 가는 마지막 열차〉 〈왈릴리 고양이나무〉 등을 출간했다. 현재 세계일보 문학담당 기자로 일하고 있다.

# 전두환 때문에 꺾은 붓, 다시 문학으로 돌아오기까지
## - 소설가 김지우

## # 1 하얀 교복 적시던 붉은 코피

　1980년 서울의 봄을 총칼로 진압한 전두환은 대통령에 취임한다. 그해 가을 열린 전라북도 전주에서의 전국체전. 전주의 여고생들이 모두 동원돼 '매스 게임'을 펼친다. 열일곱 소녀들의 영혼은 자유로웠지만, 아무도 '이런 파쇼적인 행사는 싫어요'라고 감히 말하지 못했다. 그 '매스 게임'이 가상했던지 체전을 관람한 전두환이 전주 여고생 모두에게 만년필 한 자루씩을 하사(?)한다. 만인지상에 서서 무소불위의 권력을 휘두르던 대통령의 선물. 교사들은 감동하는 척이라도 안 할 수 없다. 기전여고 2학년 김지우가 지목된다. "전주의 여고생 대표로 네가 대통령 각하께 감사하다는 편지를 써라." 바로 그 봄에 있었던 광주에서의 참극을 선배들을 입을 통해 어렴풋이나마 알고 있던 이 맹랑한 꼬마소녀가 눈을 똑바로 뜨고 말한다. "저는 전두환 씨에게 감사할 일이 없습니다." 이런, '각하'께 '씨'라니. 게다가 '감사할 게 없다'니. 어느 선생님의 무지막지한 손바닥이 소녀의 뺨을 올려붙인다. 하얀 교복으로 떨어지는 붉은 코피. 초등학교와 중학교 때는 교내 백일장을, 고등학교에 들어와서는 '경희대'와 '동국대' 등 각 대학의 고교생 대상 백일장을 휩쓸던, 교사들에 의해 기전여고 선배인 〈혼불〉의 최명희에 곧잘 비견되던 이 어린 소녀 '김지우'는 결심한다. "학살자에게 감사하다는 편지나 쓰게 만든 소설 따위를 다시는 쓰지 않겠다." 저물 무렵. 김지우를 딸인 양 아끼던 문예반 지도교사 김환생이 울고 있는 소녀를 불렀다. "지우야 미안하다. 다 우리가 못난 탓이다. 아무 도움도 주지 못하는 우리를 이해해라."

## # 2 트럭에서 수박 던지며 웃던 해맑은 청년

금융회사에 나가던 남편은 결혼 8년 만에 명예퇴직 했다. 여의도 집을 경매로 넘기고 쫓기듯 옮겨온 경기도 일산. 저녁 찬거리를 사러 주엽역 인근의 시장으로 향하던 김지우는 보았다. 자기가 직접 기른 수박을 트럭에 싣고 와 도매상에 넘기며 햇살처럼 밝게 웃는 농사꾼 청년을. 김지우는 생각했다. '아, 내가 바랐던 삶이란 바로 저런 것이 아니었던가. 꼭 자신이 쏟아 넣은 노동만큼만 아름다워지는 삶. 더 이상 잃을 것도 없는데, 왜 나는 그렇게 안락한 삶에만 골몰했던가? 이제 나도 저 청년처럼 웃고 싶다. 그러려면…' 바로 그 다음날 그녀는 일산문화학교 소설반에 등록한다. 애꿎은 글재주가 감수성 예민한 소녀의 교복을 코피로 물들게 했던 그때로부터 꼭 19년. 김지우는 다시 소설이 가진 매력에 홀린 듯 빨려든다. 여고시절 송기숙의 〈자랏골의 비가〉를 읽고는 가지기 시작했던 소설에 대한 경외감이 다시 살아난 것이다. 그리고 넉 달. 김지우는 모 신문사 신춘문예 본심에까지 오른다. 숨겨두었을망정 포기하지는 못했던 문학에의 열정은 19년간의 긴 절필 속에서도 꺾이지 않았던 것이다.

## # 3 <창작과비평>에서 걸려온 전화

소설을 재개한 지 여덟 달만에 쓴 〈눈길〉. 많은 사람이 "이 소설은 요사

ⓒ홍성식

이 독자들에게는 통하지 않는다. 좀 더 여성적 시각을 가지고 써봐라"며 투고를 말렸다. 누군가는 "무라카미 하루키처럼 무국적의 애매모호함을 사용하라"고 권고하기도 했다. 그러나 고집 세기로 둘째가라면 서러워할 김지우가 굽힐 리 없었다. "만약 그렇게 쓸 거라면 안 쓰겠어요." 발표 예정일까지 연락이 없었다. 절로 눈물이 나왔다. 남편이 그녀를 달랬다. "네 신념을 믿고 쓴 작품이잖아. 이틀만 더 기다려보자." 1987년 결혼 이후 민중문학과 민중미술과 운동권노래만을 최고로 알던 그녀에게 순수문학과 유럽의 현대미술과 클래식음악도 아름다울 수 있다는 것을 가르쳐준 남편이었다. 함께 한 12년의 세월에 애증의 교차는 당연지사. 가장 든든한 동지이자 '웬수'인 남편의 말을 믿어보기로 했다. 그리고 이틀 후 〈창작과비평〉 신인소설상 담당자에게서 전화가 왔다. "축하합니다." 1980년 가을로부터 2000년 가을까지. 20년의 세월을 훌쩍 넘어 문학이 다시금 김지우의 '희망'으로 귀환하던 순간이었다. 심사위원이었던 민족문학작가회의 이사장 현기영과 평론가 최원식은 "농촌정서가 물씬 풍기는 작품이다. 능수능란하게 구사되는 남도 사투리의 구수한 맛과, 토속어에 실려 교류되는 밑바닥 인생들의 풋풋한 인심 묘사는 이 작품을 함께 투고된 다른 어떤 것들보다 돋보이게 하는 힘이다"라고 〈눈길〉을 평해 김지우의 희망에 날개를 달아주었다.

인터뷰가 있기 전까지 기자는 김지우를 그저 서른여덟 나이가 돼서야 처음으로 나이트클럽을 가본 순진한 아줌마 소설가 정도로, 박정희기념관 건립 반대 문인 1인시위에 나선 김지하와 이경자를 지지하러 서울시청 앞으로 나와 "땅을 치고 통탄할 일"이라며 분통을 터뜨리는 80년대의 마인드를 지닌 통상의 386 정도로 생각했다. 그러나 인터뷰가 있은 그날 밤과 다음 날 그녀의 소설 3편을 몰아 읽고는 깨달았다. 김지우란 사람은 '삶'과 '작품'이 같은 길을 달리는 이 시대 보기 드문 작가란 걸.

그녀 문학의 핵심어는 핍박과 고난 속에서 살아가는 사람에 대한 가없는 '연민'과 인간에 대한 신뢰에서 연유하는 '휴머니즘'. 김지우가 말한다. "어릴 땐 엄마가 시장에 데리고 다니질 않으려고 했어요. 때 묻은 수건을 머리에 맨 좌판 할머니만 보면 '엄마, 저 할머니 물건 다 사줘'라며 떼를 썼대요. 그냥 마음이 너무 아팠어요. 아무 것도 모르는 아이였지만, 나만 예쁜 옷 입고 자가용 타고 다니는 게 막연하나마 미안했던 것 같아요. 그 버릇은 여전해요. 요새도 시장가면(웃음)… 이제 시작하는 작가로서 건방진 얘기 같지만 내 소설도 그래야 한다고 믿어요. 주변에 산재한 가난하고 소외된 사람들이 스스로 땅을 딛고 일어서는 모습을 그려내고 싶어요. '집'을 가지지 못하고 '길' 위에서 사는 사람들에게 '아름다운 집' 한 채 지어주는 것. 그들이 잃었던 희망을 돌려주는 것. 그게 문학의 역할 아닐까요?"

그런 까닭에서였을까. 김지우의 두 번째 작품 '물고기들의 집'에서 "약에 다 소금 쳐달라는 년은 시상 천지에 너 밲이 없을 거다. 그냥 마셔. 눈 딱 감고"라고 며느리를 책하는 시어머니의 욕설 섞인 대사에서도, 세 번째 작품 '디데이 전날'에서 감옥에서 출옥할 아들의 장사밑천을 대주려고 자신의 팔을 부러뜨려 달라는 칠순 자해공갈단 노인의 "자네가 기러믄 내레 내일 죽는 길 밖에 없어야 야… 보라우 내레 죽는 꼴을 보가서?"라는 갈라진 외침에서도 절망보다는 희망이 읽힌 것은. 그렇다. 가난하다고 피붙이에 대한 사랑을 모르겠는가? 소외됐다고 삶마저 내칠 수야 있겠는가?

일견 화려해 보이기까지 하는 남도 입말의 능란한 구사와 또래 작가들과 변별되는 질박한 문장의 사용이라는 형식만으론 김지우의 소설을 규정하지 못한다. 접근하려는 주제와 사용하는 소재, 등장인물까지도 이전의 30대 작가들과는 큰 차이를 보이는 것이 김지우의 소설. 일단 그녀의 소설엔 '오피스텔' '혼자 사는 전문직 여성' '컴퓨터로 사이버섹스를 벌이는 연인' '현란한 도시의 네온사인' 등 90년대 이후 범람해온 '사소설'의 주요 요소들이 완벽하게 배제되어 있다. 그 요소들도 분명 한 시대를 대표하는 코드이기는 하지만, 가난하고 소외된 사람들의 삶은 아니기 때문이다. 등단작을 포함한 세 작품에서 일관되게 보여지는 '가난한 자들이 가꾸어 가는 희망'이란 주제의식은 그녀의 고집스러움과 문학에 대해 품고 있는 경외감과 자존심을 읽게 해주는 동시에 향후 김지우의 작업을 예측할 수 있게 한다.

그녀의 자존심과 고집을 보여주는 일화가 둘 있다. "중학교 1학년 때였어요. 백일장에서 상을 받았는데 선생님들이 자꾸 '그 거 엄마가 써준 거 맞지?'라며 절 의심하는 거예요. 선생님들이 보는 앞에서 상장을 찢어버렸어요. 의심받는 건 싫었거든요." "고등학교 2학년 때였어요. 80년이었죠. 광주항쟁이 있은 다음 주에 학교에다 대자보를 써 붙였어요. 나중에 발각이 나서 결국은 아무 것도 못했지만. 절 아끼던 선생님이 불러 '대자보 안 썼다고 그래라. 안 그러면 퇴학될 거야'라더군요. 근데 그게 너무 비겁해 보였어요. 끝까지 '내가 썼다'고 고집을 세웠죠."

82년 전북대 국문과에 들어가서도 마찬가지였다. '내가 옳다고 생각하는 일은 한다'라는 자존심과 '혼자보다는 더불어 사는 삶이 가치 있다'는 곧은 고집은 꺾이지 않았다. 눈만 뜨면 최루탄이 터지고, 전투경찰의 진압봉이 대학 안에서도 휘둘러지던 시절. 김지우는 이 아픈 현실을 그냥 두고 보지만은 않았다. 전주 팔복동에 차려진 '한바라'라는 야학의 교사로도 일했고, 민중불교운동에도 뛰어들었다. 군사독재의 실체를 알고서도 침묵하는 것은 청년의 도리가 아니라 생각했고, 후배들까지 이런 고통 속에서 고민하게 만들고 싶지 않아서였다. "전두환 방일반대 시위 때 끌려가던 친구들과, 농촌봉사 활동을 가면 길을 막아서며 '빨갱이들아, 우리 마을에서 나가라'고 고함치던 이장님이 아직도 기억나요. 누구에게나 할 것 없이 불행하고 아픈 시절이었죠."

　젊은 시절 책읽기에서도 김지우의 고집은 여실히 드러난다. 그녀가 애착을 가졌던 작가는 송기숙, 현기영, 조정래, 김남주, 김하기, 방현석, 정도상 등이다. 한 사람 빠짐없이 언필칭 '사실주의 작가'들. "90년대 후일담소설과 사소설이 등장하고부터는 책을 별로 읽질 않았어요. 다 읽고 난 후에 밀려오는 '그래서 어쨌다는 건데?'라는 허무감을 견디기가 힘들었거든요. 요샌 어떤 걸 읽냐고요? 여전히 같아요.(웃음) 송기숙의 투철한 작가의식과 현기영의 탁월한 문학성은 아직도 내 문학의 채찍이죠. 김남주의 시들도 마찬가지고. 최근엔 이승우도 좋아졌어요."

　"그래서 그 지독한 고집스러움을 재료로 어떤 소설을 쓸 거냐"고 물었다. "대학 3학년 때 농활을 갔었어요. 뻘논에서 모내기를 하는데 힘이 없는 탓인지 한 걸음도 옮겨놓을 수가 없었어요. 도와주는 게 아니라 오히려 방해가 되니 나가라고 그러더군요. 나와서 못줄을 잡는데 그것도 쉬운 일이 아니었어요. 동네 청년이 묻더군요. '재밌어요?' 웃으며 답했죠. '네 재밌어요.' 돌아온 대답이 내 가슴을 철렁 내려 앉히더군요. '당신에겐 재밌는 놀이지만 우리한텐 목숨이 달린 일'이라는 말…" "머리로만 이해하던 농민의 삶과 농민문학이 얼마나 가당찮은 것이었는지 알았죠. 어떤 소설을 쓸 거냐구요? 바로 그 청년의 이야기요. 인간과 땅, 인간과 세상 사이에서 생겨나는 부조리를 고민하고, 대안을 제시하는 글을 쓰고 싶어요. 여전히 척박한 이 땅의 현실을 외면하지 않는. 다른 사람보다는 내 스스로가 인정할 수 있는 소설말이에요."

　엄마를 닮아서일까. 김지우의 딸 백록담도 글을 곧잘 쓴다. 초등학교 1학년 때 파주 보광사에 가서는 "무너지는 강물, 무너지는 바람, 무너지는 하늘, 무너지는 가슴"이라는 말로 김지우를 놀라게 하더니 얼마 전엔 문광부와 여성부가 주최한 '남녀평등 글짓기' 대회에서 입상하기도 했다. 이 어린 딸은 엄마처럼 문학 외적인 이유로 문학에 절망하지 않기를.

김지우는 한국사회의 희망을 어디에서 찾고 있을까. "젊은 사람들이 너무 자기애에만 매몰돼 있어 안타까워요. 하지만 그 안에서도 세상을 바꾸려는 사람은 꾸준히 생겨날 거고, 어려운 사람이 더 어려운 사람을 돕는 휴머니즘은 존재하겠죠. 우리에게 남겨진 희망은 바로 이 '사람에 대한 사랑' 아닐까요?" 지난 해 봄 설거지하다 깨먹은 찻잔을 사러 시장엘 간 적이 있다. 마포 아현 시장 초입에서 병아리를 팔던 할머니. 열 살이나 먹었을까. 하얀 얼굴의 계집 아이가 병아리가 아닌 주름진 할머니의 얼굴을 쳐다보며 "엄마, 할머니 불쌍해. 이거 사 줘"라고 젊은 여자의 치맛단을 붙들고 늘어지고 있었다.

'고집스런 휴머니스트' 김지우를 만나고 돌아오는 길. 지하철 3호선에서 기자는 문득 그 봄날을 다시 떠올렸다. 연민과 사랑은 어떻게 틀린가? 그러니 그대여 "내가 죽으면 김남주의 〈조국은 하나다〉와 신중현의 노래 테이프를 함께 묻어다오"라는 말은 한참 뒤로 미루고, 지금은 선천적이라 할 당신의 연민과 사랑으로 집 없는 '길' 위의 사람들과 함께 울고 웃을 소설을 써주길. 그래주길. 20년 세월을 뛰어넘어 끝끝내 소설로 돌아온 고집쟁이여.

* 소설가 김지우는 1963년 전라북도 전주에서 태어났다. 2000년 단편 '눈길'로 창비신인소설상을 받으며 등단했고, 2005년 첫 작품집 〈나는 날개를 달아줄 수 없다〉를 출간했다. 생의 막다른 벼랑에 몰린 절박한 사람들을 형상화하면서도, 그 속에 휴머니즘을 담아내는 만만찮은 이야기꾼의 재주를 보여준다.

# "18세기 젊은이 이야기 쓰고 싶다"
## - 소설가 김연수

　화끈한 불륜과 난삽한 개인의 기록이 소설이란 가면을 쓴 채 득세하고 있는 가볍디가벼운 작금의 한국문단에서 소설가 김연수의 존재는 이채롭다. 그 이채로움은 다름 아닌 진지함에서 연유한다. 김연수에게 진지함이란 삶과 문학에 대한 열정의 다른 이름. 김연수는 그 열정을 밑불 삼아 시와 소설을 쓰고, 번역을 하고, 음악평론까지 다양한 형태의 글쓰기를 해왔다.

　그가 2001년 동서문학상 소설부문 수상자로 결정됐다는 소식을 접했을 때 얼핏 스쳤던 '흔한 게 문학상이고, 아무리 격려 차원이랄 수도 있지만 등단 10년에도 못 미치는 젊은 작가에게 과한 짐을 부여하는 건 아닐까'라는 생각. 그러나 그 생각은 그를 직접 만나 이야기 나누는 동안 자연스레 깨어졌다.

　1993년 〈작가세계〉에 장시 '강화에 대하여'를 발표하며 등단했으니 김연수의 문력은 길지 않다. 그러나 김연수가 품고 있는 '나는 왜 소설을 써야 하는가?' '인생을 대하는 소설가로서의 자세는 어떠해야 하는가?' 등의 문제의식은 그보다 서너 배 이상의 글쓰기 경력을 가진 작가들의 고뇌에 비해 결코 뒤떨어져 보이지 않았다. 1997년 출간된 〈7번 국도〉를 통해 전통적 서사 구조를 뛰어넘는 다양한 형식실험을 보여준 바 있고, 단편집 〈스무살〉에서는 어떤 청춘이나 가지기 마련인 애수와 연민을 사회적 상상력 속에서 녹여내 '니체의 얼굴을 한 마르크스의 문학적 형상'이란 평가를 받았으며, 재미 소설가 미아 윤의 성장소설 〈파란 대문 집 아이들〉을 번역하기도 한 김연수.

　가을을 재촉하는 비가 내렸던 늦여름 저녁. 광화문 세종문화회관 노천카페에서 다재다능한 이 젊은 작가를 만났다. 그는 리뷰를 써야한다며 '체 게바라 추모앨범'을 휴대용 CD플레이어로 듣고 있었다. 아래는 김연수의 삶과 문학, 그리고 '작가 이상(李箱)이 남긴 비밀을 추적하는 과정을 통해 진짜와 가짜, 실재와 허구에 대한 존재론적 의문을 던지고 있다'는 동서문학상 수상작 〈꾿빠이 이상〉에 관해 오갔던 이야기다.


**- 수상을 축하한다. 소감은?**

　"기대하지 않았지만 상을 받는 건 기쁘고 즐거운 일이다. 동시에 부담스럽기도 하고. 너무 빨리 상을 받았다는 건 수상소감에도 썼다. 일찍 상을 받았다는 사실이 앞으로의 소설쓰기에 나쁘게 작용되지 않도록 경계하고 있다. 수상작인 〈꾿빠이 이상〉을 쓸 때 괴로움이 컸다. '내가 왜 이 짓을 해야 하나'라는 의구심이 들 정도로. 하지만 또한 그 시절은 문학에 대한 순수한 열정이 가장 뜨겁던 때이기도 하다. 그 열정의 기억을 잊지 않아야겠다는 생각을 늘상 한다."


**- 문학에 관심을 가지게 된 계기가 있는가?**

　"고등학교에 다닐 때 황지우의 시집을 읽고는 '시가 이렇게 재미있을 수도 있구나'라는 느낌을 받았다. '김소월처럼은 못쓰겠지만 노력하면 황지우처럼은 쓸 수 있겠다'는 치기 어린 생각을 한 것도 그때다. 그 생각이 구체화된 시기는 대학에 들어가서 번역공부를 하며 이 책 저 책을 난독하던 때다. 원래 많이 읽다보면 쓰고 싶어지는 것 아닌가?"

- 사숙한 작가가 있는지.

　"황지우와 박태원, 박완서 등이다. 황지우의 경우 80년 광주를 문학적 체험과 역사적 체험을 결합한 독특한 시각으로 보여준 것이 마음에 들었다. 박태원이나 박완서의 세태소설은 내게 매혹 그 자체였다. 세태소설은 앞으로 내가 도전해보고 싶은 장르이기도 하다."

- 수상작인 <굿빠이 이상>은 어떤 계기로 쓰여졌는지.

　"내가 왜 글을 써야하는가 라는 의문에서 출발했다. 직업만큼 소설이 중요한가라는 자괴감에 시달리던 시기였다. 그때 문학에 목숨을 걸었던 이상을 이해하면 내 소설쓰기의 이유도 이해되지 않겠는가는 생각이 들었다. 결과론적인 이야기지만 소설을 쓰는 과정에서 작가 이상과 내 글쓰기의 이유가 많은 부분 납득되었고, 그런 이유로 <굿빠이 이상>은 스스로 판단하기에 내 작품 중 비교적 불만이 적은 소설이기도 하다."

- 특별히 이상을 소설의 소재로 삼은 이유가 있는지.

　"자신의 몸을 던지는 문학적 자세가 일단 매력적이었고, 삶에 비밀스런 부분이 많다는 것도 관심을 끌었다. 천재도 아니고 그렇다고 범인(凡人)도 아닌 이상의 분열적 자아는 내 세계관과도 유사했고. 이상은 선과 악, 빛과 어두움을 동시에 지닌 인물이다."

- 독서량이 상당하다고 들었다. 어떤 책들을 주로 읽는지.

　"인문서와 소설을 두루 읽는다. 루이스 보르헤스와 토마스 핀천의 단편들은 누구도 쓴 적이 없는 뭔가 새로운 걸 써야한다는 고민을 내게 던져준 작품들이라 기억에 오래 남는다."

ⓒ홍성식

ⓒ홍성식

- 당신 소설엔 행복한 사람이 별로 보이지 않는다. 이유가 있는지.

"행복한 사람의 이야기를 굳이 소설로 쓸 필요가 있겠나? 내 문학적 관심은 1980년대다. 그 시기 나는 팝송과 프로야구를 좋아하면서도, 그것들을 의식적으로 거부할 수밖에 없었다. 보이지 않는 거대한 힘이 통제한 그 시대엔 대부분의 사람들이 그랬다. 나를 비롯한 친구들은 보기 싫어도 자기 안의 모순을 봐야만 했다. 그런 것들에 관심을 가지다보니, 그 관심이 활자화된 소설에서도 고민하는 인간이 많은 것 같다. 하지만 개인적으론 지금보단 그 시절이 더 좋았다. 그 시절 사람들은 최소한 진지했었고."

- 소설을 통해 당신이 궁극적으로 세상에 발언하고 싶은 것은?
 "극단적으로 악한 인간 혹은, 선한 인간은 세상에 없다는 것이다. 선악의 두 가지 측면을 동시에 지닌 것이 인간이다. 문학은 인간이 모순적이고 불쌍한 존재라는 인식 아래에서 출발해야 한다."

- 90년대 젊은 작가들의 소설은 '가볍고, 사적이다'는 평가를 받고 있다. 이에 대한 견해는?
 "젊으니까 그럴 수 있다. 하지만 마음에 들지 않는다. (세종문화회관 석조기둥을 가리키며)소설은 거대한 구조물 같은 것이다. 구조물을 짓는 데는 상당량의 노동이 필요하다. 하지만 그들은 구조물을 지으려는 생각이 없어 보인다. 지나치게 쉽게만 쓰려하는 것이 문제다."

-. 시로 등단했고, 소설을 쓰고 있으며, 번역도 했다. 정말 하고 싶은 장르는?
 "소설이다. 왜냐고? 인간의 삶과 가장 유사한 장르이기 때문이다."

- 음악에도 해박하다던데.
 "감정을 가장 객관적으로 전달하는 도구라는 측면에서 음악을 동경한다. 뉴 웨이브와 헤비메탈, 재즈와 클래식까지 가리지 않고 듣는 편이다. 음악 같은 소설을 쓰고 싶다."

- '지적이고 감각적'이라는 당신에 대한 세간의 평가가 있다.
 "꼼꼼한 사전취재와 집필준비 과정을 두고 나온 말인 것 같은데 쑥스럽다. 소설을 쓰고부터는 점점 재미없는 범생이(모범생)이 되어가는 느낌이다. 시를 쓸 때의 열정과 흥분 같은 것이 내 삶에서 많은 부분 사라졌다. 이게 앞

으로 작품을 쓰는데 도움이 될지 아니면, 걸림돌로 작용할지는 더 두고 봐야
할 문제다."


**- 구상중인 작품이 있는지.**

"사회주의와 민족주의 등 다양한 사상들이 논의되고 대립하던 1930년대에
관한 소설을 구상 중이다. 〈꾿빠이 이상〉보다 더 많은 자료조사와 사전준비
가 필요할 것 같다. 그리고 또… 18세기 젊은이들의 이야기도 소설로 써보고
싶다. 그때도 지금처럼 젊은이들은 범속한 이야기와 유행 등에 민감했을 것
이다. 예컨대 '최근 나온 박지원 소설은 재미가 하나도 없어'라는 이야기가
갑론을박 주막거리를 시끄럽게 하지 않았겠나. 그런 사회적, 역사적 상황을
사실적으로 재현하고 싶다는 욕심도 있다."


**- 상금은 어디에 쓸 건가?**

"친구와 선후배들에게 술도 사고… 남는 돈은 아내가 가지겠지.(웃음)"


**- 당신이 생각하는 '좋은 소설'이란 어떤 건가?**

"잘 빠진 몸 같은 거다. 치밀하고, 촘촘한 형식 속에 내용성까지 담은 소
설. 깎고 다시 깎는 수많은 과정을 거친 조각 같은 거 말이다."


**-동시대를 사는 젊은 친구들에게 한마디.**

"진지함을 냉소로 경멸하지 않았으면 좋겠다. 냉소가 가진 허무와 염세로
는 어떤 희망도 불러올 수 없다."


> *소설가 김연수는 1970년 경상북도 김천에서 태어났다. 장편 〈가면을 가리키며 걷기〉를 쓰면서 본격
> 적으로 소설 집필을 시작했고, 〈7번 국도〉, 〈꾿빠이 이상〉 〈스무 살〉, 〈내가 아직 아이였을 때〉 〈나는
> 유령 작가입니다〉 등의 책을 출간했다. 동서문학상과 동인문학상 수상자이기도 하다.

# 촌놈이 촌놈이야기를 쓸 뿐
- 소설가 전성태

　　에피소드부터 하나 이야기하자. 〈매향〉의 작가이자 '신동엽창작기금' 수혜자인 전성태에게 인터뷰를 하자고 전화를 넣었다. 대뜸 나온 그의 첫마디. "이문구 선생의 동인문학상 수상에 대해 어떻게 생각하느냐 물으려고 그러죠?" 딴은 바로 전 주에 동인문학상 시상식이 있긴 했다. 작가들로부터 이와 유사한 질문을 받을 때마다 참으로 곤혹스럽다. 그들 모두에게 일일이 "저는 개인적으로 작가를 포함한 인간 모두가 뚜렷한 정치적 지향을 가져야 하고 그 지향을 남들에게 드러내 놓아야 한다고 생각하는 사람이 아닙니다"라는 말을 할 수는 없는 노릇 아닌가. 여타의 30대 작가들과 변별되는 당신의 '리얼리티'와 그 사실주의가 어떤 '문학적 이력'에서 생겨난 것인지가 기사의 초점이 될 것이라는 설명을 재차 했다. 이쯤 되면 사람 착해서 남의 부탁 거절 못 하기로 소문난 그가 인터뷰를 거절할 까닭이 없을 터. 웃으며 수화기를 놓았다.

　　사실은 그의 작업실이 있는 충남 천안의 천흥저수지로 찾아가려고 했다. 만추의 물빛을 보며 스스로를 '루마니아 사람'이라고 칭하는 이 재미있는 소설가와 이국적으로 취하고 싶었다. 그러나 그 바람은 전성태가 서울의 성공

회대로 강연을 오면서 깨어졌다. 늦은 밤 인사동. 그는 강연회 뒤풀이에서
마신 막걸리에, 기자는 출판기념회 여흥으로 들이켠 소주에 이미 거나하게
취한 상태였다. 어쨌거나 취중 인터뷰는 이루어졌다. 바랐던 낯선 곳에서의
이국적인 취기는 아니었지만 골동품상과 화랑이 즐비한 인사동에서의 전통적
취흥도 나쁘지 않았다.

　소설가 현기영은 '전통의 단절을 경험하고 있는 현 시대에서 전통적 문체
의 계승은 어려운 동시에 값진 작업이다. 게다가 해학적 언어구사가 훌륭하
다'고 전성태의 작품을 평한다. 비단 현기영만이 아니다. 다수의 평론가들은
전성태 소설의 특징을 '동세대와 뚜렷이 구분되는 문체'와 '접근하고자 하는
대상의 특이성'이라고 입을 모은다. 1980년대 문학을 쥐락펴락했던 거대서사
와 이념이 썰물처럼 빠져나간 1990년대 초반. 작가들은 정신적 공황을 모질
게 겪는다. 그러나 내처 주저앉아 울고만 있거나, 절망의 술잔만 뒤집을 수
도 없었다. 카프(KAPF)식으로 말하자면 '방향 전환'이 필요했다.
　그러나 그 '방향 전환'은 당시의 공허함을 이기지 못하고 엉뚱한 길로 들
어선다. 사상이 빠져나간 자리에 '세상이 아프니 나도 아프다' 식의 호들갑이
메워졌고, 진지하고 비장했던 시대를 그저 덤덤하게 들려주는 후일담 소설이
문학판을 장악한다. 세기가 바뀌었다. 그러나 아직도 절대다수의 젊은 작가
들은 1인칭 소설의 '나'와 자신과 더불어 누구도 구원할 수 없는 '피투성이
실존'과 '내부로의 침잠'에만 집착하고 있다.
　학창시절부터 다듬어온 전성태의 12개 단편이 담긴 〈매향〉에 실린 소설들
이 지닌 가치가 녹록치 않음은 위에서 언급한 사실과도 밀접한 상관관계를
가진다. 폐병을 앓던 친구의 자살을 바라보는 노총각 영농후계자의 이야기
〈닭몰이〉, 태풍 피해보상금을 바라고 집을 부수는 어리숙한 농촌총각의 이야
기〈태풍이 오는 계절〉, 땅에 뿌리내리고 살고 싶었지만 끝끝내 그 꿈을 이루

ⓒ홍성식

지 못하고 죽음을 맞는 남편과 결국은 땅으로 돌아오는 아내의 이야기(길) 등은 전성태를 제외한 어느 30대 초반 작가도 쉽사리 엄두를 못내는 소재다. 농촌에 대해 모를 뿐더러 관심도 없는 것이다. 그러나 정작 전성태는 '농촌 현실의 사실적 접근'과 '실감나는 묘사'를 묻는 질문에 이렇게 쉽게 답한다. "특별하게 내 영역을 확보하기 위해 농촌이라는 세계에 천착하는 것이 아니다. 내 경험과 정서의 근간을 탐색하고 그리다 보니 자연스럽게 그렇게 된 것뿐이다." 촌놈이 촌놈이야기를 쓸 뿐이라는 간명한 대답 앞에 더 할 말이 없었다.

'농촌'이라는 접근 대상의 특이성과 더불어 그를 말할 때 빠지지 않는 것이 독특한 문체다. 나이답지 않은 능숙한 남도 사투리의 구사와 '입말'을 그대로 살려 쓰는 그의 작품을 읽노라면 소설가 김유정과 이문구, 방영웅이 절로 떠오를밖에. 위에서 언급한 선배 작가와의 유사성을 묻는 질문에 그는 단호하다. "무척 좋아하고 존경하는 작가들이다. 그분들이 일구어 놓은 문학적 성과는 마땅히 존중하고 계승해야 할 우리 문학의 중요한 전통이라 생각한다. 내가 그들의 적자라는 말은 영광이 아닐 수 없다. 하지만 내 소설은 그분들의 소설과 외피로는 닮아 있을지 모르지만 본질적으로 뚜렷한 차이점이 있다고 생각한다. 물론 그 차이점은 앞으로의 작품 활동을 통해 구체화될 것이다. 만약 '적자'라는 말 안에 그분들이 일구어 놓은 세계와 견주어 내 작품이 전혀 새로운 바가 없다는 지적이 포함된 것이라면 그건 내가 앞으로 극복해야 할 문제다."

문학평론가 방민호는 전성태를 "대가족의 아랫자리에서 자란 사람답게 예의와 겸양이 몸에 배어 있다"라 평했다. 하지만 그건 생활인으로서의 모습일 뿐, 문학에서까지 늘상 '아랫자리'를 지키는 전성태는 아닐 것이라는 생각이 퍼뜩 들었다. 위 대답의 겸양함 속에 숨어 있는 당당함을 엿보았기 때문이

다. '시인 한하운'과 '세발낙지'가 절로 연상되는 소록도. 전성태는 그 소록도
와 지척인 전남 고흥에서 태어났다. 초등학교 4학년 시절. 담임선생이 적어
건네 준 쪽지를 백일장에 나가 그대로 옮겨 적는 것으로 그는 문학과 인연을
맺었다. 남이 쓴 시로 탄 상. 그 '부끄러움'은 그가 현재 문학에 대해 취하고
있는 진지한 자세를 있게 한 '힘'의 하나가 아닐지. 순천에서 고등학교를 다
니던 시절엔 헌책방과 도서관을 집보다 자주 들락거리며 70년대 작가들의
작품에 천착한다.

사춘기의 그에게 소설은 세상을 견디게 하는 수단이었다. 읽기만 한 것이
아니라 그 즈음부터는 직접 소설 '비슷한 것'을 쓰기도 했다. 대학생 전성태
에게 문학은 '사회 변혁의 무기'였다. 그에게 기성작가가 된다는 것은 평생
'운동'을 할 수 있다는 것과 같은 뜻이었다. 하지만 그 심정으로 살다 보니
삶과 문학이 점점 힘들고 괴로워졌다. "그럼 지금은 어떤가?"라고 물었다.

"소설을 쓰다 보니 자연스럽게 문학에 있어 개인의 구원도 중요한 문제다
라는 것을 알았다. 소설을 통해 자신의 문제가 해소되어야 한다는 점은 아주
기본적인 '자유'의 문제다. 지금은 두 의식(사회적 참여와 개인적 구원의 문
제)이 함께 어우러지는 지점을 탐색하고 있다. 그것이 문학적으로 발현되길
바랄 뿐이다. 간혹 깊어지고 넓어진다는 생각보다 무디어진다는 느낌이 들기
도 하지만 쉽사리 타협할 문제는 아니라고 본다." '자아'와 '실존'의 문제에
매달리고 있는 동년배 작가들에 대한 전성태의 견해는 지금 그가 앓고 있는
고민과도 맥이 닿는다.

"'자아'와 '실존'은 사회적으로는 물론 문학적으로도 대단히 기본적이고 중
요한 문제다. 하지만 실존의 문제가 자신의 내면과 일탈에 집중하는 것만으
로 어떤 해결이나 위안을 얻지 못한다는 것은 역사에서 충분히 체험했다. 사
회의 구조 속에 놓여 있는 개인을 함께 볼 수 있어야만 실존의 문제도 어떤
탈출구를 확보할 수 있으리라 본다. 개인적 지평과 사회적 지평이 조화롭게

만나는 소설이 많이 나왔으면 좋겠다."

'신동엽'이란 이름이 주는 중압감과 책임감에 관해 넌지시 묻자 그는 다시 '공손한 시골 청년'으로 돌아온다. "신동엽 선생이 세상을 떠나던 해(1969년)에 나는 태어났다. 식민지·전쟁·궁핍이 깊게 드리운 그늘은 그 분이 다 가져가고, 나는 걱정거리도 철딱서니도 없이 곱게만 자란 유복자의 심정이다. 그 분의 날카롭고 호방하며, 한편 깊고 지극했던 작품세계에 이르면 부끄럽고 두려운 마음뿐이다. 그리고 신동엽창작기금은 젊은 문학인들을 격려해 온 전통이 깊은데, 지금 이 순간도 문학을 향한 열정을 불태우고 있을 젊은 동료들에게 생각이 미치면 미안하기까지 하다. 이 과분한 격려를 '껍데기는 까부르고 알맹이만 취해서' 부끄럼 없는 작가생활로 갚아나가리라 다짐하는 것 외에 무슨 말을 하겠는가."

작년, 전성태는 잠시 텃밭을 가꾸었다. 생명이 자라고 있는 텃밭을 잊고 지낸 서울에서의 며칠 술자리. 돌아오니 파도, 상추도 죽어 있었다. 이후 전성태는 다시는 텃밭에 파와 상추를 심지 않았다. '세련'과 '교양'의 도시지향이 득세하고 있다. 그러나 그 세련과 교양을 있게 한 것이 '들판의 두엄냄새'라는 사실을 우리는 너무 빨리 잊고 있다. 모두들 한 방향으로 달리는 것에만 집착하는 동어반복의 정글. 식물의 죽음까지도 슬퍼하는 식물같이 '착한 촌놈' 전성태 같은 소설가도 있어야 한다. 암, 그래야 하고 말고.

* 소설가 전성태는 1969년 전라남도 고흥에서 태어났다. 1994년 실천문학 신인상을 받으며 등단했고, 소설집 〈매향〉 〈국경을 넘는 일〉 장편 〈여자 이발사〉 등을 출간했다. 엄격하게 단련된 문장으로 고통과 소외 속에서 살아가는 사람들을 탐구하는 그의 작품은 한국문학의 미래를 낙관케 하는 한 근거다.

# "90년대가 환멸과 절망만은 아니다"
## - 소설가 김종광

어떤 이는 '김유정의 부활'이라고 했다. 누구는 '제2의 이문구'라고 그랬다. 발 빠른 문학평론가 몇몇은 해학적 리얼리즘이라는 측면을 고려해 '돌아온 채만식'이라 부른다. 이 모든 상찬을 한 몸에 받고 있는 소설가 김종광. 2000년 첫 작품집 〈경찰서여, 안녕〉에서 구사되는 능수능란한 충청도 방언과 전성기에 이른 권투선수처럼 치고 빠지는 현란한 문체는 입을 가진 누구나 한마디쯤 칭찬을 보태게 했다.

문학평론가 김사인 역시 '종잡기 어려운 현실에 맞서는 하나의 창조적 입지'라는 말로 신진 김종광에게 날개를 달아줬다. 여기에 하나 더. 지난해 가을엔 그의 표현대로 "나를 무지하게 챙겨주는 착한, 그러면서도 강하고 심지 굳은" 아내까지 얻었으니 김종광을 한국에서 가장 행복한 소설가 중 한 명이라 단정해도 크게 틀린 말이 아닐 듯하다. 바로 그 김종광이 〈71년생 다인이〉를 출간했다. 고등학생 때부터 자신보다는 조국을, 가족보다는 민족을 생각하며 살았던 71년생 여자아이.

90년 대학에 입학해 전대협을 접했고 불합리한 남한사회의 현실에 눈뜨고선 강의실이 아닌 돌과 화염병이 날아다니는 집회장에서 삶을 배웠던 여대

ⓒ홍성식

생. 전대협의 이름이 한총련으로 바뀌었음에도 통일과 해방에 대한 신념을
버리지 않았고, 그로 인해 감옥까지 가는 투사. 그녀의 이름은 양다인이다.

소설은 90년대 한총련의 혁명적 투사(?) 양다인이 자신의 나라에서 월드
컵이 열렸던 2002년, '나를 그냥 좀 놔둬줘라, 응. 나 먹고살기도 버거워 죽
겠는데 한총련이 합법화되든 말든 나하고 무슨 상관이니?'라는 충격적인 말
을 시니컬하게 내뱉기까지의 과정을 아버지와 이복동생, 고교동창과 어머니
등 제3자들의 진술을 통해 담담하게 그려내고 있다. 얼핏 90년대 우후죽순
으로 횡행했던 후일담 소설의 재판으로 여겨질 수도 있다.

그러나, 아니다. 일단 〈71년생 다인이〉는 90년대 후일담 소설에 청승맞게
들어 앉아있던 과도한 자기연민과 비극적 낭만성을 완벽히 거세시켰다. 여기
에 무른 듯 보이지만 기실은 적확한 김종광 특유의 '입담'은 독자들이 자기연
민과 낭만성에 빠져 허우적대는 걸 허용치 않는다. 이는 다수의 눈을 통해
한 사람의 생을 들여다보는 소설의 독특한 시점과도 연관이 있을 터. 이에
대에 김종광은 이런 설명을 덧붙인다.

"체질적으로 1인칭 시점을 좋아하지 않는다. 한사람을 눈을 통해 세상을
본다는 건 필연적으로 감상에 빠지기 쉽고, 오류에 봉착할 가능성 또한 높을
수밖에 없다. 소설은 주관적이면서도 객관을 유지해야 한다. 이번 작품의 형
식은 이런 고민들 속에서 나왔다."

뒷짐을 지고 천천히 양반걸음을 걸어도 뒷골이 땡기는 폭염의 연속. 뜨거운
여름 한낮에 인터뷰를 위해 김종광을 만났다. 채 해가 기울기도 전이라 햇살
은 따가웠고, 흘러내린 땀에 셔츠가 몸에 척척 감겨드는 짜증스러움이라니. 에
라, 모르겠다. 옛날부터 이열치열하지 않았던가. "우리 소주나 한잔하지요."
벌겋게 달아오른 숯 위에 올려진 돼지껍데기는 지글거리며 익어가고, 내처 소
주부터 서너 잔 들이켠 우리. 올라오는 화덕의 열기와 독주로 인해 벌렁대는

가슴. 더워서 죽을 것 같다. 그때 지나치게 정중하게 작가 대접(?)을 하는 기자에게 김종광이 던진 한마디. "우리 친구하기로 하지 않았던가요?"

맞다. 김종광과는 두어 번 술자리를 가졌었다. 2001년 겨울 한 출판사가 주관한 망년회였을 게다. 너나 할 것 없이 연말이면 술자리는 왜 그리 많은지. 1차, 2차, 3차로 이어지는 술판에 김종광은 만취해있었고, 여러 명의 화가들과 자정까지 퍼붓다가 그 망년회를 찾은 기자 역시 대취상태. "아, 당신이 김종광입니까. 〈경찰서여, 안녕〉 좋습디다." "다 그렇게 말들 해유. 새삼스럽지 않구만유." "어린 나이에 잘 나가서 좋겠수." "그쪽만 하겠어유. 그래봤자 글쟁이지유." 마구 퍼마신 술이 이유였을까? 말펀치를 주고받던 우리는 서로에게 눈까지 부라렸던 것 같기도 하다. '새끼, 건방지네. 지가 소설을 쓰면 얼마나 썼다고 개폼을 잡어' 정도가 기자의 생각이었고, '저놈 봐라. 기자새끼가 초면에 건방을 떠네' 정도가 김종광의 생각이었을 것이다. 정확하진 않지만 김종광의 기억에 의하면 우리는 그 뒤로도 한두 번 더 이러저러한 술자리에서 만났다. 역시 얼큰하게 취했던 어느 날은 "우리 동갑이니까 말놓고 친구하자"라는 의기투합까지 갔었던 것도 같다.

그러나 그도 기자도 주량 이상으로 마시면 술자리에서 떠들었던 말이 전혀 기억이 나지 않는 일명 '필름 끊김 현상'에 시달리는 사람들. 둘 다 서로에 대한 기억은 파편으로 남아있을 뿐이었다. 하긴 뭐 이러면 어떻고, 저러면 또 어떠리. 불과 10여분 만에 후다닥 소주 한 병을 해치우고, 두 번째 병이 탁자로 날라져올 때, 문득 그가 육친같다는 느낌이 들었다. 그 괴이한 느낌의 이유는 김종광도 그가 쓴 소설의 주인공 양다인도 기자도 71년생 90학번이고, 우리는 동일한 시대를 살아왔다는 모종의 동류의식 때문이 아니었을까? 아래는 서로에게 정중하게 소설가와 기자 대접을 하며 경어로 주고받았던 이야기를 자연스런 반말투로 고쳐 쓴 것이다. 김종광의 삶과, 그의 소설, 그가 바라보는 세상과 아내 이야기.

- 소설가는 이야기꾼이잖아. 어릴 때부터 이야기꾼 기질이 있었나?

"뭐 날 때부터 소설가로 태어나는 사람이 있겠어? 열다섯 살 때부터 소설을 써서 밥을 벌어먹는 사람이 되고 싶긴 했지."

- 처음으로 소설을 쓴 때는 언제지?

"고등학교 때야. 성욕을 주체 못하는 청소년들의 일탈욕구를 괴발개발 쓴 거지 뭐.(웃음) 여자의 가슴을 묘사하는 대목을 읽은 친구들이 '너 여자 가슴을 한번이라도 봤냐'라며 놀리기도 했지. 대학시절에 그것들을 몽땅 태웠는데 지금 생각하니 아까워 죽겠어. 특히 동성애자 여고생 이야기를 쓴 〈동성애〉라는 작품은 진짜 아까워. 지금 읽으면 얼마나 재밌겠어?"

- 중고교 시절엔 뭐하고 지냈나?

"별다른 기억은 없고, 그냥 책은 무지하게 읽었던 것 같아. 세칭 이야기하는 고전 말고 한국소설을 많이 읽었어. 시립도서관에서 살다시피 했지 뭐. 이외수(소설가)를 특히 좋아했었지."

- 〈71년생 다인이〉를 보면 운동권 학생들에 대한 묘사가 매우 사실적인데 너도 '조국통일' 외치며 돌 꽤나 던지고 다닌 모양이지?

"무슨… 심정적 지지자 정도였어. 열심히 데모(?)하고, 열심히 일하는 사람들에 대한 부채감은 그 시대 학생들 모두에게 보편적인 거였잖아. 대학엘 다닌다는 자체가 죄스러운 시절이었고. 하여간, 집회는 자주 나갔어. 하지만 그 시절 나만 그랬겠어? 너도 마찬가지 아냐?"

- 습작시절 경도됐던 작가는 누구야?

"황석영의 문장과 이문구의 문체를 흠모했지. 조정래의 역사의식과 사회의식도 나를 소설가로 만든 힘 중의 하나지."

- 너를 김유정과 채만식 혹은, 이문구와 비교하는 사람들이 많던데.

"황송할 따름이지. 그분들과는 단순히 몇 십 년 나이 차이만 있는 게 아니잖아. 그 차이는 문학적 경력의 차이고… 그분들이 이룬 것의 뒤꿈치에라도 이르려면 한참은 더 발 벗고 달려야하겠지. 개인적으론 요절한 소설가 김소진이 채만식의 맥통을 제대로 잇고 있는 사람이라고 생각해. 그분들을 넘어서고 싶다는 게 내 과분한 욕심이지. 어쨌건 대가들의 이름 옆에 내 이름이 붙는 건 기쁘고 영광스런 일임에는 분명해."

- 신혼이잖아. 재미 좋아?

"아내도 소설을 쓰고 싶어 하는 여자야. 나를 너무 잘 챙겨주지. 어느 땐 엄마 같고, 어느 땐 동생 같아. 시원찮은 남편 건사한다고 묵히고 있는 소설에 대한 아내의 열정이 빨리 꽃폈으면 좋겠어."

- 어떻게 만났는데?

"날 가르친 선생님(소설가 송기원)이 소개해줬어. 속된 말로 첫눈에 가버렸지. 만난 그날 밤새 술 마시고 두 번째 만나서 '결혼하자'고 그랬어. 몇 개월 사이에 서둘러 식도 올렸고. 지금은 잘 살아. 결혼생활? 해보니 좋아. 재미도 있고. 너도 마음에 드는 여자 만나면 바로 결혼하자고 그래."

- 듣자니 '한 달에 100만원은 벌어야한다'는 강박관념이 있다던데.

"총각 때는 그랬지.(웃음) 근데 결혼하니까 180만원(그는 구체적 근거 없이 이 금액을 말했는데 왜 꼭 180만원인지 기자로선 알 도리가 없다)은 필요하더라. 전업작가로 산다는 게 얼마나 힘든지를 뼈저리게 느끼고 있어. 10월이면 아빠가 되는데 애 낳으면 더 힘들겠지. 하지만 기왕 여기까지 왔으니 계속 달려야하지 않겠어. 그래서 난 청탁 들어오는 원고는 절대로 거절하지 않아. 어차피 전업작가의 수입이란 원고료가 전부니까."

- 소설은 뭐고, 소설가는 뭘까?

"각자의 경험에 따라 동시대를 가능한한 진실에 가깝게 기록하는 행위겠지. 소설가는 그 행위를 하는 사람이고."


- 어떤 소설을 쓰고 싶어?

"위에서 말한 것에 부합되는 소설이지 뭐. 내가 경험한 전대협과 IMF, 무너진 이데올로기 등이 소설의 재료가 되겠지."


- 소설 얘기 좀 하자. <71년생 다인이>엔 자전적인 요소도 들어있지?

"아주 많이 포함되어 있어. 71년생 90학번의 전형적인 인물 중 하나가 다인이라고 생각해. 물론 내가 다인이에게서 느끼는 건 경외감과 열패감이지. 왜냐면 난 그녀처럼 신념과 열정으로 살지 못했으니까. 모델이 된 인물이 있냐고? 소설을 쓰는 내내 학교 동기인 K가 떠오르긴 했어. 멋지고 무서운 친구였는데…"


- 1980년대를 다루는 '후일담 소설'에 대해서는 어떻게 생각하나?

"난 기본적으로 후일담 소설은 없다 라고 생각하는 사람이야. 1980년대가 그처럼 소설 몇 편으로 정리될 성질의 것이 아니잖아. 달관과 달성으로 양분된 후일담 소설은 일종의 오만처럼 보여. 이번 소설을 쓰면서도 그것들을 경계했어. 80년대가 그렇듯 90년대 역시 환멸과 절망이라는 2개의 단어만으로 간단히 정리될 순 없잖아."


- '1990년대의 객관화' 혹은, '전교조 세대의 세상읽기'라는 세간의 평가에 동의하나?

"소설에 대한 평가야 읽고 느끼는 사람마다 다를 수 있으니까 크게 신경 안 써. 내 의도는 80년대 세대와 90년대 세대의 차별성을 이야기해보자는 것이었어."

- 궁극적으로 네가 쓰고 싶은 소설은 어떤 거냐?

"갈수록 질문이 어렵네.(웃음) 불가해하고, 난해한 상황에서도 처연하게 살아가는 사람들의 이야기를 쓰고 싶어. 내가 겪은 90년대는 개인주의, 신세대, 환멸로 정리되지만 그 속에서도 대의명분과 신념을 위해 싸운 사람들이 분명 있었어. 내가 품고 있는 그들에 대한 경의를 기록하고 싶어."

- 소설가가 안됐다면 뭘 하고 있을 것 같냐?

"다른 걸 하기에는 지나치게 우유부단하고 소심한 성격인데 소설가가 된 게 다행이지 뭐. 여차했으면 룸펜으로나 뒹굴었을 텐데. 문학담당 기자하고 사는 것도 괜찮을 거라는 생각을 해보긴 했어."

인터뷰를 마치고 나왔는데도 아직 환하다. 낮술에 취한 발걸음으로 나란히 걷는 두 사람의 그림자. 길이 차이가 많이 난다. "좀 떨어져서 걸어. 난 키 큰 사람이 옆에 오면 괜히 주눅 들어." 이런, 또 가시 돋친 설전을 벌이자는 말인가? 하지만 그때쯤 기자는 그의 소설만큼이나 살갑고, 따뜻한 김종광의 마음씀씀이를 벌써 읽고 있었기에 웃으며 한 걸음 뒤로 물러서 주는 것이 전혀 기분 나쁘지 않았다. 소설가들의 모임이 있다며 총총히 사라지는 김종광의 뒷모습. 21세기 한국문학의 한 축이 될 것이 분명한 그의 등이 든든해 보였다.

* 소설가 김종광은 1971년 충청남도 보령에서 태어났다. 1998년 〈문학동네〉를 통해 등단했고, 〈경찰서여, 안녕〉 〈모내기 블루스〉 〈짬뽕과 소주의 힘〉 〈낙서문학사〉 〈71년생 다인이〉 등의 책을 출간했다. 신동엽창작기금과 대산창작기금 수혜자이며, 능청스런 구어체와 독특한 소재 선택으로 유명하다.